L'Heure zéro

Collection de romans d'aventures
créée par Albert Pigasse

Agatha Christie

L'Heure zéro

Nouvelle traduction de Jean-Marc Mendel

ÉDITIONS DU MASQUE
17, rue Jacob, 75006 PARIS

Titre de l'édition originale :

TOWARDS ZERO

Cher Robert,

Puisque vous êtes assez gentil pour prétendre aimer mes histoires, je me hasarde à vous dédier celle-ci. Tout ce que je vous demande, quand vous la lirez, c'est de refréner vos instincts critiques — encore exacerbés, j'en suis sûre, par vos récents excès dans ce domaine !

Ce roman n'est destiné qu'à vous distraire. Il n'a pas vocation à être cloué au pilori littéraire de Mr Graves !

Votre amie,
Agatha Christie

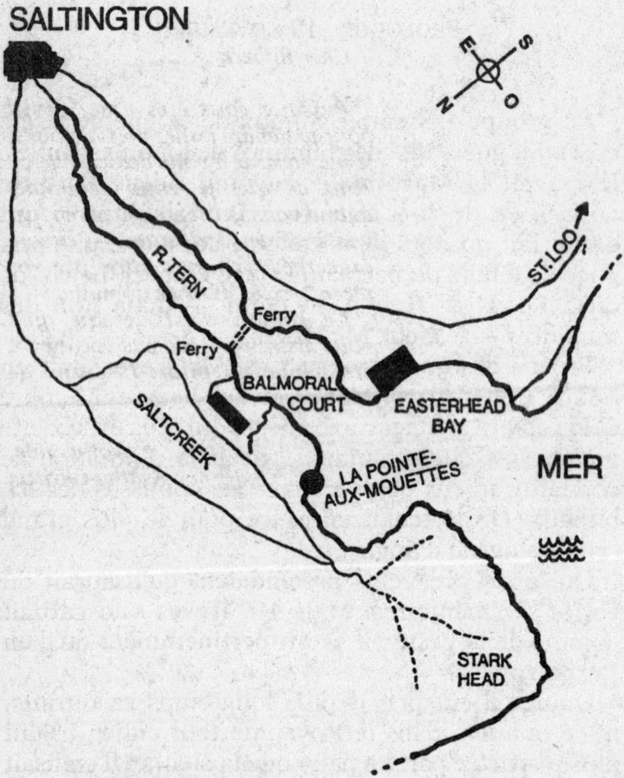
SALTINGTON
E
S
N
O
R. TERN
Ferry
Ferry
ST. LOO
BALMORAL
COURT
SALTCREEK
EASTERHEAD
BAY
LA POINTE-
AUX-MOUETTES
MER
STARK
HEAD

Prologue : 19 novembre

Le groupe rassemblé autour de la cheminée ne comptait guère que des hommes de loi ou assimilés. Il y avait là Martindale, l'avoué, Rufus Lord, le conseiller de la Couronne, Daniels junior, qui s'était fait un nom dans l'affaire Carstairs, une poignée de ténors du barreau, le juge Cleaver, Lewis, de chez Lewis & Trench, et enfin — mais non des moindres — le vieux Mr Treves.

Proche des quatre-vingts ans, Mr Treves était un homme plein d'expérience et de sagesse. Membre d'un célèbre cabinet d'avocats, et qui plus est vedette incontestée dudit cabinet, il avait la réputation de connaître mieux que personne les coulisses des tribunaux. On le tenait en outre pour le plus grand criminologiste d'Angleterre.

Quelques irréfléchis prétendaient qu'il aurait dû écrire ses mémoires. Mais Mr Treves s'en gardait comme de la peste : il savait pertinemment qu'il en savait trop.

Quoiqu'il eût pris depuis longtemps sa retraite, nulle opinion, dans le Royaume tout entier, n'était plus respectée par ses pairs que la sienne. Il suffisait que s'élève sa voix, fluette mais toujours aussi nette et précise, pour que s'établisse aussitôt un silence déférent.

La conversation portait sur une affaire qui avait

fait grand bruit et dont le jugement avait été rendu le jour même à l'Old Bailey. Il s'agissait d'un meurtre, et le procès s'était soldé par un acquittement. Ces éminents personnages passaient la procédure en revue et, en praticiens avertis, ne ménageaient pas leurs critiques.

L'accusation, convenait-on, avait commis une grave erreur en s'appuyant trop sur l'un de ses témoins. Le vieux Depleach, de l'avis général, aurait pourtant dû discerner la chance qu'il offrait là à la défense. Arthur — tout novice qu'il était — avait tiré le meilleur parti du témoignage de la petite bonne. En résumant les débats, Bentmore avait impeccablement remis les faits en perspective, mais le mal était déjà fait : les jurés avaient été convaincus par cette fille. Drôles d'oiseaux, les jurés ! On ne savait jamais ce qu'ils allaient gober ou non. Mais qu'on les laisse se fourrer une idée dans le crâne et rien ni personne ne pourrait leur en faire démordre. En l'occurrence, les jurés étaient intimement persuadés que la bonne leur avait dit la vérité à propos de la pince-monseigneur — et il n'y avait plus à sortir de là. Quant à la déposition de l'expert médical, elle leur était largement passée au-dessus de la tête. Tout ce jargon scientifique, ces mots dont on ne voyait pas le bout... De fichus témoins, cette bande de cuistres, s'accordait-on à déplorer. Toujours à tourner autour du pot, à n'oser répondre ni par oui ni par non aux questions les plus claires, à bredouiller que « toutefois, dans certaines circonstances, il n'était pas exclu que »... et le tout à l'avenant !

Progressivement, on finit par épuiser le sujet. Mais à mesure que les remarques se faisaient plus rares, plus fragmentaires, chacun éprouvait le sentiment qu'il manquait quelque chose. L'un après l'autre, les assistants se tournèrent vers Mr Treves, qui n'avait pas encore soufflé mot. A l'évidence, tous attendaient que le plus vénérable de leurs collègues tire les conclusions.

Renversé dans son fauteuil, l'air absent, Mr Treves se contentait de polir ses lunettes avec son mouchoir. Le silence, en quelque sorte, le fit sursauter :

— Hein ? Qu'est-ce que c'est ? Vous me posiez une question ?

— Nous parlions, monsieur, de l'affaire Lamorne, lui rappela le jeune Lewis d'un ton interrogateur.

Mr Treves polissait toujours ses bésicles :

— Oui, oui... J'y pensais justement.

On se tut avec respect.

— Mais j'ai bien peur de m'être laissé aller à quelques divagations. Oui, à des divagations... Effet de la vieillesse, j'imagine. Mais, à mon âge, on a bien le droit de divaguer un peu quand l'envie vous en prend, non ?

— Certainement, monsieur, répondit Lewis, assez étonné.

— Voyez-vous, je ne pensais pas tant aux points de droit que vous tous avez évoqués ce soir — des points très intéressants, pourtant... oui, oui, très intéressants. Si le verdict avait conclu à la culpabilité, je suis persuadé qu'il n'aurait pas manqué à la défense de bons motifs pour interjeter appel. Mais je ne veux pas m'y attarder maintenant. Je ne pensais pas tant, disais-je, aux points de droit qu'aux... eh bien, aux *gens* mêlés à l'affaire.

Les auditeurs de Mr Treves ne cachèrent pas leur surprise. Eux, ils n'avaient envisagé les acteurs du drame que sous l'angle de leur crédibilité, que du point de vue de la valeur de leur témoignage. Pas un seul ne s'était risqué à se demander si l'accusé était coupable — ou bien aussi innocent qu'en avait décidé la Cour.

— Des êtres humains, voyez-vous, reprit Mr Treves, pensif. Des êtres humains de tous genres, de toutes tailles, de toutes sortes... Certains avec quelque chose dans le crâne — la grande majorité sans rien. Des gens qui viennent de tous les horizons. Du Lancashire, d'Ecosse... Le propriétaire du restaurant est italien, et notre institutrice sort d'un trou perdu, quelque part dans le Middle West. Tous pris dans l'engrenage, et finalement rassemblés à Londres, devant un tribunal, par une grise journée de novembre. Chacun a apporté sa contribution à l'affaire, et le tout culmine dans un procès pour meurtre.

Mr Treves marqua un temps et, de la main, battit sur son genou un rigodon complexe :

— Je sais apprécier un bon roman policier. Mais, voyez-vous, ils commencent toujours par le mauvais bout ! Ils commencent par le meurtre. Or, le meurtre n'est jamais que la *fin*. L'histoire débute bien avant ça — des années plus tôt, parfois — avec les mille et une causes et la longue suite d'événements qui font que des individus donnés sont présents un jour donné, à une heure donnée, dans un endroit donné.

» Prenez, par exemple, le témoignage de la petite bonne. Si la fille de cuisine ne lui avait pas soufflé son soupirant, elle n'aurait pas rendu son tablier sur-le-champ pour se précipiter chez les Lamorne, et elle ne serait pas devenue le principal témoin de la défense. Et ce Giuseppe Antonelli, venu d'Italie prendre la place de son frère pour un mois... Le frère est myope comme une taupe : jamais il n'aurait vu ce qu'a remarqué l'œil d'aigle de Giuseppe. Et si le sergent de ville n'avait pas eu un faible pour la cuisinière du 48, il n'aurait pas pris de retard dans sa ronde et...

Mr Treves dodelina de la tête :

— Tous ont convergé vers un point donné dans l'espace et le temps... Et, le moment venu, hop ! le couvercle a sauté. *L'heure zéro*... Oui, tous autant qu'ils sont, ils ont convergé vers l'heure zéro...

Il se tut un instant, répéta « vers l'heure zéro » et frissonna soudain.

— Vous devriez vous rapprocher du feu, monsieur.

— Non, non, répliqua Mr Treves. C'est seulement quelqu'un qui marche sur ma tombe, comme l'on dit. Eh bien, puisqu'il en est ainsi, je crois qu'il me faut regagner mes pénates.

Il eut pour chacun un sourire affable et quitta la pièce à pas comptés.

Il y eut un moment de silence gêné, puis Rufus Lord, le conseiller de la Couronne, fit observer que, décidément, ce pauvre Treves commençait à se faire bien vieux.

— Un brillant cerveau, ajouta sir William Cleaver. Un très brillant cerveau... Mais l'âge finit toujours par prendre le dessus.

— Et avec ça le cœur qui bat la breloque, renchérit Lord. D'après ce que je me suis laissé dire, il peut passer l'arme à gauche n'importe quand.

— Oui, mais il se surveille de très près, affirma le jeune Lewis.

Au même instant, Mr Treves montait précautionneusement dans sa Daimler à la suspension d'une douceur aérienne. Elle l'emporta jusqu'à son hôtel particulier, niché au coin d'une place peu passante. Plein de sollicitude, son maître d'hôtel le débarrassa de sa pelisse. Mr Treves s'en fut à sa bibliothèque où brûlait un bon feu de coke. Sa chambre se trouvait juste à côté, car, par égard pour les faiblesses de son myocarde, il ne montait jamais dans les étages supérieurs.

Il s'assit devant la cheminée et prit son courrier.

Son esprit ne s'était pas encore détaché des idées qui l'avaient assailli à son club.

« Même maintenant, en ce moment précis, pensait-il, quelque drame... quelque meurtre à venir... est en cours de préparation. S'il me fallait écrire l'une de ces calembredaines de crime et de sang, je crois que je débuterais comme cela, par un vieux monsieur assis devant son feu, qui ouvrirait ses lettres... et s'en irait tout droit, sans qu'il le sache, vers l'heure zéro... »

Il décacheta une enveloppe et regarda distraitement la lettre qu'il en avait extraite.

Tout à coup, son expression changea. Il revint de ses méditations à la réalité.

— Saperlipopette ! murmura-t-il. Comme c'est fâcheux ! C'est vraiment très, très contrariant. Après tant d'années ! Voilà qui va bouleverser tous mes projets.

« Ouvrez tout grand la porte, voici nos paroissiens »

11 janvier

L'homme vautré sur son lit d'hôpital se tortilla pour essayer de changer de position et laissa échapper un gémissement.

L'infirmière de garde se leva de sa table et vint à son chevet. Elle lui redressa ses oreillers et l'installa plus confortablement.

Pour tout remerciement, Angus MacWhirter se contenta d'un grognement.

Il passait par une crise aiguë d'amertume et de révolte.

A l'heure qu'il était, tout aurait dû être fini. Et lui, il aurait dû ne plus avoir à s'en faire pour rien ! Maudit soit cette saloperie d'arbre qui trouvait le moyen de pousser sur la paroi de la falaise ! Et maudits soient ces amoureux à la noix qui bravaient le froid de l'hiver pour un rendez-vous galant au bord du précipice !

Sans eux — et sans cet arbre ! — , c'en serait terminé. Un plongeon dans les profondeurs de l'eau glaciale... une brève lutte, peut-être... et puis le néant... la fin d'une vie ratée, inutile, sans but.

Au lieu de quoi, où se trouvait-il ? Cloué, comble du ridicule, sur un lit douillet, avec une épaule cassée et, de surcroît, la perspective de devoir comparaître devant un tribunal de police pour y répondre du crime d'avoir attenté à sa propre vie.

Mais, bon Dieu ! cette vie, c'était la *sienne*, oui ou non ?

Et dire que s'il avait réussi son coup, on l'aurait pieusement enterré, en mettant ça sur le compte d'une crise de démence passagère !

Démence passagère, mon œil ! Jamais il ne s'était senti plus sain d'esprit ! Se suicider était l'acte le plus logique et le plus raisonnable que pouvait accomplir un homme dans sa situation.

Un homme vidé et sans le sou, malade chronique et que sa femme avait quitté pour un autre. Sans travail, sans amour, sans argent, sans force et sans espoir, en finir ne constituait-il pas la seule solution envisageable ?

Et voilà maintenant qu'il gisait là, grotesque. Avant peu, il aurait à subir les admonestations d'un magistrat confit en bonnes mœurs, qui lui reprocherait d'avoir fait ce que lui dictait le sens commun avec un bien qui n'appartenait qu'à lui : sa vie.

Il renifla avec fureur. Une poussée de fièvre s'empara de lui.

L'infirmière revenait.

Elle était jeune et rousse, avec un doux visage un peu étonné :

— Vous souffrez beaucoup ?

— Non, pas trop.

— Je vais vous donner quelque chose pour dormir.

— Il n'en est pas question.

— Mais...

— Vous pensez que je ne peux pas supporter la douleur, ni l'insomnie ?

Elle sourit gentiment, d'un air un peu supérieur :

— Le docteur a dit qu'on vous administre le nécessaire.

— Je me fous de ce qu'a dit le docteur.

Elle lui défroissa ses couvertures et lui rapprocha, à portée de la main, un verre de limonade. MacWhirter se sentit un peu honteux de lui-même :

— Pardonnez-moi d'avoir été grossier.

— Il n'y a pas de mal.

Il éprouva un certain agacement à constater que sa mauvaise humeur la laissait de marbre. Rien de ce qu'il pourrait dire ne percerait son armure professionnelle d'indulgente indifférence. A ses yeux, il n'était plus un homme — rien qu'un de ses patients.

— De quoi est-ce qu'ils se mêlent ? gronda-t-il. De quoi est-ce que tous ces gens se mêlent ?

— Allons, allons, ce n'est pas très gentil, ça, lui reprocha-t-elle.

— Gentil ? explosa-t-il. *Gentil ?* Bon Dieu de bois, je...

— Vous vous sentirez mieux demain matin, le coupa-t-elle avec calme.

Il faillit s'étrangler :

— Vous, les infirmières. Vous, les *infirmières* ! Vous êtes sans cœur, voilà ce que vous êtes !

— C'est parce que nous savons ce qui est le mieux pour vous.

— C'est bien ça qui est intolérable ! Chez vous. Dans les hôpitaux. Chez tout le monde. Cette façon que vous avez de vous mêler des affaires des autres ! De savoir toujours à leur place ce qu'il y a de mieux pour eux. J'ai essayé de me tuer. Vous êtes au courant, n'est-ce pas ?

Elle hocha la tête.

— Que je me sois jeté ou non du haut d'une falaise, ça ne regarde personne. J'en avais marre. J'étais au bout du rouleau.

Elle fit entendre un petit claquement de langue, censé exprimer un semblant de compassion. Elle avait affaire à un patient. Son seul moyen de le calmer était de le laisser préalablement épancher sa bile.

— Pourquoi je n'aurais pas le droit de me tuer si ça me chante, hein ?

— Parce que c'est mal, répliqua-t-elle avec sérieux.

— Pourquoi mal ?

Elle le fixa, songeuse. Ses propres certitudes n'étaient pas ébranlées, mais elle manquait par trop de vocabulaire pour expliquer sa réaction :

— Eh bien... comment dire ?... c'est mal parce que c'est mal. On doit continuer à vivre, que cela nous plaise ou non.

— Pourquoi le doit-on ?

— Il y a d'autres personnes à qui il faut penser, non ?

— Pas dans mon cas. Il n'y a personne au monde à qui ma mort aurait pu faire du tort.

— Vous n'avez pas de famille ? Pas de mère, pas de sœurs, je ne sais pas, moi ?

— Non. J'avais une femme, mais elle m'a quitté — et elle a eu bigrement raison ! Elle a compris que je n'étais plus bon à rien.

— Mais vous avez sûrement des amis ?

— Non. Je ne suis pas du genre sociable. Voyez-vous, mademoiselle, je vais vous confier quelque chose. Il m'est arrivé, à moi aussi, de croire que j'étais un homme heureux. J'avais un bon job, et une épouse agréable à regarder. Et puis il y a eu un accident. C'était mon patron qui conduisait la voiture. Moi, j'étais à côté de lui. Il a voulu que je raconte qu'il roulait à moins de cinquante à l'heure quand ça s'est passé. Ce n'était pas vrai. Il roulait à plus de quatre-vingts. Personne n'avait été tué, ni rien. Il voulait juste se mettre en bonne position pour les assureurs. Eh bien, je n'ai pas dit ce qu'il voulait que je dise. Ç'aurait été un mensonge. Et je ne raconte pas de mensonges.

— Je trouve que vous avez eu raison, déclara l'infirmière. Tout à fait raison.

— Vous trouvez ? Jouer les têtes de cochon m'a

coûté ma place. Mon patron était fou de rage. Il a veillé à ce que je n'en retrouve pas d'autre ! Ma femme s'est lassée de me voir traînasser, incapable de décrocher un boulot. Elle est partie avec un type qui avait été mon meilleur ami. Il réussissait, lui, il grimpait les échelons. Moi, je n'arrêtais pas de les descendre. Et puis j'ai commencé à boire pas mal. Ça ne m'a pas aidé à décrocher une situation. Et ça a fini par me démolir... Le foie et les reins... Mon médecin m'a dit que je ne récupérerais jamais complètement. Je n'avais plus guère de raison de vivre. Pour moi, le plus simple et le plus propre, c'était de tirer l'échelle. Ma vie ne valait plus un clou, ni pour moi ni pour personne.

— Ça, vous n'en savez rien, murmura-t-elle.

Il rit, de meilleure humeur déjà. L'obstination naïve de la jeune fille l'amusait.

— Ma pauvre petite, à qui donc pourrais-je encore être utile ?

— Vous n'en savez rien, répéta-t-elle, un peu confusément. Mais ça peut se produire... un jour...

— Un jour ? Il n'y aura jamais de « un jour ». La prochaine fois, je ne me raterai pas.

Elle secoua la tête, toute son assurance retrouvée :

— Oh non ! Vous n'essaierez plus de vous tuer.

— Pourquoi ça ?

— Parce que les gens qui ont fait ça ne recommencent jamais.

Il la fixa, abasourdi. « *Parce que les gens qui ont fait ça ne recommencent jamais.* » Il appartenait donc désormais à la catégorie des retraités du suicide. Il ouvrait la bouche pour protester avec la dernière énergie quand son honnêteté foncière l'arrêta.

Le referait-il ? En avait-il sérieusement l'intention ?

Il se rendait soudain compte que non. Sans raison. Ou bien pour la seule raison qu'avec ses connaissances professionnelles elle lui avait donnée : les gens qui ont raté leur suicide ne s'y frottent plus.

Il n'en fut que plus déterminé à la pousser à admettre que, sur le plan moral, il était dans le vrai :

— En tout cas, à partir du moment où il ne s'agit que de ma propre vie, j'ai le droit d'en faire ce que je veux.

— Non... non, vous ne l'avez pas.

— Mais pourquoi, bon sang ? Pourquoi ?

Elle rougit. Ses doigts jouèrent une seconde avec la petite croix d'or qu'elle portait au cou :

— Vous ne pouvez pas comprendre. Dieu peut avoir besoin de vous.

Un instant, il en demeura sans voix. Mais il n'avait pas envie de s'en prendre à cette foi du charbonnier. Il se borna à persifler :

— Je suppose qu'un beau jour, j'arrêterai un cheval emballé et sauverai ainsi une blonde ingénue d'une mort certaine — hein ? C'est bien ça ?

Elle fit non de la tête. Puis, véhémente, elle clama sa conviction avec autant de vigueur qu'elle éprouvait de difficulté à l'exprimer :

— Il ne s'agira peut-être même pas de *faire* quoi que ce soit... il pourra suffire de *se trouver* quelque part... de se trouver à un endroit donné, à un moment donné... Oh, je n'arrive pas à dire ce que je voudrais, mais il se peut qu'un jour vous... vous marchiez dans la rue, et que ce simple fait ait un résultat terriblement important — sans même, si ça se trouve, que vous sachiez de quoi il retourne...

L'infirmière rousse était originaire de la côte ouest de l'Ecosse et, dans sa famille, certains possédaient « le don ».

Peut-être avait-elle eu obscurément la vision d'un homme marchant sur une route, par une nuit de septembre, et sauvant ainsi un être humain d'une mort effroyable ?...

Il n'y avait qu'une seule personne dans la pièce, et l'on n'entendait d'autre bruit que le grattement de son stylo qui traçait, ligne après ligne, des phrases sur le papier.

Nul n'était là pour lire le texte ainsi rédigé. Mais un hypothétique lecteur n'en aurait pas cru ses yeux. Car il s'agissait d'un projet de meurtre, clair et détaillé avec soin.

Il est des moments où un corps prend conscience de la maîtrise que l'esprit exerce sur lui, où il se plie avec obéissance aux volontés de ce « quelque chose » qui lui est étranger et qui contrôle ses actions. Et puis il en est d'autres, au contraire, où c'est l'esprit qui est conscient d'être le maître de son corps, de le dominer et de parvenir à ses fins en l'utilisant.

C'était précisément cette sensation-là qu'éprouvait la personne qui écrivait. Son intelligence était claire, froide, maîtrisée. Et cette intelligence ne nourrissait qu'une seule pensée, n'était tendue que vers un but unique : la destruction d'un autre être humain. Afin que ce but soit atteint, le projet était méticuleusement couché sur le papier. Chaque éventualité, chaque possibilité était prise en considération. Il fallait que le plan soit infaillible. Et dans ce plan-là, comme dans tout bon plan, rien n'était figé. Des alternatives s'offraient à certaines étapes. Plus encore, dans sa lucidité, cette intelligence avait compris qu'il fallait aussi prévoir comment faire face à l'imprévisible. Cependant, les grandes lignes avaient été clairement définies et minutieusement confrontées à toutes les occurrences imaginables. Rien ne manquait : ni le moment, ni le lieu, ni la méthode.

Ni, surtout pas, la victime...

La personne releva la tête. De la main, elle

s'empara des feuillets et les relut attentivement. Oui, c'était d'une limpidité de cristal.

Un sourire éclaira son visage appliqué. Un sourire qui évoquait la démence. La personne poussa un profond soupir de satisfaction.

S'il est vrai que les humains ont été créés à l'image de leur Créateur, la personne offrait maintenant une affreuse contrefaçon de la joie que peut ressentir un créateur.

Oui, tout était planifié, les réactions de chaque protagoniste étaient prévues et intégrées, le bon et le mauvais en chacun jouerait harmonieusement son rôle pour parvenir à un but détestable.

Il ne manquait plus qu'un élément...

Avec un nouveau sourire, la personne nota une date. Une date en septembre.

Alors, sur un éclat de rire, les feuilles de papier furent déchirées en mille et un morceaux, et les mille et un morceaux transportés à travers la pièce et puis jetés au cœur du brasier qui rougeoyait. Il n'y eut aucune négligence. Chaque parcelle fut consumée et détruite.

Le plan n'existait plus, désormais, que dans l'esprit de qui l'avait conçu.

8 mars

Le superintendant Battle était attablé devant son petit déjeuner. Mâchoires crispées, menton agressivement projeté en avant, il épluchait une lettre que son épouse, en larmes, venait de lui tendre. Son visage ne reflétait aucune expression, pour l'excellente raison qu'il possédait des traits remarquablement inexpressifs. On l'eût dit sculpté dans le bois : un visage mastoc, à l'épreuve du temps et, à sa manière, impressionnant. Le superintendant ne suggérait aucune idée de brio — il était tout sauf brillant. Sa personnalité relevait d'une qualité autre, difficile à définir, mais qui ne s'en imposait pas moins.

— Je ne peux pas le croire, sanglota Mrs Battle. Ma petite Sylvia !...

Sylvia était la cadette des cinq enfants Battle. Agée de seize ans, elle était pensionnaire dans un collège proche de Maidstone.

La lettre avait été écrite par miss Amphrey, la principale du collège en question. La missive était claire, aimable, et pleine d'un tact infini. Elle n'en indiquait pas moins, noir sur blanc, que de menus larcins avaient, depuis quelque temps, intrigué les autorités de l'institution, que la clef de l'énigme venait enfin d'être découverte, que Sylvia Battle avait avoué et que miss Amphrey souhaitait rencontrer Mr et Mrs Battle le plus rapidement possible « afin d'examiner avec eux la situation ».

Le superintendant replia la lettre et la glissa dans sa poche :

— Laisse-moi m'occuper de ça, Mary.

Il se leva, fit le tour de la table, et vint lui caresser la joue :

— Ne t'inquiète pas, chérie. Tout va s'arranger.

Sur quoi, il sortit, laissant derrière lui espoir et réconfort.

L'après-midi même, dans le salon ultramoderne et d'un goût très personnel de miss Amphrey, le superintendant, très droit, se carrait dans son fauteuil. Mains en battoirs posées sur les genoux, il affrontait la principale et trouvait le moyen de paraître, plus encore que de coutume, policier jusqu'au bout des ongles.

Miss Amphrey obtenait un franc succès à la tête de l'établissement. Elle avait de la personnalité — beaucoup de personnalité —, elle était cultivée, à la page, et ses méthodes combinaient la discipline traditionnelle et les théories les plus avancées sur la responsabilité personnelle.

Son salon reflétait bien l'esprit qu'elle entendait faire régner à Meadway. Du blanc cassé en dominante. De grandes brassées de jonquilles et des vases de tulipes et de jacinthes. Une ou deux bonnes copies de la statuaire grecque, deux sculptures avant-gardistes et, aux murs, deux primitifs italiens. Au beau milieu de tout ça trônait miss Amphrey elle-même, vêtue de bleu profond, la mine soucieuse de bien faire d'un lévrier consciencieux et l'œil azuréen derrière des lunettes à verres épais.

— L'important, affirmait-elle d'une voix nette et bien modulée, c'est que cette affaire soit traitée comme il convient. C'est à l'enfant que nous devons penser, Mr Battle. A Sylvia ! Il est impératif, *impératif*, que son devenir n'en soit en rien affecté. Nous ne devons en aucun cas la charger d'un fardeau de *culpabilité*. Si elle doit être blâmée — et le faut-il vraiment ? — , que ce soit avec infiniment de mesure. Ce que nous devons, c'est trouver les raisons qui sont à l'*origine* de ces chapardages bien vulgaires. Un complexe d'infériorité, peut-être ? Elle ne brille pas au plan sportif, vous le savez... Alors, un souhait inconscient de se faire valoir dans un autre domaine ? Le désir d'affirmer son ego ? Il nous faut faire preuve de la plus extrême prudence. C'est pour cela que j'ai voulu d'abord vous voir seule à seul. Pour bien vous faire comprendre à quel point vous devez montrer du doigté. Je vous le répète, il est fondamental de trouver ce qu'il y a *derrière* tout cela.

— C'est bien pourquoi je me suis dérangé, miss Amphrey.

Il s'exprimait d'un ton paisible, le visage impassible, et son regard jaugeait la principale.

— Je lui ai témoigné beaucoup de douceur, reprit cette dernière.

— C'est bien bon de votre part, miss.

— Voyez-vous, je les comprends et je les aime, ces petites.

Battle ne répondit pas directement :

— J'aimerais voir ma fille tout de suite, si vous n'y voyez pas d'inconvénient, miss Amphrey.

Avec une insistance renouvelée, miss Amphrey l'adjura d'être prudent... d'user d'infiniment de douceur... de ne pas heurter de front une enfant à la féminité naissante...

Le superintendant ne montrait aucun signe d'impatience. Il se contentait de la fixer de ses yeux impénétrables.

Elle l'emmena enfin à son bureau. Dans les couloirs, ils croisèrent quelques pensionnaires. Elles marquèrent le pas pour les saluer avec politesse, mais leurs regards n'en reflétaient pas moins une intense curiosité. Ayant fait entrer Battle dans une petite pièce au caractère moins affirmé que celle du rez-de-chaussée, miss Amphrey s'apprêta à se retirer en disant qu'elle allait faire venir Sylvia.

— Une seconde, miss, l'arrêta le superintendant. Comment avez-vous procédé pour établir la responsabilité de Sylvia dans ces... euh... détournements ?

— Je me suis fondée, Mr Battle, sur la psychologie, répondit la principale avec dignité.

— La psychologie ? Tiens donc ! Et les éléments de preuve ?

— Oui, oui... Je vous comprends parfaitement, Mr Battle. Je savais que vous réagiriez ainsi. Profession oblige. Mais les criminologistes commencent à admettre l'importance de la psychologie. Je puis vous donner l'assurance que le doute n'est pas permis. Sylvia a spontanément avoué.

Battle hocha la tête :

— Oui, ça, je sais. Ce que je vous demandais, c'est comment vous en étiez venue à la soupçonner.

— Voyez-vous, Mr Battle, le nombre des larcins

commis dans les armoires des filles ne cessait d'augmenter. J'ai rassemblé les élèves au grand complet et je leur ai signalé les faits. En même temps, j'étudiais discrètement leurs physionomies. L'expression de Sylvia m'a aussitôt frappée. Une expression de culpabilité, de gêne. A l'instant même, j'ai su qui était la coupable. J'ai alors décidé non pas de lui *imposer* ma découverte, mais de l'amener au contraire à reconnaître d'*elle-même* sa faute. Je l'ai soumise à un petit test : des associations d'idées.

De la tête, Battle montra qu'il suivait.

— Et, en fin de compte, la petite a tout reconnu.

— Je vois, dit seulement Battle.

Miss Amphrey marqua une seconde d'hésitation avant de sortir.

Debout, le superintendant regardait par la fenêtre quand la porte se rouvrit.

Il se retourna lentement et regarda sa fille.

Sylvia avait refermé derrière elle et restait plantée sur le seuil. Elle était grande, noiraude, anguleuse. Sur ses traits tirés, on lisait qu'elle avait pleuré.

— Eh bien, me voilà, souffla-t-elle avec plus de timidité que de bravade.

Battle la dévisagea pensivement.

— Je n'aurais jamais dû t'envoyer ici, soupira-t-il enfin. Cette femme est une gourde.

La stupéfaction fit oublier ses difficultés à la jeune fille :

— Miss Amphrey ? Oh, mais elle est *merveilleuse*. Nous le pensons toutes.

— Ouais... Si elle arrive à vendre aussi bien l'image qu'elle s'est choisie, elle n'est peut-être pas aussi gourde que je le pensais. N'importe comment, Meadway n'était pas un endroit pour toi. Encore que je n'en sais rien. Ç'aurait pu arriver n'importe où.

Sylvia se tordait les mains.

— Je... je te demande pardon, Papa, murmura-t-elle, le front bas. Je te demande vraiment pardon.

— C'est bien le moins. Approche un peu.

De mauvaise grâce, elle vint à lui. Il lui prit le menton dans sa grosse main carrée et la fixa droit dans les yeux :

— Tu viens de traverser une sale passe, hein ?

Des larmes perlaient aux paupières de la jeune fille.

— Tu vois, Sylvia, j'ai toujours su qu'avec toi, il y avait quelque chose qui clochait. La plupart des gens ont une faiblesse quelconque. En général, ça se voit tout de suite. On remarque très vite si un gosse est gourmand, ou s'il a mauvais caractère, ou s'il est bagarreur. Toi, tu étais une enfant sage, tranquille, tu avais bon caractère, tu ne nous posais jamais de problème... Et ça m'inquiétait, parfois. Parce que, quand il y a dans l'acier une paille qu'on ne discerne pas, elle peut ruiner tout l'édifice quand on en fait une poutrelle.

— Comme moi !

— Oui, comme toi. Tu as craqué sous la pression, mais d'une façon bien bizarre. Si bizarre que je ne l'avais encore jamais rencontrée de ma vie.

— J'aurais imaginé que tu avais pourtant vu assez de voleurs dans ta carrière, jeta-t-elle, amère.

— Oh, oui... Je sais tout des voleurs. Et c'est pour ça, ma chérie — et non parce que je suis ton père, car les pères ne savent pas grand-chose de leurs enfants —, c'est parce que je suis *flic* que je sais très bien que tu n'es pas une voleuse. Tu n'as jamais rien volé ici. Les voleurs, il y en a deux sortes. Il y a ceux qui cèdent à une tentation violente et soudaine — et ça arrive bougrement peu souvent, c'est fou à quel point l'être humain moyen sait être honnête et résister à la tentation... — et puis il y a les autres, ceux qui s'emparent de ce qui ne leur appartient pas comme si c'était la chose la plus naturelle du monde. Toi, tu ne fais partie d'aucune de ces deux catégories.

Tu n'es pas une voleuse. Tu es une menteuse d'un genre bien particulier.

— Mais...

Il balaya l'objection :

— Tu as tout avoué ? *Ça*, je le sais. Figure-toi qu'il y avait une sainte, autrefois. Elle avait l'habitude d'aller distribuer du pain aux pauvres. Et ça ne plaisait pas à son mari. Un jour, il l'a vue sortir, et il lui a demandé ce qu'elle cachait dans son panier. Elle a perdu son sang-froid et lui a répondu que c'étaient des roses. Le mari a fait sauter le couvercle du panier et — oh, miracle ! — il contenait bien des roses ! Mais toi, si tu avais été sainte Elisabeth et que tu sois sortie avec un panier de roses, si ton mari t'avait demandé ce que tu emportais, tu aurais craqué et répondu : « Du pain. »

Il s'interrompit, puis demanda avec plus de douceur :

— C'est bien comme ça que ça s'est passé, n'est-ce pas ?

Il y eut un nouveau silence. Et la jeune fille baissa soudain la tête.

— Dis-moi tout, mon petit. Qu'est-ce qui s'est passé au juste ?

— Elle nous a rassemblées. Elle a fait un discours. Je me suis aperçue qu'elle me regardait, et j'ai compris qu'elle pensait que c'était moi ! Je me suis senti rougir... et puis je me suis rendu compte qu'il y avait des filles qui lorgnaient dans ma direction et qui se chuchotaient des trucs à l'oreille. Elles aussi, elles pensaient la même chose. Et puis un soir, elle m'a convoquée avec quelques-unes des filles et a organisé une sorte de jeu... Elle lançait des mots, et nous devions lui en renvoyer d'autres — les premiers qui nous passaient par la tête.

Battle émit un grognement de dégoût.

— Moi, je voyais très bien où elle voulait en venir... et... et ça me paralysait. J'essayais de ne pas dire le mot qu'il ne fallait pas, de penser à autre chose : aux écureuils du jardin ou à des fleurs. Mais elle était là, à me fixer avec ses yeux comme des vrilles et qui avaient l'air de vous transpercer... Oh, et puis c'est devenu de pire en pire, et un jour, elle m'a parlé si gentiment et avec... avec tant de *compréhension* que... que je me suis effondrée et que j'ai dit que c'était moi... Et, oh, Papa, si tu savais comme j'étais soulagée !...

Battle se massait la mâchoire :

— Je vois...

— Tu comprends ça, Papa ?

— Non, Sylvia, je ne comprends pas, parce que je ne suis pas bâti de la même pâte que toi. Si quelqu'un essayait de me faire avouer quelque chose que je n'ai pas fait, j'aurais plutôt envie de lui coller mon poing dans la figure. Mais je vois bien comment ça s'est passé, dans ton cas. Amphrey-les-yeux-comme-des-vrilles a eu sous le nez le plus bel exemple des résultats auxquels peuvent conduire des théories mal comprises. Ce qu'il me faut maintenant, c'est réparer tout ce gâchis. Où est-elle, cette miss Amphrey ?

Toujours pleine de tact, la principale était demeurée à proximité. Son sourire compatissant se figea quand elle entendit le superintendant lancer :

— Pour l'honneur de ma fille, je me dois d'exiger que vous demandiez à la police de venir faire une enquête officielle.

— Mais enfin, Mr Battle, Sylvia elle-même...

— Sylvia n'a jamais rien pris ici qui ne lui appartenait pas.

— Je comprends très bien qu'en tant que père...

— Je ne m'exprime pas en tant que père, miss Amphrey, mais en tant que policier. Faites venir la police pour vous aider dans cette affaire. Ils seront discrets. Vous retrouverez les objets volés dissimulés dans un coin quelconque et couverts, j'en suis convaincu, de toutes les empreintes digitales que vous voudrez. Les petites chapardeuses ne pensent pas à porter des gants. J'emmène ma fille avec moi. Si la police trouve des preuves — des preuves *manifestes* — qui établiraient un lien entre ma fille et les vols, je suis prêt à accepter sa comparution devant un tribunal, et advienne que pourra. Mais, croyez-moi, je n'ai pas peur.

Cinq minutes plus tard, tout en franchissant la grille au volant de sa voiture, Sylvia à côté de lui, il s'enquit :

— J'ai croisé dans le couloir une petite blonde frisottée, avec des joues très roses, un grain de beauté sur le menton et des yeux bleus très écartés. Tu as une idée de qui ça pourrait être ?

— D'après ta description, ça ressemblerait assez à Olive Parsons.

— Eh bien, je ne serais pas du tout étonné si la voleuse, c'était elle.

— Elle avait l'air d'avoir la frousse ?

— Non. Elle avait l'air arrogant ! Cet air d'arrogance souveraine que j'ai vu afficher des centaines de fois par des prévenus. Je te parie tout ce que tu veux que la voleuse, c'est elle. Mais ne compte pas sur cette gosse-là pour avouer !

— C'est comme si je sortais d'un cauchemar, murmura Sylvia avec un soupir. Oh, Papa, je te demande pardon ! Je te demande vraiment pardon. Comment ai-je pu être aussi bête, aussi monstrueusement stupide ? Si tu savais comme j'ai honte...

— Bah ! ne te fais plus de souci, grommela le superintendant Battle en lâchant le volant d'une main pour tapoter le bras de sa fille. C'est pour nous mettre à l'épreuve que de tels malheurs nous sont imposés. Oui, pour nous mettre à l'épreuve... Du moins, je le suppose. Sinon, je ne vois pas pourquoi diable nous devrions les subir...

Le soleil inondait à flots la maison de Neville Strange, à Hindhead.

C'était une de ces radieuses journées d'avril, comme le début du printemps nous en offre au moins une fois l'an, plus chaude que toutes celles du mois de juin qui va suivre.

Neville Strange descendait l'escalier. Vêtu de flanelle blanche, il portait sous le bras quatre raquettes de tennis.

S'il avait fallu élire un homme à qui la chance avait prodigué tout ce qu'il pouvait souhaiter, c'est lui que le comité de sélection aurait sans doute choisi. Bien connu du public britannique, joueur de tennis de haut niveau, il avait en outre fait preuve de ses qualités de sportif dans bien d'autres disciplines. S'il n'était jamais parvenu à atteindre les finales de Wimbledon, il avait souvent passé de nombreux tours et, en double mixte, s'était par deux fois hissé jusqu'aux demi-finales. Peut-être s'intéressait-il à trop de sports pour devenir un vrai champion ? *Scratch* au golf, excellent nageur, il avait aussi conquis dans les Alpes quelques sommets difficiles. A trente-trois ans, il était beau garçon, jouissait d'une santé de fer, possédait une fortune considérable et, récemment marié à une femme splendide, semblait ne connaître ni chagrin ni souci.

Et cependant, par ce matin radieux, alors que Neville Strange arrivait au bas des marches, une ombre passait sur son visage. Une ombre peut-être imperceptible à tout autre que lui, mais qui l'incitait à plisser le front et lui donnait une expression troublée et indécise.

Il quitta le vestibule, redressa les épaules comme s'il s'était débarrassé de quelque fardeau et, après avoir traversé le salon, parvint à la véranda où, lovée au cœur d'un monceau de coussins, Kay, sa femme, buvait un jus d'orange.

Kay Strange n'avait que vingt-trois ans et la vie l'avait dotée d'une beauté exceptionnelle : corps mince, qui irradiait cependant une sensualité subtile, chevelure d'un blond vénitien soutenu, peau si parfaite que le plus léger maquillage suffisait à en rehausser l'éclat, sans parler d'yeux noirs qui accompagnent rarement des cheveux roux et n'en produisent qu'un effet plus dévastateur.

— Salut, ma splendeur ! lança gaiement Neville. Qu'est-ce qu'il y a pour le petit déjeuner, ce matin ?

— Pour toi ? Des rognons d'aspect répugnant, répliqua Kay. Et puis des champignons et du bacon...

— Ça me paraît parfait.

Il se servit copieusement et se versa une tasse de café. Un silence fait de douce complicité régna quelques minutes.

— Mmm ! s'étira voluptueusement Kay, agitant un pied nu aux orteils peints d'écarlate. C'est merveilleux, ce soleil, non ? L'Angleterre n'est pas si moche, après tout.

Le couple revenait tout juste du Midi de la France.

Après un coup d'œil rapide aux manchettes des quotidiens, Neville était passé aux rubriques sportives et il se contenta d'un « hum ! ».

Puis optant pour des toasts et de la marmelade, il posa son journal de côté et commença de dépouiller son courrier.

Ce dernier était abondant et il en déchira une bonne partie : des circulaires, des prospectus, des imprimés.

— Je n'aime pas les tons que j'avais choisis pour le salon, murmura Kay. Je peux le faire repeindre, Neville ?

— Tout ce que tu voudras, ma ravissante.

— Du bleu paon, rêva-t-elle, et des coussins ivoire.

— Pour aller avec le décor, il va te falloir un ouistiti !

— C'est toi qui joueras les ouistitis, dit Kay.

Neville ouvrait une autre lettre.

— Oh, à propos, dit encore Kay, Shirty a demandé qu'on l'accompagne sur son yacht pour une croisière en Norvège, fin juin. J'en suis malade, de ne pas pouvoir accepter.

La jeune femme lança à son mari un prudent regard de biais :

— J'aimerais tant être de la partie...

Une sorte de nuage, comme une incertitude, voila un instant le sourire de Neville.

— Il faut vraiment que nous allions nous barber chez cette vieille Camilla ? se rebella Kay.

Neville fronça les sourcils :

— Evidemment, qu'il le faut. Voyons, Kay, je t'ai déjà expliqué la situation. Sir Matthew était mon tuteur. Camilla et lui m'ont pratiquement élevé. « La Pointe-aux-Mouettes », c'est un peu chez moi, pour autant que je puisse avoir un chez-moi.

— C'est bon, c'est bon, concéda la jeune femme. S'il faut y aller, eh bien, allons-y. Après tout, à sa mort, nous hériterons toute sa fortune. J'imagine bien qu'il est nécessaire de lui lécher un peu les bottes d'ici là.

— Il ne s'agit pas de lui lécher les bottes ! fit Neville, agacé. Elle ne peut en aucun cas disposer de cet argent. Sir Matthew ne le lui a laissé qu'en fidéicommis, sa vie durant, et il reviendra ensuite à ma femme et à moi. Il s'agit tout bonnement d'*affection*. Comment n'arrives-tu pas à comprendre ça ?

Kay hésita un peu, avant de reprendre :

— C'est vrai que j'ai du mal à comprendre ce genre de choses. Mais si je fais une scène, c'est parce que je sais très bien que, là-bas, c'est tout juste si on me tolère. Ces bonnes femmes ne peuvent pas me voir en peinture ! Elles me détestent ! Lady Tressilian me regarde de haut et me tire un nez long comme ça. Et quand Mary Aldin m'adresse la parole, elle a toujours l'air de parler aux murs. Pour toi, Neville, pas de problème. Tu ne vois même pas ce qui se passe.

— Elles m'ont toujours paru courtoises à ton égard. Tu sais d'ailleurs très bien que je n'accepterais pas qu'il en soit autrement.

Elle lui lança un regard aigu derrière le rideau de ses cils baissés :

— Elles sont courtoises, d'accord. Mais elles connaissent aussi mes points sensibles et ne se privent pas de me planter des banderilles. Pour elles, je ne suis qu'une intruse, et elles ne manquent pas une occasion de me le faire savoir.

— Après tout... ça n'a rien d'extraordinaire.

La voix de Neville s'était légèrement altérée. Il se leva et alla regarder par la fenêtre, dos tourné à sa femme.

— D'accord, ça n'a rien d'extraordinaire, grinça Kay. Elles adoraient Audrey, n'est-ce pas ? Cette chère Audrey, si bon chic bon genre, si froide, si incolore et sans saveur ! Camilla ne m'a pas pardonné d'avoir pris sa place.

Neville ne se retourna pas.

— Camilla n'est plus toute jeune... Elle a plus de soixante-dix ans, reprit-il d'une voix sans timbre. Sa génération n'apprécie guère le divorce. Compte tenu de la tendresse qu'elle avait pour... pour Audrey, je trouve qu'elle a somme toute très bien accepté la situation.

En prononçant le prénom de sa première femme, Neville avait bien failli déraper.

— Elles estiment que tu t'es mal conduit à son égard.

— C'est d'ailleurs exact, marmonna-t-il à voix très basse.

Mais elle l'entendit :

— Oh, Neville, voyons... Ne sois pas stupide ! Ce

n'est pas parce que Audrey a décidé d'en faire tout un plat que...

— Elle n'en a pas fait tout un plat. Ça n'a jamais été son genre.

— Tu sais parfaitement à quoi je fais allusion. Elle s'est exilée, elle a fait une dépression, elle est allé promener partout son cœur en bandoulière. C'est ça que j'appelle en faire tout un plat ! Audrey n'a rien d'une bonne joueuse. A mon avis, quand une femme n'est pas capable de retenir son mari, elle doit avoir l'élégance de lui lâcher les basques ! Vous n'aviez rien en commun. Elle ne pratiquait aucun sport, elle donnait dans le genre anémique, elle était molle comme... comme une chiffe ! Aucun ressort ! Si elle t'aimait, elle aurait dû faire passer ton bonheur avant tout et se réjouir à l'idée que tu allais enfin être heureux avec une femme qui te convenait quand même beaucoup mieux qu'elle.

Cette fois, Neville se retourna. Un sourire quelque peu sardonique flottait sur ses lèvres :

— Pour ce qui est du sport, tu sembles t'y connaître assez bien... Au jeu de l'amour et du mariage, en tout cas !

Kay rougit et éclata de rire :

— Bon... J'admets que j'y vais peut-être un peu fort. Mais, de toute façon, quand ça arrive, ça arrive. Il faut savoir accepter les choses comme elles viennent, non ?

— Audrey les a acceptées, répliqua-t-il sans émotion apparente. Elle a consenti au divorce pour que nous puissions nous marier.

— Oui, d'accord...

— Tu n'as jamais compris Audrey.

— C'est vrai. Mais elle m'horripile. Je ne saisis d'ailleurs pas très bien pourquoi. Ce qu'il y a, c'est qu'on n'arrive jamais à savoir ce qu'elle pense. Et puis... et puis je la trouve un peu effrayante.

— C'est stupide, voyons !

— Non, à moi, elle me fait peur. Peut-être parce qu'elle est tellement intelligente.

— Ma délicieuse tête de linotte...

— C'est ce que tu me dis toujours ! minauda la jeune femme.

— Parce que c'est bien ce que tu es !

Ils se sourirent. S'approchant d'elle, il vint lui poser un baiser sur la nuque :

— Kay, mon adorable Kay...

— Ta bonne pâte de Kay, soupira-t-elle, qui renonce à une croisière divine pour aller se faire snober par des vieillardes à la pudibonderie victorienne sous prétexte que ce sont des parentes de son mari.

Neville retourna s'asseoir à table :

— En fait, je ne vois pas pourquoi nous ne partirions pas en croisière avec Shirty, si tu en as tellement envie.

La stupéfaction la cloua sur place :

— Et Saltcreek et la Pointe-aux-Mouettes, alors ?

— Pourquoi n'irions-nous pas là-bas début septembre ? hasarda-t-il avec un manque de naturel évident.

— Mais voyons, Neville, tu n'y penses pas sérieusement ?

— Impossible en juillet et en août. A cause de mes tournois. Mais, comme je clôture à St Loo la dernière semaine d'août, ce serait très commode d'en partir directement pour Saltcreek.

— Très commode, en effet... On ne fait pas plus commode. Mais je croyais... Elle va toujours là-bas, en septembre, non ?

— C'est à Audrey que tu penses ?

— Oui. J'imagine, évidemment, qu'elles peuvent lui demander de décaler son séjour, mais...

— Pourquoi voudrais-tu qu'elles lui demandent de le décaler ?

Kay fixa son mari d'un œil ahuri :

— Tu veux dire que nous serions là-bas en même

temps ? Dans le genre idée grotesque, on ne fait pas mieux.

— Qu'est-ce que tu vois de grotesque là-dedans ? s'emporta Neville. Des tas de gens en font autant, de nos jours. Après tout, pourquoi ne pas devenir bons amis ? Tout deviendrait tellement *plus simple*. D'ailleurs, tu le disais toi-même, l'autre jour.

— Je disais ça, moi ?

— Oui. Tu ne t'en souviens pas ? Nous parlions des Howes, et tu as fait remarquer qu'ils avaient adopté une conduite sensée et raisonnable, et que la nouvelle épouse de Leonard et son ex étaient devenues les meilleures amies du monde.

— Oh, ce n'est pas *moi* que ça gênerait. C'est vrai que je trouve ça très raisonnable. Mais je ne suis pas persuadée qu'Audrey en penserait autant.

— Enfantillages !

— Ce ne sont pas des enfantillages. Tu sais, Neville, Audrey était folle de toi... Et je ne crois pas qu'elle supporterait la situation une seconde.

— Tu te trompes complètement. Audrey estime que ce serait une très bonne chose.

— Audrey *estime* ?... Qu'est-ce que tu me chantes là, Neville chéri ? Comment sais-tu ce qu'estime ou pas Audrey ?

Neville eut de la peine à cacher son embarras. Il se racla laborieusement la gorge :

— Il se trouve qu'hier, quand j'étais à Londres, je suis par hasard tombé sur elle.

— Tu ne m'en avais rien dit !

— Eh bien, je te le dis maintenant, lâcha-t-il, irrité. Le hasard absolu. Je traversais Hyde Park, et je l'ai vue qui venait en sens inverse. Tu n'aurais tout de même pas voulu que je prenne mes jambes à mon cou, non ?

— Non, bien sûr que non, souffla-t-elle, les yeux écarquillés. Continue.

— Je... nous... enfin, nous nous sommes arrêtés,

évidemment. Et j'ai fait demi-tour pour l'accompagner un peu. Je me suis dit... je me suis dit que c'était le moins que je puisse faire.

— Continue, tu m'intéresses.

— Nous nous sommes assis sur des chaises et nous avons bavardé. Elle s'est montrée adorable... oui, adorable.

— Tu m'en vois ravie.

— Nous avons parlé de tout et de rien... et puis une chose en amène une autre. Elle était très naturelle, très à son aise... et... et tout, quoi !

— Divin !

— Elle m'a demandé de tes nouvelles...

— C'est trop aimable de sa part.

— Et nous avons dit des tas de choses sur ton compte. Vraiment, Kay, elle n'aurait pas pu faire preuve de plus de gentillesse.

— Cette chère Audrey !...

— Et c'est un peu comme ça que l'idée m'est venue que... que ce serait tellement bien si... si vous deveniez amies, toutes les deux... si nous pouvions trouver ensemble un *modus vivendi*, quoi. Et je me suis dit que, si nous faisions ensemble un séjour cet été à la Pointe-aux-Mouettes, il n'y avait pas de raison que nous ne puissions pas y arriver. C'est le genre d'endroit où ce genre de situation pourrait se dénouer tout naturellement.

— C'est *toi* qui as pensé ça ?

— Je... euh... oui, bien sûr. Tout est venu de moi.

— Tu ne m'avais jamais confié que tu songeais à ce genre de rabibochage.

— Ça ne m'est venu que sur le moment.

— Je vois. Quoi qu'il en soit, tu en as émis la suggestion, et Audrey a jugé que c'était une brillante idée ?

Pour la première fois, Neville Strange sembla prendre conscience du ton persifleur de sa femme :

— Cela te chiffonne, ma toute belle ?

— Oh non. Pas du tout. Pas le moins du monde ! Mais ni Audrey ni toi ne vous êtes demandé si, *moi*, je trouverais l'idée aussi brillante que vous ?

Il afficha son incompréhension :

— Mais enfin, Kay ! Qu'est-ce que ça peut bien te faire, à toi ?

Elle se mordit les lèvres.

— L'autre jour, tu prétendais toi-même que...

— Ah, on ne va pas recommencer ! Je parlais des autres. Pas de *nous*...

— Mais c'est pourtant ce qui m'a permis d'imaginer que...

— Et puis quoi, encore ? Tu ne voudrais tout de même pas que je gobe ça, non ?

— Kay, voyons ! Je ne vois pas quelle raison tu pourrais bien avoir de t'inquiéter.

— Il n'y en a pas, à ton avis ?

— Allons... La jalousie et tout ce qui s'ensuit, c'est... c'est de la partie adverse que cela pourrait venir.

Il se tut. Son ton changea :

— Vois-tu, Kay, toi et moi avons très mal agi à l'égard d'Audrey. Enfin, non, ce n'est pas ce que je veux dire. Toi, tu n'y es pour rien. C'est *moi* qui ai très mal agi. Ça ne servirait à rien de dire que je ne pouvais pas m'en empêcher. Mais j'ai la conviction que tout irait mieux pour moi si vous pouviez toutes les deux vous entendre. Je crois que je serais beaucoup plus heureux.

— Tu n'es pas heureux avec moi ? interrogea Kay. C'est ça, ce que tu sous-entends ?

— Chère idiote, bien sûr que je suis heureux. Follement heureux. Mais...

— *Mais !* trancha-t-elle. Il y a toujours des « mais » entre nous. Comme une ombre qui rôde. L'ombre d'Audrey...

Il la regardait fixement :

— N'essaie quand même pas de me faire croire que tu es jalouse d'Audrey !

— Je n'en suis pas jalouse... j'en ai peur. Neville, tu ne sais pas de quoi Audrey est capable.

— Après avoir été marié plus de huit ans avec elle, je ne la connaîtrais pas ?

— Tu ne sais pas de quoi Audrey est capable, répéta Kay.

30 avril

— C'est le monde à l'envers ! s'écria lady Tressilian.

Elle se redressa contre ses oreillers et lança autour d'elle un regard furibond :

— C'est d'une absurdité sans nom ! Neville est devenu fou.

— Je reconnais que l'idée est peu banale, acquiesça Mary Aldin.

Lady Tressilian possédait un profil accusé, avec un nez en bec d'aigle du haut duquel elle savait darder des regards à faire rentrer sous terre. En dépit de ses soixante-dix ans bien sonnés et de sa santé chancelante, son esprit indomptable conservait toute sa vigueur. Il est vrai que, pendant de longues périodes, elle paraissait se retirer hors du monde et de ses émotions. Elle restait alors étendue, les yeux mi-clos. Mais quand elle émergeait de ce semblant de coma, ses facultés n'en étaient que plus acérées, et sa langue, mieux pendue. Soutenue par oreillers et coussins dans un grand lit disposé dans un coin de sa chambre, elle avait, à l'instar des reines de France, l'habitude d'y tenir sa cour. Mary Aldin, une cousine éloignée, vivait à ses côtés et veillait sur elle. Les deux femmes s'entendaient à merveille. Mary avait trente-six ans mais possédait un de ces doux visages sur lesquels les années marquent à peine leurs griffes : on lui aurait donné tout aussi bien trente ans que quarante-cinq. Suprêmement bien élevée, silhouette agréable, cheveux très bruns, elle présentait la particularité, sur le front, d'une mèche entièrement blanche qui la singularisait. A une époque, ç'avait été la mode. Mais, chez elle, cette mèche blanche, qui datait de son adolescence, ne devait rien à l'eau oxygénée.

Pensive, Mary relisait la lettre de Neville Strange que lady Tressilian venait de lui tendre.

— Non, répéta-t-elle, ça n'est vraiment pas banal.

— Et n'essayez pas de me dire, reprit la vieille dame, que Neville a trouvé ça tout seul ! Quelqu'un lui a soufflé cette idée saugrenue. Sans doute cette... enfin, sa nouvelle femme.

— Kay... Vous pensez que l'idée vient de Kay ?

— Ce serait bien d'elle. Moderne et vulgaire ! Quand maris et femmes sont contraints d'étaler leurs problèmes sur la place publique et d'entamer une procédure de divorce, qu'ils veuillent bien, au moins, nous faire la grâce de se séparer avec un minimum de décence. Ces anciennes et ces nouvelles épouses qui se croient obligées de jouer les meilleures amies du monde me soulèvent le cœur. De nos jours, les gens ne savent plus se tenir !

— Il doit s'agir de ce qu'aujourd'hui on appelle progrès.

— Eh bien, pas chez moi, trancha lady Tressilian. Je considère qu'en acceptant de recevoir ici l'an dernier cette créature aux orteils peinturlurés, j'en ai déjà fait plus que je n'aurais dû.

— C'est la femme de Neville.

— Précisément. Et je pense que c'est ce que Matthew aurait voulu. Il adorait ce garçon, et il a toujours désiré qu'il puisse se considérer à la Pointe-aux-Mouettes comme chez lui. Si j'avais refusé de recevoir sa femme, ç'aurait été une rupture ouverte. C'est bien pour cela que j'ai cédé et consenti à l'inviter. Mais je ne l'aime pas. Elle est tout le contraire de ce qu'il faudrait à Neville... On ne sait même pas d'où elle sort !

— Elle est d'excellente famille, fit observer Mary.

— Parlons-en ! Son père, comme je vous l'ai déjà raconté, a été contraint de démissionner de tous les clubs dont il faisait partie après une scabreuse histoire de jeu. Heureusement, il a eu la sagesse de mourir peu de temps après. Quant à sa mère, elle s'était acquis une célébrité de bien mauvais aloi sur la Côte d'Azur. Quelle éducation pour une jeune fille ! Une errance perpétuelle d'hôtel en hôtel — et avec une mère pareille ! Elle a fait la connaissance de Neville sur les courts de tennis, elle a pointé ses batteries sur lui et n'a eu de cesse de lui faire quitter sa femme — qu'il adorait, pourtant — et de lever le pied avec lui ! C'est à elle que revient la responsabilité de tout ce qui s'est passé.

Mary Aldin esquissa un mince sourire : bien de sa génération, lady Tressilian rejetait toujours le blâme sur les femmes, et réservait pour les hommes ses trésors d'indulgence.

— En toute équité, glissa Mary, Neville a quand même bien dû avoir quelques torts, lui aussi.

— Neville est très coupable, bien entendu. Il avait une femme charmante, qui l'avait toujours adoré — trop, peut-être. Et je suis convaincue que, sans les assiduités intempestives de cette fille, il aurait fini par retrouver ses esprits. Mais elle était bien décidée à se faire épouser ! Oui, vraiment, toute ma sympathie va à notre chère Audrey. Je l'aime beaucoup.

— Nous avons connu des moments bien pénibles, soupira Mary.

— Oui, c'est vrai. On est bien en peine de savoir quelle contenance adopter dans des circonstances aussi difficiles. Matthew aimait Audrey autant que je l'aime, et personne ne peut nier qu'elle n'ait été une excellente épouse pour Neville. Encore que l'on puisse regretter qu'elle n'ait pas su davantage partager ses passe-temps. Elle n'a jamais été très sportive. Ce divorce m'a mise sens dessus dessous. Quand j'étais jeune fille, des choses comme cela ne se produisaient tout bonnement pas. Les hommes avaient des liaisons, bien entendu, mais on ne leur aurait jamais permis de briser leur vie conjugale.

— Eh bien, on le leur permet, désormais, trancha Mary.

— Exactement. Vous avez tellement de bon sens, ma chère. A quoi bon ressasser un passé révolu ? C'est ainsi que cela se passe, à l'heure actuelle. On permet à des filles comme cette Kay Mortimer de s'emparer des maris des autres, et personne n'y trouve rien à redire !

— Sauf les gens dans votre genre, Camilla !

— Oh, moi, je ne compte plus. Et cette gourgandine de Kay se soucie de mon approbation comme d'une guigne. Elle est bien trop occupée à se la couler douce. Neville n'aura qu'à l'amener avec lui quand il viendra... et je suis même disposée à accueillir les amis de Madame — encore que je n'apprécie guère ce gandin aux airs de théâtreux qui lui tourne toujours autour. Comment s'appelle-t-il donc, déjà ?

— Vous voulez parler de Ted Latimer ?

— C'est cela même. Une de ces relations qu'elle s'était faites sur la Riviera. Et je voudrais bien savoir de quoi ce monsieur dispose pour vivre sur un aussi grand pied.

— D'expédients, proposa Mary.

— D'expédients, passe encore. Ce que je crois plutôt, c'est qu'il vit de ses charmes. Ce n'est pas un ami bien *convenable* pour la femme de Neville ! J'ai détesté sa façon de venir ici, et de s'incruster à l'*Easterhead Bay Hotel* tout le temps de leur séjour, l'été dernier.

Mary jeta un coup d'œil par la fenêtre. La demeure de lady Tressilian, bâtie au bord d'une falaise escarpée, surplombait l'embouchure de la Tern. Sur l'autre rive s'étendait la station balnéaire d'Easterhead Bay, de création récente, qui regroupait essentiellement une large plage de sable, une poignée de villas dispersées et un hôtel de vastes proportions érigé sur un promontoire dominant la mer. Saltcreek même n'était qu'un minuscule et pittoresque village de pêcheurs dont les maisons s'étageaient à flanc de coteau. On s'y voulait vieux jeu, conservateur et on n'y dissimulait pas son mépris pour Easterhead Bay et ses estivants.

L'*Easterhead Bay Hotel* faisait presque exactement pendant à la demeure de lady Tressilian. Au-delà de l'étroit ruban d'eau où se mêlaient la rivière et la mer, l'hôtel infligeait aux regards sa façade prétentieuse et qui avait par trop l'éclat du neuf.

— Je suis bien heureuse, dit la vieille dame en fermant les yeux, que Matthew n'ait jamais eu à contempler cette bâtisse vulgaire. De son temps, rien n'avait encore gâché le panorama de la côte.

Sir Matthew et lady Tressilian s'étaient installés à la Pointe-aux-Mouettes trente années auparavant. Il y avait maintenant neuf ans que sir Matthew, plaisancier enthousiaste, avait chaviré à bord de son dériveur et s'était noyé sous les yeux de sa femme.

Tout le monde avait alors pensé que lady Tressilian vendrait la Pointe-aux-Mouettes et quitterait Saltcreek, mais elle avait continué d'y vivre. Elle s'était contentée de mettre en vente toutes les embarcations et le hangar à bateaux. Les hôtes de la Pointe-aux-Mouettes ne disposaient plus de la moindre coque de noix. S'ils voulaient, désormais, traverser l'embouchure, ils devaient gagner l'embarcadère et louer les services d'un passeur.

— Voulez-vous que j'écrive à Neville pour lui dire que sa proposition ne coïncide pas avec nos projets ? demanda Mary, un peu hésitante.

— Je n'ai en tout cas aucune intention de changer quoi que ce soit au séjour d'Audrey ! Elle est toujours venue en septembre, et je ne vais pas lui demander de modifier ses plans.

Mary désigna la lettre du doigt :

— Vous avez vu que Neville dit qu'Audrey... euh... qu'Audrey est d'accord ? Qu'elle est très désireuse de connaître Kay ?

— Je n'en crois pas un mot, répliqua lady Tressilian. Neville est comme tous les hommes, il prend ses désirs pour des réalités.

— Il dit qu'il lui en a parlé, insista Mary.

— Etrange façon de faire ! Quoique... peut-être pas, après tout.

Mary la regarda d'un air inquisiteur.

— Mais oui, comme Henry VIII, expliqua lady Tressilian.

Mary ne comprenait toujours pas.

— La conscience tranquille ! Henry a toujours essayé de faire admettre à la reine Catherine que leur divorce était une bonne chose. Neville sait pertinemment qu'il s'est conduit de manière inqualifiable — mais il veut que cela ne nuise pas à son *confort intellectuel*. Alors, il a tarabusté Audrey jusqu'à ce qu'elle lui concède que tout était pour le mieux, qu'elle viendrait ici rencontrer Kay et qu'elle n'y voyait aucune objection.

— Je me demande..., lâcha Mary, songeuse.

Lady Tressilian lui lança un regard vif :

— Qu'avez-vous, ma chère ?

— Je m'interrogeais... Voyez-vous, elle... elle ressemble si peu à Neville, cette lettre ! Ne croyez-vous pas que, pour une raison quelconque, ce soit *Audrey* qui veuille ce... cette rencontre ?

— Pourquoi diable le voudrait-elle ? grinça la

vieille dame. Quand Neville l'a quittée, elle est partie s'installer chez sa tante, Mrs Royde, dans sa propriété du Rectory, et elle a sombré dans une profonde dépression. Elle n'était plus que l'ombre d'elle-même. Elle avait, évidemment, subi un choc terrible. Audrey fait partie de ces gens peu communicatifs et qui n'en ressentent que plus intensément ce qui leur fait du mal.

Mary manifesta quelque gêne :

— Oui. Peu communicative. Mais un volcan qui couve sous la cendre. C'est une drôle de femme, dans son genre...

— Elle a beaucoup souffert... Et puis le divorce a été prononcé, Neville a épousé cette fille et, petit à petit, Audrey s'est mise à remonter la pente. Et maintenant qu'elle est presque redevenue elle-même, vous n'allez quand même pas me dire qu'elle a envie de rouvrir ses vieilles plaies !

Mary Aldin n'en démordait pas :

— C'est pourtant bien ce que dit Neville.

Lady Tressilian l'observa avec curiosité :

— Je vous trouve extraordinairement entêtée sur le sujet, Mary. Pourquoi ? On dirait presque que c'est *vous* qui voulez que nous les accueillions ici tous ensemble ?

Mary rougit :

— Bien sûr que non !

— Et ce ne serait pas vous non plus qui auriez soufflé cette idée incongrue à Neville, par hasard ?

— Comment pouvez-vous proférer pareilles insanités, Camilla ?

— Que voulez-vous, je ne crois pas un instant que ce soit lui qui ait eu cette idée-là. Ça ne lui ressemble pas.

Elle resta un instant songeuse, puis son visage s'éclaira :

— Demain, nous serons le 1er mai, n'est-ce pas ? Le 3, Audrey doit arriver à Esbank, chez les Darlington. Ce n'est qu'à trente kilomètres d'ici. Ecrivez-lui donc pour lui demander de venir déjeuner avec nous un de ces jours.

5 mai

— Mrs Strange, Madame.

Audrey Strange pénétra dans la chambre, vint s'incliner au-dessus du grand lit pour embrasser lady Tressilian et s'assit dans le fauteuil préparé à son attention.

— C'est bon de vous revoir, ma chérie, dit la vieille dame.

— C'est à moi que cela fait plaisir, répondit Audrey.

Elle avait quelque chose d'immatériel. De taille moyenne, elle possédait des mains et des pieds minuscules. Blonde, le teint translucide, on remarquait tout de suite ses yeux gris, clairs et très écartés. Son visage, ovale et fin, offrait des traits délicats et réguliers, avec un petit nez rectiligne. Malgré sa pâleur, jolie sans être belle, elle possédait un charme indéniable qui captivait le regard. On eût dit d'une sorte de fantôme, mais d'un fantôme infiniment plus réel que bien des vivants...

Le timbre de sa voix, doux et cristallin, évoquait le tintement d'une clochette d'argent.

Pendant un moment, les deux femmes échangèrent à bâtons rompus des nouvelles d'amis communs et abordèrent des sujets divers.

— Outre la joie que j'ai à vous revoir, ma chérie, lança enfin lady Tressilian, je vous ai demandé de venir parce que j'ai reçu de Neville une lettre qui m'a causé quelque surprise.

Audrey releva la tête. Ses yeux, grands ouverts, ne reflétaient que le calme et la tranquillité :

— Ah bon ?

— Il suggère — idée absurde s'il en fut jamais ! — que... enfin que Kay et lui ne viennent ici qu'en septembre. Il prétend qu'il veut que Kay et vous deveniez intimes, et que vous-même trouvez, de votre côté, que c'est une bonne idée.

Tout, dans l'attitude de la vieille dame, exigeait une réponse.

— Est-ce vraiment... aussi absurde ? interrogea Audrey d'un ton placide.

— Ma chérie !... Souhaitez-vous réellement une telle rencontre ?

Audrey laissa passer quelques instants avant de préciser :

— Je crois, en effet, que ça pourrait être une bonne chose.

— Vous voulez vraiment faire la connaissance de cette... enfin, faire la connaissance de Kay ?

— J'estime sincèrement, Camilla, que cela pourrait... simplifier les choses.

— Simplifier les choses !

Lady Tressilian en demeura quasiment sans voix.

— Chère Camilla, murmura Audrey. Vous avez toujours été si bonne. A partir du moment où Neville le souhaite...

— Je me contrefiche de ce que peut souhaiter Neville, coupa la vieille dame avec vigueur. Le souhaitez-vous, *vous* ? C'est la question que je vous pose.

Audrey rougit à peine. Son teint prit la nuance rosée d'un coquillage exotique :

— Oui. Je peux dire que je le souhaite.

— Eh bien, ça ! Eh bien, ça !

— Mais, bien entendu, tout dépend de vous. Vous êtes ici chez vous, et...

— Je ne suis plus qu'une vieille femme, murmura

lady Tressilian, paupières closes. Et je ne comprends plus rien à rien.

— Il va de soi que... que je peux venir à une autre période. N'importe quand fera mon affaire.

— Vous viendrez en septembre, comme toujours, un point, c'est tout. Et Neville et Kay peuvent venir aussi, si ça leur chante. Je suis peut-être vieille, mais j'imagine que j'ai encore la force de m'adapter, aussi bien que quiconque, aux bouleversements de la vie moderne. N'ajoutez plus un mot, Audrey. C'est réglé.

Elle ferma à nouveau les yeux, puis les rouvrit à peine, comme pour guetter la jeune femme qui se tenait à son chevet :

— Eh bien, vous avez obtenu ce que vous vouliez ?

Audrey sursauta :

— Oh, oui... Oui. Merci.

— Ma chérie, reprit lady Tressilian, soucieuse, êtes-vous sûre que tout cela ne risque pas de vous faire du mal ? Vous adoriez Neville, je le sais. Vos cicatrices pourraient bien se rouvrir...

Les yeux d'Audrey ne quittaient pas ses petites mains gantées dont l'une, la vieille dame le remarqua, se crispait sur le montant du lit. Elle finit par relever la tête, le regard tranquille :

— Tout cela est fini, aujourd'hui. Bel et bien fini.

Lady Tressilian se laissa aller lourdement contre ses oreillers :

— Parfait. Vous êtes meilleur juge que moi. Je suis lasse... Laissez-moi, maintenant, Audrey. Mary vous attend en bas. Dites-lui de m'envoyer Barrett.

Barrett était sa vieille camériste dévouée.

Elle monta et trouva sa maîtresse quasi prostrée, paupières closes :

— Barrett, plus tôt je quitterai ce monde, et mieux cela vaudra. Je ne comprends plus rien à rien, ni personne.

— Ah ! ne dites pas ça, Madame. Vous êtes fatiguée, c'est tout.

— Oh, oui, je suis fatiguée. Enlevez-moi cet édredon des pieds, et donnez-moi une dose de mon analeptique.

— C'est la visite de Mrs Strange qui vous a tourneboulée. Elle est bien gentille, mais c'est elle qui aurait besoin d'un fortifiant, je vous le dis comme je le pense. Elle n'a pas de santé. Et puis on dirait toujours qu'elle voit des choses que les autres ne voient pas. Mais elle a de la personnalité, on ne peut pas lui retirer ça. Elle en *impose*, comme dit l'autre.

— Ça, c'est bien vrai, Barrett. Oui, c'est bien vrai.

— Et puis elle n'est pas non plus du genre qu'on doit oublier facilement. C'est souvent que je me suis demandé si Mr Neville pense encore parfois à elle. La nouvelle Mrs Strange, c'est une beauté — une vraie beauté —, mais miss Audrey... on y pense même quand elle n'est pas là.

Lady Tressilian étouffa soudain un petit rire :

— Il faut que Neville ait perdu le sens commun pour vouloir réunir ces deux femmes sous le même toit. C'est lui qui s'en mordra les doigts !

29 mai

Pipe aux lèvres, Thomas Royde surveillait son premier boy malais qui s'activait à achever ses bagages. Il détournait souvent le regard pour contempler par les fenêtres la plantation qu'il avait eue sous les yeux durant les sept années passées et qu'il ne reverrait plus pendant quelque six mois.

Ça lui ferait une drôle d'impression de retrouver l'Angleterre.

Allen Drake, son associé, passa la tête par l'entrebâillement de la porte :

— Salut, Thomas, tu en vois le bout ?

— Ça se termine.

— Viens prendre un verre, heureux veinard. Je crève de jalousie.

Thomas Royde quitta lentement sa chambre pour rejoindre son ami. Sans dire un mot, car c'était un homme singulièrement taciturne. Ses amis avaient appris à juger de ses états d'esprit à l'intensité de ses silences.

Silhouette trapue, yeux pensifs et scrutateurs dans un visage jamais détendu, il marchait un peu de travers, à la manière d'un crabe. Cette disgrâce — souvenir d'un tremblement de terre au cours duquel il était resté coincé sous un chambranle de porte et s'en était sorti avec une épaule et un bras partiellement paralysés —, à laquelle s'ajoutait une certaine raideur voulue, lui avait valu le surnom de Bernard l'Ermite et poussait souvent les gens à le croire timide et mal assuré, ce qui n'était pas vraiment le cas.

Allen Drake avait préparé les verres.

— Eh bien, fit-il en levant le sien, bonne chasse !

En guise de réponse, Royde se contenta d'un grognement du genre :

— Ah... hum.

Son associé l'observa avec curiosité :

— Plus flegmatique que jamais. Je ne sais pas comment tu fais. Depuis combien de temps tu n'es pas retourné au pays ?

— Sept ans... Presque huit.

— Un bail. Je me demande si tu n'es pas complètement asiatisé.

— Peut-être que si.

— Tu feras décidément toujours davantage partie de la Confrérie de nos Frères inférieurs que du genre humain ! Des projets pour ton congé ?

— Euh... oui... En partie.

D'un coup, son teint boucané avait viré au rouge brique.

— Il y a une fille là-dessous ! s'exclama Allen Drake, stupéfait. Tonnerre de Zeus, tu rougis, mon vieux !

— Ne dis pas de bêtises, fit Royde, la voix un peu rauque.

Il tira sur sa bouffarde et, contre toute attente, battit un record en n'interrompant pas la conversation :

— Je crois que je trouverai pas mal de choses changées.

— Je me suis toujours demandé pourquoi, à la dernière minute, tu avais renoncé à tes vacances, la dernière fois.

Royde haussa les épaules :

— Je pensais que ce safari serait intéressant. Et puis j'avais reçu des mauvaises nouvelles de la maison.

— Bien sûr. J'avais oublié. Ton frère venait de se tuer... Dans un accident de voiture.

Royde acquiesça de la tête.

Drake se dit que c'étaient quand même là d'étranges motifs pour annuler un voyage en Angleterre. D'autant que son ami avait encore sa mère... et puis une sœur, lui semblait-il. En pareilles circonstances... Soudain, un souvenir lui revint : Thomas avait annulé son passage *avant* d'avoir été informé de la mort de son frère.

Allen Drake le regarda avec curiosité : drôle d'oiseau, ce Thomas !

Après tant d'années, il se crut autorisé à l'interroger :

— Vous étiez très liés, ton frère et toi ?

— Adrian et moi ? Pas spécialement. On avait suivi chacun sa route. Il était avocat.

« En fait d'existences différentes, pas facile d'imaginer mieux, pensa Drake. Les tribunaux londoniens, les réceptions mondaines... et une vie gagnée grâce à une langue bien pendue. » Adrian Royde n'avait sûrement guère ressemblé à son frère Thomas le taciturne !

— Ta mère est toujours en vie, n'est-ce pas ?

— La maternelle ? Oui.

— Et tu as une sœur, aussi ?

Thomas secoua la tête.

— Ah, je croyais. Sur cette photo...

— Ce n'est pas ma sœur, marmonna Royde. Une cousine éloignée, quelque chose comme ça. Elevée avec nous parce qu'elle était orpheline.

A nouveau, un flot de rouge vint se mêler à son bronzage.

« Tiens, tiens ! », se dit Drake.

— Elle est mariée ? questionna-t-il.

— Elle l'a été. Elle avait épousé Neville Strange.

— Le joueur de tennis ?

— Oui. Ils ont divorcé.

« Et tu t'en retournes au pays pour tenter ta chance auprès d'elle », décida mentalement Drake.

Mais, discret, il préféra changer de sujet :

— Tu projettes quoi ? Pêche ? Chasse ?

— Il faut d'abord que je passe à la maison. Ensuite, j'ai l'intention d'aller faire un peu de voile du côté de Saltcreek.

— Je connais. Un coin très bien. Il y a un bon hôtel, à l'ancienne.

— Oui. Le *Balmoral Court*. J'y descendrai peut-être, ou bien j'irai chez des amis qui ont une maison dans le village.

— Excellent programme.

— Ah... hum ! Un petit port tranquille, ce Saltcreek. Personne pour vous embêter.

— Je sais, conclut Allan Drake. Le genre d'endroit où il ne se passe jamais rien.

— C'est vraiment très, très contrariant, tempêtait le vieux Mr Treves. Cela fait vingt-cinq ans que j'ai mes habitudes au *Marine Hotel*, à Leahead... et figurez-vous qu'ils ont l'intention de tout y chambouler. Ils veulent élargir la façade, ou je ne sais quelle ânerie du même tonneau. A se demander pourquoi on ne peut pas laisser le bord de mer tranquille. Leahead avait pourtant un charme peu banal. Du XIXe. Du pur début XIXe.

Rufus Lord jugea bon de le consoler :

— Je serais surpris qu'il n'y ait pas là-bas d'autres établissements où descendre.

— Au vrai, je n'ai plus la moindre envie d'aller à Leahead. Au *Marine*, Mrs Mackay avait parfaitement compris mes besoins. On me donnait la même suite chaque année. A peine s'il y avait quelques changements dans le personnel. Et la cuisine était remarquable... tout à fait remarquable.

— Pourquoi n'essaieriez-vous pas Saltcreek, Mr Treves ? Il y a, dans ce charmant village, un délicieux hôtel à l'ancienne. Le *Balmoral Court*. Ecoutez un peu qui le dirige. C'est un couple, les Rogers. Elle, c'était la cuisinière du vieux lord Mounthead — qui donnait les meilleurs dîners du tout-Londres. Elle a fait une fin en épousant le majordome, et ils ont pris cet hôtel en gérance. Je suis prêt à parier que c'est exactement ce qu'il vous faut. C'est calme — pas de ces abominables jazz-bands à vous crever les tympans —, la cuisine y est admirable et le service de tout premier ordre.

— C'est une idée. C'est vraiment une idée. Y a-t-il une terrasse abritée ?

— Oui. Une véranda couverte, et une terrasse pardevant. Vous pouvez, au choix, avoir ombre ou soleil. Si vous le souhaitez, je vous donnerai des lettres d'introduction pour les gens du voisinage. Il y a là, notamment, la vieille lady Tressilian. Elle habite une demeure charmante, pratiquement la porte à côté. Et, en dépit de ses infirmités, elle est restée délicieuse.

— Vous parlez de la veuve du juge ?

— C'est cela même.

— J'ai bien connu Matthew Tressilian. Et elle, je crois me souvenir de lui avoir été présenté. Une femme charmante, en effet. C'était il y a des années, évidemment. Saltcreek n'est pas très éloigné de St Loo, n'est-ce pas ? Je compte de nombreux amis dans ce trou perdu. Votre idée de Saltcreek me paraît décidément très judicieuse. Je vais écrire pour prendre des renseignements. C'est à la mi-août que je souhaiterais m'y rendre... De la mi-août à la mi-septembre. J'y trouverai un garage pour ma voiture, je suppose ? Et de quoi loger mon chauffeur ?

— Bien sûr. Rien ne manque.

— C'est que, voyez-vous, je dois me ménager. Je préférerais une suite au rez-de-chaussée, mais j'imagine qu'il y a un ascenseur.

— Evidemment. Vous trouverez là tout le confort moderne.

— Mon cher Rufus, tout me donne à penser, conclut Mr Treves, que vous m'avez suggéré la solution idéale à mon problème. Et je me réjouis déjà de renouer amitié avec lady Tressilian.

28 juillet

Tendue en avant de tout son corps, Kay Strange, vêtue d'un short et d'un pull-over jaune canari, avait les yeux rivés sur le gazon vert des courts. On en était déjà aux demi-finales des simples messieurs du tournoi de St Loo. Neville Strange affrontait le petit Merrick, que l'on s'accordait à considérer comme l'étoile montante du tennis. Malgré un brio incontestable — son service était quasi imparable —, il lui arrivait de s'incliner devant l'expérience de son aîné. Le sens du jeu faisait alors toute la différence.

Le score s'établissait à trois partout dans le dernier set.

Se glissant sur le siège voisin de celui de la jeune femme, Ted Latimer ironisa, d'une voix alanguie :

— La fidèle épouse regarde son mari se tailler la route de la victoire !

Elle sursauta :

— Tu m'as fait peur, Ted. Je ne savais pas que tu étais là.

Ted Latimer avait vingt-cinq ans et était extrêmement joli garçon — même si de vieux colonels bilieux ne se privaient jamais de grommeler à sa vue : « Il a tout d'un métèque. »

Cheveux noirs et bronzage étudié, c'était un excellent danseur.

Ses yeux de braise étaient d'une rare éloquence, et il savait jouer de sa voix avec la maîtrise d'un comédien professionnel. Kay avait fait sa connaissance lorsqu'elle avait quinze ans. Ils s'étaient mutuellement enduits d'huile solaire à Juan-les-Pins, avaient dansé et joué au tennis ensemble. Autant que des amis, ils avaient été des complices.

Le jeune Merrick servait depuis la partie gauche du court. Neville venait de riposter d'un passing meurtrier, juste sur la ligne.

— Le revers de Neville est excellent, fit observer Ted. Bien meilleur que son coup droit. Chez Merrick, au contraire, il y a une faiblesse du revers. Neville le sait, et il ne va pas arrêter de jouer droit dessus.

Le jeu s'achevait.

— *Strange mène par quatre à trois,* annonçait l'arbitre.

Neville gagna le jeu suivant sur son service. Merrick renvoyait des balles désordonnées.

— *Cinq à trois.*

— Neville est bien parti, jugea Latimer.

Mais Merrick se ressaisit. Plus concentré, il se mit à varier la cadence de ses coups.

— Ce garçon a du plomb dans la tête. Et son jeu de jambes est de première. Nous allons assister à une belle bataille.

Point après point, Merrick revint à cinq partout, puis à sept partout. Finalement, il gagna la partie, par neuf jeux à sept.

Tout sourires et hochant la tête d'un air approbateur, Neville monta vers le filet pour lui serrer la main.

— La jeunesse a parlé, commenta Ted Latimer. Dix-neuf ans contre trente-trois. Mais, ma petite Kay, je peux te dire la raison pour laquelle Neville n'a jamais eu l'étoffe d'un véritable champion. Il est trop bon perdant.

— Quelle ânerie !

— Absolument pas. Neville — que le diable l'emporte — se conduit toujours en parfait sportif. Je ne l'ai jamais vu perdre son sang-froid sous prétexte qu'un match lui avait échappé.

— Bien sûr que non ! s'étonna Kay. Ça ne se fait pas.

— Tu parles, que ça se fait ! Tout le monde l'a vu faire. Des stars du tennis qui n'hésitent pas à pousser leur coup de gueule... et qui essaient d'escroquer le moindre petit point. Mais ton bon vieux Neville... toujours prêt à accepter l'arbitrage avec le sourire. Que le meilleur gagne, et tout le baratin. Bon Dieu, comme je hais cette mentalité d'ancien d'une grande école ! Je remercie le Seigneur de ne m'avoir jamais obligé à en fréquenter une !

Kay sourit :

— Je te trouve bien féroce, aujourd'hui.

— Positivement assoiffé de sang !...

— Je préfèrerais que tu ne montres pas aussi ouvertement que tu détestes Neville.

— Pourquoi devrais-je l'aimer ? Il m'a soulevé ma petite amie.

Il la couvait du regard.

— Je n'ai jamais été ta petite amie, Ted. Les circonstances nous l'interdisaient.

— Exact. Il n'y a même pas eu entre nous le plus petit frotti-frotta rituel.

— Tais-toi, Ted. Je suis tombée amoureuse de Neville, je l'ai épousé, et...

— « Et c'est la crème des hommes, tout le monde est bien d'accord là-dessus ! »

— Tu essaies de me mettre en rogne ?

Elle l'affrontait du regard. Mais il sourit, et elle lui rendit son sourire.

— Comment se passe ton été, Kay ?

— Couci-couça. On a fait une croisière somptueuse. Mais je commence à en avoir ma claque de toutes ces histoires de tennis.

— Il y en a encore pour longtemps ? Un mois ?

— Oui... Et puis en septembre, nous devrons nous taper la Pointe-aux-Mouettes pour une bonne quinzaine.

— Je serai à l'*Easterhead Bay Hotel*. J'ai déjà réservé ma chambre.

— Ça va être une exquise réunion de famille ! grinça Kay. Neville et moi, l'ex de Neville, et je ne sais quel planteur de Malaisie en congé de longue durée.

— Ça s'annonce rigolo comme tout, en effet !

— Sans parler de la cousine mal fagotée, bien entendu. Toujours à jouer les infirmières pour cette vieille peau... Et dire que ça ne lui rapportera rien, puisque c'est Neville et moi qui hériterons...

— Peut-être qu'elle ne le sait pas, ricana Ted.

— Il y aurait de quoi se tordre.

Elle avait dit ça d'un air absent. Elle avait les yeux

fixés sur la raquette qu'elle faisait tourner entre ses paumes. Soudain, elle poussa un soupir :

— Oh, Ted...

— Qu'est-ce qui se passe, ma douce ?

— Je n'en sais rien. Quelquefois... quelquefois, j'ai peur, et je me sens toute drôle.

— Ça ne te ressemble pas, Kay.

— Non, n'est-ce pas ?... Quoi qu'il en soit, reprit-elle avec un pâle sourire, tu seras à l'*Easterhead Bay Hotel* ?

— Comme prévu.

Quand Kay le retrouva à la sortie des vestiaires, Neville lui dit :

— Je vois que ton soupirant est arrivé.

— Ted ?

— Oui, le fidèle toutou. Ou peut-être devrais-je dire le gigolo fidèle à lui-même ?

— Tu ne l'aimes guère, hein ?

Il haussa les épaules :

— Oh, il m'est parfaitement indifférent. Si ça t'amuse de le traîner partout en laisse...

— Je crois que tu es jaloux.

— De Latimer ? s'étonna-t-il avec une surprise non feinte.

— Il passe pour extrêmement séduisant.

— Je suis sûr qu'il l'est. C'est son petit côté sud-américain qui plaît à ces dames.

— Tu *es* jaloux.

Neville pressa gaiement le bras de sa femme :

— Non, je ne suis pas jaloux, ma splendeur. Tu peux te garder ton amoureux transi. En avoir une pleine cour, même, si ça te chante. Mais c'est moi qui suis « en possession ». Et possession vaut titre.

— Je te trouve bien sûr de toi, lança Kay, avec une petite moue.

— Cela va de soi. Toi et moi, nous sommes liés par le Destin. C'est le Destin qui nous a fait nous rencontrer. Et c'est le Destin qui nous a réunis. Tu te souviens de notre première rencontre, à Cannes ? Je devais partir pour Estoril. Et quand j'y suis arrivé, la première personne que j'ai vue, c'était la ravissante Kay ! J'ai compris alors que le Destin avait posé sa main sur moi... et que je ne pourrais plus lui échapper.

— Ce n'était pas vraiment le Destin. C'était moi !

— Q'est-ce que tu entends par « c'était moi » ?

— Vois-tu, à Cannes, je t'avais entendu dire que tu partais pour Estoril. Alors, j'ai travaillé Maman au corps... et c'est comme ça que j'ai été la première personne que tu as aperçue là-bas.

Neville fixa sa femme avec une expression étrange.

— Tu ne m'avais encore jamais confié ça, murmura-t-il lentement.

— Parce qu'il valait mieux pas. Ça t'aurait rendu prétentieux ! Mais j'ai toujours été douée pour tirer des plans. Les choses n'arrivent que si on fait tout pour qu'elles arrivent. Tu m'appelles souvent ta « petite tête de linotte ». Seulement moi, dans mon domaine, je suis très forte. Je parviens toujours à mes fins. Même s'il me faut parfois élaborer mon plan longtemps à l'avance.

— Au prix d'intenses réflexions, j'imagine ?

— Tu as tort de te moquer.

— Serais-je en train de découvrir la femme que j'ai épousée ? siffla Neville, soudain étrangement amer. Est-ce que Destin se prononcerait désormais Kay ?

— Tu n'es pas fâché, Neville ? s'inquiéta Kay.

— Non... bien sûr que non, répondit-il, l'air absent. Je... je réfléchissais...

Lord Cornelly, richissime et excentrique pair du Royaume, avait pris place derrière le bureau monumental qui faisait sa joie et son bonheur. Ce meuble, dessiné et fabriqué selon ses propres indications, avait coûté des sommes astronomiques, et tout l'aménagement de la pièce avait été conçu en fonction de lui. L'ensemble produisait un effet grandiose, à peine gâché par l'inévitable présence de lord Cornelly lui-même, petit personnage replet qu'écrasait complètement la magnificence de ce bureau superlatif.

La blonde secrétaire qui venait de faire son entrée dans ce décor coruscant s'harmonisait à la splendeur ambiante. Glissant sans bruit sur la moquette, elle déposa devant le noble lord un carré de papier. Il y jeta un coup d'œil :

— MacWhirter ? MacWhirter ? Qui est-ce ? Jamais entendu parler de ce quidam. Il a un rendez-vous ?

La blonde se contenta d'une confirmation muette.

— MacWhirter, hein ? Oh, *MacWhirter* ! Ce type-là ! Bien sûr ! Faites-le entrer. Faites-le entrer tout de suite.

Lord Cornelly fut secoué d'un petit gloussement joyeux. Il se sentait de la meilleure humeur du monde.

Se carrant contre le dossier de son fauteuil, il regarda venir à lui l'homme au visage austère qu'il avait souhaité rencontrer :

— Vous êtes MacWhirter ? Angus MacWhirter ?

— C'est bien mon nom, répondit MacWhirter, debout, très raide.

— Vous travailliez autrefois avec Herbert Clay ? C'est cela, n'est-ce pas ?

— Oui.

Nouveau gloussement de lord Cornelly :

— Je sais tout de vous, MacWhirter. Clay s'est fait retirer son permis parce que vous n'aviez pas voulu confirmer ses craques et jurer qu'il ne roulait qu'à cinquante à l'heure ! Il en était vert. (Gloussement plus accentué encore.) Il nous a tout raconté, au grill du *Savoy*. « Cette fichue tête de mule d'Ecossais ! » Voilà ce qu'il disait ! Il déblatérait sur votre compte à n'en plus finir. Et moi, vous savez ce que j'ai pensé ?

— Je n'en ai pas la moindre idée.

MacWhirter avait répliqué d'un ton sec. Mais lord Cornelly, tout au plaisir de se rappeler sa réaction, n'y prit pas garde :

— J'ai pensé : « Voilà exactement le genre de bonhomme qu'il me faut. Quelqu'un qui ne se laisse pas acheter pour débiter des mensonges. » Pour moi, vous n'aurez pas à mentir. Ce n'est pas ainsi que je mène mes affaires. Ce que je recherche, ce sont des hommes honnêtes... et il y en a sacrément peu sur la planète !

Un rire aigu secoua le petit lord. Une grimace d'allégresse tressa de rides son faciès de sapajou. MacWhirter, toujours aussi raide, ne riait pas.

Le rire de lord Cornelly s'éteignit. L'intelligence et l'attention se peignirent sur son visage :

— Si vous voulez un job, MacWhirter, j'en ai un à vous proposer.

— Je n'ai rien contre l'idée d'en trouver un.

— Il s'agit d'une fonction de responsabilité. D'une situation que je ne puis confier qu'à un homme d'une solide expérience — ça, vous l'avez, je m'en suis assuré — et aussi à un homme en qui je puisse avoir une confiance absolue.

Il attendit. MacWhirter demeurait silencieux.

— Eh bien, mon vieux, puis-je vous faire une confiance absolue ?

— Ce n'est pas parce que je vous aurai dit oui que vous serez mieux renseigné sur la question, répliqua MacWhirter, très sec.

Lord Cornelly éclata de rire :

— Vous êtes engagé. Vous êtes en tous points celui que je cherchais. Vous connaissez quelque chose à l'Amérique du Sud ?

Il exposa en détail ses projets. Une demi-heure plus tard, Angus MacWhirter arpentait les trottoirs de la City, titulaire d'un travail intéressant, extrêmement bien payé et, de surcroît, prometteur d'un bel avenir.

Après lui avoir fait grise mine, le Destin avait décidé de lui sourire. Mais MacWhirter n'avait guère envie de lui sourire en retour. Il ne ressentait aucune joie, même si son sens de l'humour le poussait à goûter l'ironie de la situation. La justice immanente était capable de poésie, puisque c'était aux diatribes furibondes de son ex-employeur qu'il devait sa nouvelle promotion !

Il pouvait se considérer comme un parfait veinard. Mais il s'en fichait. Il allait désormais se consacrer à mener sa barque, sans enthousiasme ni plaisir, mais avec méthode. Sept mois auparavant, il avait essayé d'attenter à ses jours. Le hasard — et le hasard seul — l'en avait empêché. Mais il ne vouait à dame Destinée aucune reconnaissance. D'accord, tout désir de s'envoyer *ad patres* l'avait abandonné. Cette période-là, c'en était fini pour de bon. Il reconnaissait maintenant qu'on ne peut, de sang-froid, décider de tirer sa révérence à ses contemporains. Il y faut le coup de fouet du désespoir, du chagrin, de la désespérance ou de la passion. Juger que la vie n'est qu'une suite ininterrompue d'événements sans intérêt ne constitue pas un motif suffisant pour commettre un suicide.

Cependant, il se sentait satisfait que ses nouvelles fonctions le conduisent loin de l'Angleterre. Il embarquerait pour l'Amérique du Sud à la fin septembre. Dans les semaines à venir, il serait très occupé à rassembler les équipements indispensables et à se mettre au courant des ramifications complexes des affaires de lord Cornelly.

Il lui resterait quand même une semaine de libre avant de quitter la terre natale. « Qu'en faire ? se demandait-il. Rester à Londres ? Voyager ? »

Une idée se forma peu à peu dans son esprit.

Pourquoi ne pas pousser jusqu'à Saltcreek ?

« Au fond, j'ai bigrement envie de retourner là-bas », se dit-il en lui-même.

Dans le genre morbide, ça ne manquerait sûrement pas de piquant.

19 août

— Et v'lan ! Mes vacances tombent à l'eau, maugréa le superintendant Battle, écœuré.

Mrs Battle ne cachait pas non plus sa déception. Mais on n'est pas depuis de longues années l'épouse d'un officier de police sans avoir appris à accueillir ce genre de déboires avec philosophie :

— Que veux-tu, on n'y peut rien. Il s'agit d'une affaire intéressante, au moins ?

— Même pas de quoi fouetter un chat. Ça met le Foreign Office en transe — cette bande d'élégants jeunes gens s'agite en tous sens, clame « chut ! chut ! chut ! » à tous les échos et remue beaucoup d'air. On va leur régler ça en trois coups de cuillère à pot et leur sauver la mise. Mais ce n'est certainement pas le genre d'affaire que je raconterais dans mes mémoires si jamais je devenais assez fou pour décider de les écrire.

— Nous pourrions repousser nos vacances, et...

Le superintendant interrompit sa femme :

— C'est hors de question. Les filles et toi, vous allez partir pour Britlington. Nous avons retenu nos chambres depuis mars. Ce serait une pitié que de les laisser perdre. Et je vais te dire ce que je vais faire : dès que ce truc sera bouclé, je prends la tangente et je vais passer une semaine chez Jim.

Jim, l'inspecteur James Leach, était le neveu du superintendant Battle :

— Saltington est à deux pas d'Easterhead Bay et de Saltcreek. Je pourrai renifler l'air de la mer et piquer à l'occasion une tête dans la grande bleue.

Mrs Battle afficha son scepticisme :

— Je le vois beaucoup mieux te demander un coup de main sur une enquête !

— Ils se tournent les pouces, là-bas, à cette période de l'année — sauf quand une bonne femme pique une babiole de quat'sous au *Woolworth* du coin. Et, de toute manière, Jim connaît son boulot — il n'a aucun besoin qu'on vienne se triturer les méninges à sa place.

— Bon, bon, concéda Mrs Battle. Espérons que tout se passera comme tu dis. Mais c'est quand même bien décevant.

— Ces contretemps nous sont envoyés pour nous mettre à l'épreuve, lui assura pieusement le superintendant.

Blanche-Neige et Rose-Rouge

1

Quand Thomas Royde descendit du train, Mary Aldin l'attendait sur le quai de la gare de Saltington. Il n'avait d'elle qu'un souvenir assez vague, mais, à la revoir, il s'étonna de la satisfaction qu'il éprouvait devant son efficacité sans chichis pour aplanir les difficultés.

Elle s'adressa à lui en utilisant son prénom :

— Que c'est bon de vous retrouver, Thomas, après toutes ces années !

— Merci d'être venue me chercher. J'espère que ça ne vous a pas dérangée.

— Pas du tout. Bien au contraire. Croyez-moi, vous êtes deux fois le bienvenu. C'est lui, votre porteur ? Dites-lui de passer par là. J'ai garé la voiture juste au bout.

On entassa les valises dans la Ford. Mary s'installa au volant, avec Thomas à sa gauche. Quand ils eurent démarré, Thomas Royde remarqua qu'elle conduisait bien, à la fois adroite et prudente au milieu de la circulation, habile à juger des distances et des intervalles.

Saltington se trouvait à une douzaine de kilomètres de Saltcreek. Dès qu'ils furent sortis de la bourgade pour s'engager sur la route, Mary en revint à ce qui lui tenait à cœur :

— Oui, croyez-moi, Thomas. Votre arrivée est un don du ciel. Nous traversons une période difficile, et la venue d'un étranger à la famille — ou d'un quasi étranger, pardonnez-moi —, est vraiment ce dont nous avions besoin.

— Qu'est-ce qui se passe ?

Selon son habitude, Thomas Royde avait posé sa question sans exprimer de curiosité particulière. On eût pu croire qu'il s'agissait de pure courtoisie, non d'une quelconque envie d'en savoir davantage. Et cela convenait parfaitement à Mary Aldin, qui éprouvait le besoin de s'épancher mais préférait le faire auprès de quelqu'un qui ne serait pas trop avide de détails :

— Eh bien... nous sommes dans une situation assez malcommode. Audrey est chez nous, vous le savez sans doute ?

Royde se contenta d'acquiescer de la tête.

— Et Neville et sa seconde femme aussi.

Thomas Royde haussa les sourcils. Mais il attendit quelques secondes avant de lâcher :

— Un peu bizarre... non ?

— Très. C'est une idée de Neville.

Mary s'interrompit un instant. Puis, comme si elle redoutait de n'être pas crue, elle se répéta :

— C'est une idée de Neville.

— Qui rime à quoi ?

Lâchant le volant, elle leva les deux mains :

— Bah ! Mise en pratique de je ne sais quelle théorie moderne ! Tout le monde doit se montrer compréhensif et faire ami-ami. Vous voyez le genre. Mais je ne suis pas convaincue que ça marche très bien.

— Je ne vois pas comment ça pourrait. A quoi ressemble la nouvelle Mrs Strange ?

— Kay ? Ravissante, bien entendu. Absolument ravissante. Et très jeune.

— Et Neville est fou d'elle ?

— Oh oui. Evidemment, ils ne sont mariés que depuis un an.

Thomas se tourna lentement vers elle. Ses lèvres esquissaient l'ombre d'un sourire.

— Ce n'est pas exactement ce que je voulais dire, s'empressa de préciser Mary.

— Voyons, Mary. Bien sûr que si.

— Ce qu'il y a, c'est qu'on ne peut pas s'empêcher de remarquer qu'ils n'ont pas beaucoup de points communs. Leurs amis, par exemple...

Elle s'interrompit.

— Il l'a rencontrée sur la Côte d'Azur, n'est-ce pas ? demanda Royde. Je ne sais pas grand-chose de leur histoire. Juste ce que ma mère m'en a écrit.

— Oui. Ils ont fait connaissance à Cannes. Neville a été séduit. J'imagine que cela lui était déjà arrivé auparavant, mais sans que ça ait prêté à conséquence. Et je reste persuadée que si Kay ne s'était pas cramponnée à ses basques, rien de tout cela ne serait arrivé. Il adorait Audrey, vous savez.

Thomas hocha la tête.

— Je ne crois pas qu'il avait envie de briser son mariage, poursuivit Mary. Je suis même sûre que non. Mais cette fille savait ce qu'elle voulait. Elle n'a eu de cesse de lui faire quitter sa femme... et vous savez comment réagissent les hommes en pareille circonstance. Cela flatte leur vanité, naturellement.

— Elle s'était toquée de lui, si je comprends bien ?

— Il devait y avoir de ça.

Le ton de Mary reflétait une nuance de doute. Elle surprit le regard de Thomas et rougit :

— Quelle commère je fais ! Que voulez-vous, il y a un garçon qui traîne dans leur sillage — beau gosse dans le style gigolo, un vieil ami à elle — et je ne peux pas m'empêcher de me demander si le fait que Neville a une belle fortune, appartient à la meilleure société et tout n'a pas joué un rôle là-dedans. Je me suis laissé dire que la petite n'avait pas un sou.

Elle s'interrompit, l'air un peu confus.

— Ah... hum ! se contenta d'émettre Thomas Royde, sceptique.

— Purs ragots, probablement, je le reconnais, reprit Mary. La petite possède ce qu'il est convenu d'appeler une séduction folle. Et c'est probablement ça qui échauffe la bile d'une vieille fille mûrissante.

Royde la fixa, pensif. Mais son visage impassible ne trahissait nulle émotion.

— Mais où se situe au juste le problème ? finit-il par demander.

— En fait, je n'en ai pas la moindre idée ! C'est ça le plus curieux. Bien entendu, nous avions commencé par consulter Audrey — et elle ne paraissait pas opposée à une rencontre avec Kay, elle prenait ça avec beaucoup de gentillesse. Et là, depuis le début, elle n'a pas cessé de se montrer adorable. Personne n'aurait pu l'être davantage. Mais Audrey a toujours su adopter en tout la conduite convenable. Son attitude, à l'égard de Kay et de Neville, a été parfaite. Audrey est très secrète, vous le savez, et on ne sait jamais vraiment ce qu'elle pense ou ce qu'elle ressent... Mais, en toute honnêteté, je ne crois pas que la situation la gêne *du tout.*

— Pourquoi la gênerait-elle ? Après tout, ça remonte à trois ans.

— Les Audrey peuvent-elles jamais oublier ? Elle adorait Neville.

Thomas Royde s'agita sur son siège :

— Elle n'a que trente-deux ans. Elle a la vie devant elle.

— Oh, je sais. Mais elle avait si mal pris les choses ! Elle a sombré dans une dépression profonde, vous savez.

— Je sais. Ma mère m'en a parlé dans ses lettres.

— D'une certaine façon, je crois qu'il lui a été salutaire d'avoir à veiller sur Audrey. Ça l'a distraite de son propre chagrin... la mort de votre frère. Nous en avons été bouleversées, nous aussi.

— Oui. Pauvre Adrian. Il a toujours conduit trop vite.

Il y eut un silence. Mary sortit la main par la vitre pour indiquer qu'elle obliquait sur la route de Saltcreek.

Dès que la Ford fut engagée sur la petite route sinueuse qui dévalait la colline, elle reprit :

— Thomas... Vous connaissez très bien Audrey ?

— Comme ci, comme ça. Depuis dix ans, je ne l'ai pas vue souvent.

— Non, mais vous l'avez connue enfant. Pour Adrian et pour vous, elle était comme une sœur ?

Il acquiesça de la tête.

— Montrait-elle... montrait-elle déjà des signes de déséquilibre ? Oh, je crois que les mots dépassent ma pensée. Mais j'ai la conviction qu'il y a maintenant chez elle quelque chose qui ne tourne pas rond. Elle affiche un détachement si complet, son attitude est d'un naturel tellement parfait que... que je me demande souvent ce qui se passe derrière cette façade. Par moments, il me semble qu'elle cache des sentiments d'une extraordinaire violence. Et, je ne sais pas pourquoi, je jurerais qu'elle n'est pas *normale*. Il y a *quelque chose* ! Ça m'inquiète. Je sais pertinemment qu'il y a dans la maison une atmosphère qui déteint sur nous tous. Nous sommes nerveux et tendus. Mais je ne sais pas ce que c'est. Et parfois, Thomas, ça me fait peur.

— Peur ?

Le ton vaguement dubitatif de Royde la fit se ressaisir avec un petit rire contraint :

— Ça peut paraître absurde... Mais cela vous explique ce que je vous disais tout à l'heure : votre arrivée peut nous faire du bien, créer une diversion. Ah ! nous y voici.

Ils venaient de dépasser le dernier virage. La Pointe-aux-Mouettes était bâtie sur un promontoire rocheux dominant l'embouchure de la Tern. Deux des côtés de la maison donnaient directement sur l'à pic des falaises. Les jardins et le court de tennis se situaient à la gauche du bâtiment. Le garage, de construction plus récente, avait été édifié de l'autre côté de la route.

— Je gare la voiture, dit Mary, et je vous rejoins. Hurstall va s'occuper de vous.

Hurstall, le vieux maître d'hôtel, accueillit Thomas avec mille démonstrations d'amitié :

— Bien content de vous revoir, Mr Royde, après toutes ces années. Lady Tressilian sera bien heureuse, elle aussi. Vous serez installé dans la chambre de l'est, Monsieur. Je pense que vous trouverez tout le monde dans le jardin, à moins que vous ne préfériez passer d'abord par votre chambre.

Thomas secoua la tête. Il alla à la fenêtre du salon qui s'ouvrait sur la terrasse et y demeura un moment à observer sans être vu.

Deux femmes se trouvaient sur la terrasse. L'une était assise à l'extrémité de la balustrade et regardait la mer. L'autre l'épiait.

La première, c'était Audrey. La seconde, à l'évidence, Kay Strange. Kay ne se savait pas surveillée, et ne faisait par conséquent aucun effort pour dissimuler ses sentiments. Thomas Royde ne possédait peut-être pas de grands dons d'observateur de l'univers féminin, mais il ne pouvait pas ne pas remarquer que Kay Strange détestait cordialement Audrey.

Quant à Audrey, elle regardait de l'autre côté de la rivière et ne semblait pas avoir conscience de la présence de Kay ou alors elle s'en souciait comme d'une guigne.

Sept années s'étaient écoulées depuis la dernière

fois qu'il avait vu Audrey. Il la détailla avec attention : avait-elle changé et, si oui, dans quel sens ?

Elle avait bel et bien changé, conclut-il. Elle était plus mince, plus pâle, plus diaphane encore... mais il décelait un autre changement, qu'il se sentait bien en peine de définir. Comme si elle se tenait elle-même étroitement en laisse, comme si elle contrôlait chacun de ses mouvements... et qu'elle demeurait en même temps intensément attentive à tout ce qui se passait autour d'elle. « On jurerait, pensa-t-il, une personne qui veut cacher un secret. » Mais quel secret ? Il connaissait quelques-uns des malheurs qui lui étaient arrivés au cours des récentes années. Il s'était préparé à discerner sur son visage les rides du deuil et du chagrin. Mais il s'agissait d'autre chose : Audrey évoquait un enfant qui, en crispant sa menotte sur quelque trésor, attire l'attention sur ce qu'il veut cacher.

Il porta son regard sur l'autre femme, celle qui était maintenant l'épouse de Neville Strange. Mary Aldin n'avait pas menti : elle était splendide. Mais dangereuse, aussi, lui sembla-t-il. « Si je la voyais près d'Audrey, un couteau à la main, je ne serais pas tranquille », se dit-il in petto.

Et, pourtant, pourquoi haïrait-elle l'ex-femme de son mari ? Tout entre eux était fini et n'appartenait plus qu'au passé. Audrey ne prenait plus la moindre part à leur existence.

Des pas résonnèrent sur la terrasse. Neville tournait le coin de la maison. Il donnait l'impression d'avoir transpiré et tenait à la main un magazine illustré.

— Voilà l'*Illustrated Review*, annonça-t-il. Rien à faire pour trouver l'autre.

Avec une simultanéité absolue, Audrey, sans même tourner la tête, tendit une main distraite tandis que Kay disait :

— Tant pis, donne-le-moi.

Neville s'était arrêté à distance égale des deux femmes. La gêne se lut clairement sur ses traits. Avant même qu'il ait pu placer un mot, Kay lança sur un ton qui montait dangereusement et avec une pointe d'hystérie :

— Je le veux. Donne-le-moi ! Donne-le-moi, Neville !

Audrey Strange sursauta, tourna la tête, retira sa main et souffla, à peine confuse :

— Oh, pardon. Je pensais que c'était à moi que tu parlais, Neville.

Thomas vit la nuque de Neville virer au rouge brique. Il fit trois pas en avant et donna le magazine à Audrey.

— Oh, mais..., murmura-t-elle avec un embarras croissant.

Kay repoussa son fauteuil d'un mouvement brusque. Elle se leva, pivota sur les talons, et s'engouffra dans la porte-fenêtre du salon. Avant même que Thomas ait eu le temps d'esquisser le moindre mouvement, elle le percuta de plein fouet.

Le choc la fit reculer. Elle le toisa de la tête aux pieds tandis qu'il marmonnait des excuses. Il comprit alors pourquoi elle ne l'avait pas vu. Un rideau de larmes lui brouillait les yeux — des larmes de fureur, jugea-t-il.

— Bonjour, jeta-t-elle. Qui diable êtes-vous ? Oh, j'y suis. L'homme qui débarque de Malaisie !

— Oui. Je suis bien l'homme qui débarque de Malaisie.

— Je donnerais cher pour y être, en Malaisie ! N'importe où sauf ici ! Je déteste cette affreuse baraque ! Et je déteste tous ceux qui s'y trouvent !

Thomas Royde n'avait jamais supporté les scènes. Il lança à Kay un coup d'œil circonspect et marmonna nerveusement :

— Ah... hum !

— Si on n'y prend pas garde, je sens que je vais

tuer quelqu'un ! grinça la jeune femme. Ou bien Neville, ou bien cette chipie, avec ses airs de sainte nitouche !

Elle l'écarta et quitta le salon en claquant la porte.

Thomas Royde demeura interdit, incertain de ce qu'il allait faire mais, à coup sûr, satisfait du départ de la jeune Mrs Strange. Pensif, il regarda la porte qu'elle avait claquée avec tant de vigueur. Elle avait quelque chose d'une furie, cette petite !

Une ombre se silhouettait dans l'encadrement de la porte-fenêtre. Neville Strange venait de s'y arrêter, un peu haletant.

Il adressa à Thomas de vagues salutations :

— Oh... Salut, Royde. Je ne savais pas que vous étiez arrivé. Vous n'auriez pas vu ma femme, par hasard ?

— Nous nous sommes croisés il y a deux secondes.

Neville à son tour quitta le salon, la mine soucieuse.

Thomas Royde se dirigea à pas lents vers la terrasse. Il possédait l'art de se déplacer sans bruit. Il n'était plus qu'à un mètre d'Audrey lorsqu'elle prit conscience de sa présence et tourna la tête.

Il vit ses beaux yeux s'écarquiller, ses lèvres s'entrouvrir. Elle sauta de la balustrade et vint à lui, mains tendues :

— Oh, Thomas ! Cher Thomas ! Comme je suis contente que tu sois là.

Il prit dans les siennes les deux petites mains translucides et s'inclina. Mary Aldin arrivait à la porte-fenêtre. Les voyant seuls sur la terrasse, elle s'arrêta net, les observa pendant quelques instants, puis se détourna et rentra dans la maison.

2

A l'étage, Neville avait retrouvé Kay dans sa chambre à coucher. Dans la maison, la seule chambre munie d'un lit à deux places était celle de lady Tressilian. Un couple marié se voyait toujours hébergé dans deux chambres communicantes, avec une salle de bains attenante, sur la façade ouest. Elles formaient comme une suite isolée.

Neville avait traversé sa chambre pour pénétrer dans celle de sa femme. Kay, qui s'était jetée sur son lit, releva un visage ruisselant de larmes.

— Te voilà enfin ! s'écria-t-elle, furieuse. Ce n'est pas trop tôt !

— A quoi rime cette scène ? Tu es devenue folle ou quoi ?

Il s'était exprimé d'un ton calme, mais le battement de sa narine trahissait la colère qu'il avait peine à maîtriser.

— Pourquoi lui avoir donné l'*Illustrated Review* à elle et pas à moi ?

— Tu n'es vraiment qu'une enfant. Alors, tu as fait tout ce drame pour un vulgaire magazine ?

— C'est à elle que tu l'as donné, et pas à moi, répéta Kay.

— Et pourquoi pas ? Quelle importance cela a-t-il ?

— C'est important pour moi.

— Je ne comprends pas ce qui te prend, Kay. Tu n'as pas à te comporter comme une hystérique quand tu es reçue chez des gens. On ne t'a jamais appris à te tenir en public ?

— Pourquoi as-tu donné ce journal à Audrey ?

— Parce qu'elle en avait envie.

— Moi aussi, j'en avais envie. Et moi, je suis ta femme.

— Alors, à plus forte raison, je devais le donner à

quelqu'un de plus âgé que toi et qui, juridiquement parlant, est une étrangère.

— Elle a marqué un point sur moi ! C'est ça, ce qu'elle voulait. Et elle l'a eu. Tu t'es rangé de son côté.

— Tu parles comme une stupide gamine jalouse. Bon Dieu de bois, contrôle-toi, et tâche de te conduire convenablement en public !

— Comme elle, je suppose ?

— Audrey, elle, sait se tenir comme une dame, répliqua Neville, très froid. Elle ne se croit pas obligée de se donner en spectacle.

— Elle te monte contre moi ! Elle me hait, et elle prend sa revanche.

— Ecoute, Kay... Tu veux arrêter de sombrer dans un mélo ridicule ? Je commence à en avoir assez.

— Alors, partons d'ici ! Partons demain ! Je déteste cette maison.

— Nous ne sommes là que depuis quatre jours.

— C'est plus qu'assez ! Partons, Neville.

— Cette fois, Kay, écoute-moi bien. J'en ai par-dessus la tête. Nous sommes venus ici pour y passer quinze jours, et j'ai l'intention fermement arrêtée d'y passer quinze jours.

— Fais ça et tu le regretteras, siffla Kay. Toi et ton Audrey ! Tu t'imagines qu'elle est merveilleuse !

— Je n'imagine pas qu'Audrey est merveilleuse. Je crois que c'est une personne extrêmement agréable et gentille, avec qui je me suis très mal conduit, et qui a su pardonner avec beaucoup de générosité.

— C'est là que tu te trompes, dit-elle.

Elle se remit debout. Sa colère s'était éteinte. Elle s'exprimait avec sérieux, presque avec sobriété :

— Audrey ne t'a rien pardonné, Neville. Une fois ou deux, j'ai vu comment elle te regardait. Elle mijote quelque chose. Quoi ? je n'en sais rien, parce qu'elle n'est pas du genre à laisser quiconque deviner ce qui lui passe par la tête.

— Je regrette bien qu'il n'y ait pas davantage de gens comme elle.

Kay blêmit.

— C'est pour moi que tu dis ça ? martela-t-elle, acide.

— Avoue que tu n'as jamais fait preuve de beaucoup de retenue, non ? N'importe quoi t'est bon quand tu as décidé de piquer ta crise. Tu te ridiculises, et tu me ridiculises par la même occasion !

— Tu en as encore beaucoup à me dire sur ce ton ? interrogea-t-elle, glaciale.

— Désolé si tu estimes que j'ai été déloyal, répliqua-t-il, tout aussi glacial. Mais c'est comme ça. Tu ne sais pas plus te dominer qu'un enfant en bas âge.

— Tandis que toi, tu ne perds jamais ton calme, hein ? Toujours la classe, le flegme, la bonne éducation ! Je crois que tu es incapable d'éprouver le moindre sentiment, voilà ce que je crois ! Tu n'as que du sang de navet, tu n'es qu'un poisson froid ! Pourquoi ne te laisses-tu pas aller, de temps en temps ? Pourquoi ne hurles-tu pas ? Pourquoi ne m'abreuves-tu pas d'insultes ? Pourquoi ne me dis-tu pas d'aller au diable ?

Neville haussa les épaules. Puis il se voûta :

— Oh, Seigneur...

Tournant les talons, il quitta la chambre.

3

— Vous avez exactement la même allure qu'à dix-sept ans, Thomas Royde, sourit lady Tressilian. Toujours votre air de hibou. Et pas plus bavard aujourd'hui qu'autrefois.

Thomas esquissa un geste incertain :

— Je ne sais pas. Je crois que je n'ai jamais été doué pour la conversation.

— Ce n'est pas comme Adrian. Lui, c'était un charmant causeur.

— C'est peut-être la raison. Je le laissais toujours parler.

— Pauvre Adrian. Il promettait tant.

Thomas hocha la tête.

Lady Tressilian changea de sujet. Elle accordait une audience à Thomas Royde. Elle préférait ne recevoir qu'un visiteur à la fois. Cela la fatiguait moins, et elle était capable de concentrer toute son attention sur son interlocuteur :

— Vous êtes ici depuis vingt-quatre heures. Que pensez-vous de notre situation ?

— Votre situation ?

— Ne prenez pas cette mine ahurie. Vous le faites exprès. Vous savez parfaitement à quoi je fais allusion : à l'éternel triangle qui s'est établi sous mon toit.

— Il semble y avoir quelques frictions, avança Royde, prudent.

La vieille dame sourit, un tantinet sardonique :

— Je vous avouerai, Thomas, que je m'amuse énormément. Cela s'est fait contre mon gré — j'ai tout tenté pour l'empêcher. Neville s'est obstiné. Il ne voulait pas démordre de son idée de réunir ces deux-là... et il est en train de récolter ce qu'il a semé !

Thomas Royde s'agita un peu dans son fauteuil :

— Ça me paraît bizarre !

— Expliquez-vous, aboya lady Tressilian.

— Je ne me serais jamais attendu à ça de la part d'un type comme Neville.

— Intéressant que vous me disiez cela. Parce que c'est tout à fait ce que je pense moi-même. Cela ne ressemble pas à Neville. Comme la plupart des hommes, il n'a d'ordinaire qu'un souhait : éviter les complications et fuir les embarras. Je me suis toujours dit que l'idée n'était au départ pas de lui — auquel cas, de qui peut-elle bien être ?

Elle s'interrompit un instant, puis reprit, un ton plus haut :

— Ce ne serait pas Audrey ?

— Non. Non, pas Audrey, répondit-il tout de suite.

— Et j'ai peine à croire que ça vienne de cette déplorable Kay. A moins qu'elle ne soit actrice de talent. Je vous assure, ces derniers jours, j'en suis presque venue à avoir pitié d'elle.

— Vous ne l'aimez guère, hein ?

— Non. Je la juge stupide et incapable de se tenir. Mais comme je viens de vous le dire, je commence à avoir pitié d'elle. Elle se débat comme un faucheux dans une lanterne. Elle ne sait plus à quel saint se vouer. Sa mauvaise humeur, ses mauvaises manières, ses colères puériles... Tout cela ne peut qu'avoir un effet déplorable sur un homme comme Neville.

— A mon avis, observa-t-il calmement, c'est plutôt Audrey qui se trouve dans une position intenable.

Lady Tressilian lui lança un coup d'œil acéré :

— Vous avez toujours été amoureux d'Audrey, n'est-ce pas, Thomas ?

— Je suppose que oui, répondit-il sans se laisser démonter.

— Pratiquement depuis votre enfance commune ?

Il acquiesça de la tête.

— Et puis Neville est arrivé et vous l'a soufflée sous le nez, si j'ose ainsi m'exprimer ?

A nouveau, il s'agita dans son fauteuil :

— Bah ! J'ai toujours su que je n'avais aucune chance.

— Défaitiste, alors ?

— J'ai toujours été un poids mort.

— Billevesées !

— Ce bon vieux Thomas... C'est ça qu'Audrey pense de moi.

— « Thomas-le-Fidèle », c'était votre surnom, autrefois, non ?

Il sourit aux souvenirs lointains que ces mots évoquaient.

— C'est drôle... Voilà des années que je n'avais pas entendu cette expression-là.

— C'est le genre de titre qui pourrait bien acquérir une valeur nouvelle.

Délibérément, elle croisa son regard.

— La fidélité est une vertu que pourrait apprécier quiconque a traversé les mêmes épreuves qu'Audrey. Des années d'adoration muette, Thomas, trouvent parfois leur récompense.

Il baissa la tête. Ses doigts jouaient avec sa pipe.

— C'est bien ce que j'espérais en revenant ici.

4

— Eh bien, nous voici tous rassemblés, constata Mary Aldin.

Hurstall, le vieux maître d'hôtel, s'essuya le front. Quand il regagna la cuisine, Mrs Spicer, la cuisinière, remarqua sa mine défaite.

— Je ne me sens pas bien, se lamenta-t-il. Et ce ne sont pas des paroles en l'air. Si j'ose m'exprimer ainsi, tout ce qui se dit et qui se fait ces derniers temps dans cette maison me paraît signifier le contraire de ce qu'on pourrait croire. Vous voyez ce que je veux dire ?

Mrs Spicer ne voyant manifestement pas, Hurstall explicita sa pensée :

— A l'instant, là, quand ils se sont tous mis à table pour le dîner, miss Aldin a dit : « *Eh bien, nous voici tous rassemblés* », et ça m'a flanqué la frousse ! Ça m'a fait penser à un dompteur qui aurait plein de bêtes fauves dans une cage dont la porte se refermerait sur lui. J'ai tout d'un coup eu l'impression qu'on était tous pris au piège.

— Allons donc, Mr Hurstall, le raisonna Mrs Spicer, z'avez dû manger quéqu'chose qu'est pas passé.

— Ça n'a rien à voir avec ma digestion. C'est la façon dont tout le monde est sur les nerfs. Tout à l'heure, la porte d'entrée a claqué et Mrs Strange — notre Mrs Strange à nous, miss Audrey —, elle a sauté en l'air comme si on lui avait tiré dessus. Et puis il y a aussi les silences. C'est pas pour dire, mais ils sont bizarres, les silences. C'est comme si, brusquement, tout le monde avait peur de parler. Et puis tout d'un coup, les voilà qui se mettent tous en chœur à débiter la première chose qui leur passe par la tête.

— De quoi mettre tout un chacun mal à l'aise, admit Mrs Spicer.

— Deux Mrs Strange dans la maison. Moi, ce que j'en dis, c'est que c'est *indécent*.

Dans la salle à manger, on subissait l'un des silences que Hurstall venait d'évoquer.

Ce fut au prix d'un rude effort que Mary se tourna vers Kay :

— J'ai invité votre ami, Mr Latimer, à dîner demain soir.

— Ah, très bien, fit la jeune femme.

— Latimer ? s'étonna Neville. Il est dans le secteur ?

— Il est descendu à l'*Easterhead Bay Hotel*, expliqua Kay.

— Il faudra qu'on y fasse un saut pour dîner un de ces soirs, reprit Neville. Le bac fonctionne jusqu'à quelle heure ?

— 1 heure et demie du matin, répondit Mary.

— Je suppose qu'on y danse toute la nuit, non ?

— La plupart des pensionnaires sont centenaires, ricana Kay.

— Pas très réjouissant pour ton ami, observa Neville.

Mary s'empressa d'intervenir :

— Nous devrions aller nous baigner à Easterhead Bay. Le temps est encore assez doux, et la plage est superbe.

Thomas Royde se pencha vers Audrey :

— Je pensais faire un peu de voile, demain. Tu m'accompagnes ?

— Avec joie.

— Nous pourrions tous sortir en mer, dit Neville.

— Je croyais que tu avais l'intention de jouer au golf, grinça Kay.

— Je devrais effectivement fréquenter davantage les *links*. L'autre jour, je me suis aperçu que j'étais incapable de taper convenablement dans une balle.

— Quelle tragédie ! railla Kay.

— Le golf est un sport tragique, convint Neville, enjoué.

Mary demanda à Kay si elle pratiquait le golf, elle aussi.

— Oui... Si on veut.

— Kay serait excellente si elle voulait se donner un peu de peine, poursuivit Neville. Elle est dotée d'un *swing* naturel.

— Vous, vous ne pratiquez aucun sport, non ? demanda Kay à Audrey.

— Pas vraiment. A part le tennis... tant bien que mal. Mais je suis plutôt du genre mollusque.

— Tu joues toujours du piano, Audrey ? s'enquit Thomas.

Elle secoua la tête :

— Non, plus maintenant.

— Tu jouais à ravir, glissa Neville.

— Je croyais que tu n'aimais pas la musique ! s'étonna Kay.

— Je n'y connais pas grand-chose, répliqua-t-il sans s'engager. Je me suis toujours demandé comment Audrey parvenait à tenir un octave avec des mains aussi petites.

Ce disant, il les regardait. Audrey posa sa fourchette et son couteau à dessert. Elle rougit un peu :

— J'ai le petit doigt très long. J'imagine que ça m'aide.

— Alors, vous devez être égoïste, dit Kay. Les gens généreux ont le petit doigt court.

— C'est vrai ? interrogea Mary. Alors, moi, je dois être généreuse. Regardez, mes petits doigts sont très courts.

— Je suis sûr que vous êtes très généreuse, souffla Thomas Royde en la regardant, songeur.

Le teint de Mary vira à l'écarlate et elle s'empressa d'enchaîner :

— Qui est le plus généreux d'entre nous ? Allons, comparons nos petits doigts. Les miens sont plus courts que les vôtres, Kay. Mais je crois que Thomas me bat.

— Moi, je vous bats tous les deux, intervint Neville en étalant une main sur la table. Regardez !

— Oui, mais d'une main seulement, le corrigea Kay. Ton petit doigt de la main gauche est court, mais celui de la droite est bien plus long. La main gauche, c'est ce que tu as reçu en naissant. La droite, c'est ce que tu fais de ta vie. Et ça, ça veut dire que tu es né généreux, mais que tu es devenu égoïste en vieillissant.

— Vous lisez les lignes de la main, Kay ? demanda Mary Aldin en tendant sa paume. Une diseuse de bonne aventure m'a prédit que j'aurai deux maris et trois enfants. Il faudrait que je me dépêche !

— Ces petites croix, pontifia Kay, ce ne sont pas des enfants. Ce sont des voyages. Ça veut dire que vous irez trois fois au-delà des mers.

— Ça me paraît tout aussi improbable !

— Vous avez beaucoup voyagé ? questionna Thomas Royde.

— Non, jamais. Ou si peu...

Il perçut dans sa voix comme un regret :

— Et cela vous tenterait ?

— Plus que tout.

Avec sa lenteur habituelle, il réfléchit à la vie qu'elle menait. Toujours aux petits soins avec une vieille femme. Calme, pleine de tact, maîtresse de maison accomplie.

— Depuis combien de temps vivez-vous avec lady Tressilian ? s'enquit-il avec curiosité.

— Bientôt quinze ans. Je me suis installée auprès d'elle à la mort de mon père. Depuis quelques années déjà, il était totalement impotent.

Elle choisit de répondre aussi à la question qu'il n'avait pas posée :

— J'ai trente-six ans. C'est ce que vous vouliez savoir, n'est-ce pas ?

— Je me le demandais, reconnut-il. Vous pourriez... vous pourriez avoir n'importe quel âge, vous savez.

— C'est une remarque à double sens.

— Peut-être, oui. Mais je n'y mettais aucune malignité.

Le regard sombre de Thomas ne quittait pas le visage de Mary, mais il était si évidemment dépourvu de malice qu'elle n'en ressentait aucun embarras. Il exprimait un intérêt véritable, sans arrière-pensée. Voyant qu'il observait ses cheveux, elle porta la main à son unique mèche blanche.

— Je l'ai depuis mon adolescence, expliqua-t-elle.

— Elle me plaît, répliqua-t-il simplement.

Il continuait de lui étudier les traits. A la fin, elle questionna, une nuance d'amusement dans la voix :

— Alors, votre verdict ?

Il rougit sous son hâle :

— Oh, c'était probablement très grossier de ma part de vous dévisager comme ça. Mais je me demandais... je me demandais qui vous êtes en réalité.

— Oh, je vous en prie ! balbutia-t-elle.

Elle se leva de table précipitamment et, passant son bras sous celui d'Audrey, l'entraîna vers le salon.

— Le vieux Mr Treves viendra lui aussi dîner demain soir, lui confia-t-elle.

— Qui est-ce ? demanda Neville

— Un vieux monsieur délicieux. Il nous a fait parvenir une lettre d'introduction de Rufus Lord. Il est descendu au *Balmoral Court*. Il a le cœur patraque et on jurerait qu'il est fait de verre filé, mais ses facultés intellectuelles demeurent intactes, et il a connu une foule de gens intéressants. Il était avocat, ou avoué... J'avoue que je ne m'en souviens pas.

— Il n'y a vraiment que des vieux débris, dans ce coin, bougonna Kay.

Elle se tenait sous un haut lampadaire. Thomas Royde, qui regardait dans sa direction, lui accorda l'intérêt qu'il portait à tout ce qui occupait momentanément son champ de vision.

Soudain, il fut frappé par sa beauté, intense et passionnée. Une beauté radieuse, expression d'une vitalité triomphante. Il observa alors Audrey, pâle et effacée dans son tailleur gris argent.

Il esquissa pour lui-même un sourire :

— Rose-Rouge et Blanche-Neige, murmura-t-il.

— Que dites-vous ?

Mary était tout contre lui.

— Rose-Rouge et Blanche-Neige, répéta-t-il. Comme dans ce vieux conte de fées...

— C'est une très bonne description, convint Mary.

5

Mr Treves dégustait son porto à petites gorgées, en connaisseur. Un vin mieux que convenable. Et un dîner parfaitement apprêté et servi. A l'évidence, lady Tressilian n'avait pas de problèmes domestiques.

Malgré l'invalidité de la maîtresse de céans, la maison elle aussi était menée avec bonheur.

Un seul regret, peut-être : que les dames ne se soient pas retirées quand on avait fait circuler la carafe. Il eût préféré que la vieille tradition soit respectée. Mais la génération montante a ses habitudes.

Il regardait d'un air méditatif la jeune femme à l'éclatante beauté qu'était l'épouse de Neville Strange.

Ce soir-là, c'était vraiment la soirée de Kay. A la lueur des bougies, son éclat irradiait toutes ses brillances. A côté d'elle, Ted Latimer inclinait vers la sienne sa tête aux cheveux noirs calamistrés. Il la mettait en valeur. On la sentait triomphante et sûre d'elle.

La seule vue d'une vitalité aussi rayonnante réchauffait Mr Treves jusqu'au tréfonds de ses vieux os.

La jeunesse !... Rien de tel, décidément, que la jeunesse.

Pas étonnant que son mari ait perdu la tête et quitté sa première épouse. Audrey était assise à ses côtés. Une créature délicieuse, et une vraie dame — mais aussi le genre de femme qu'on finit invariablement par délaisser, ainsi que l'expérience l'avait appris à Mr Treves.

Il lui lança un coup d'œil. Tête baissée, elle fixait son assiette sans la voir. Quelque chose, dans sa totale immobilité, étonna Mr Treves. Il la regarda plus attentivement, se demandant quel pouvait être le cours de ses pensées. Charmante, nota-t-il, la manière dont les cheveux dégageaient la délicate oreille en coquille...

Avec un petit sursaut, Mr Treves revint à la réalité en constatant que l'on quittait la table. Il se hâta de se lever.

Dans le salon, Kay Strange se dirigea droit vers le gramophone et mit un disque.

— Je suis sûre que vous détestez le jazz, s'excusa Mary Aldin auprès de Mr Treves.

— Pas du tout, répondit Mr Treves, avec une politesse qui se souciait peu de vraisemblance.

— Un peu plus tard, peut-être pourrons-nous faire un bridge. Mais inutile de commencer maintenant, car je sais que lady Tressilian attend avec impatience de pouvoir s'entretenir avec vous.

— J'en serai ravi. Elle ne vient jamais se joindre à vous en bas ?

— Non. Autrefois, elle descendait dans son fauteuil roulant. C'est pour cela que nous avions fait installer l'ascenseur. Mais maintenant, elle préfère demeurer dans sa chambre. Là, elle peut recevoir qui elle désire. Elle convoque ses visiteurs, un peu comme une souveraine.

— C'est très bien vu, miss Aldin. J'ai toujours été sensible à l'aspect royal du comportement de lady Tressilian.

Au milieu de la pièce, Kay esquissait lentement un pas de danse :

— Enlève cette table du chemin, Neville, ordonna-t-elle d'un ton assuré.

Elle avait les yeux brillants, les lèvres entrouvertes.

Obéissant, Neville déplaça le meuble. Il voulut s'avancer vers sa femme, mais elle se tourna ostensiblement vers Ted Latimer :

— Viens, Ted. Dansons.

Il l'enlaça immédiatement. Et ils s'élancèrent, gestes et pas harmonisés à merveille. C'était superbe à voir.

— Euh... très professionnel, murmura Mr Treves.

Le mot fit tiquer Mary. Mais elle estima qu'il ne lui avait été dicté que par l'admiration. Elle scruta de plus près son petit visage d'écureuil plein de sagesse : il arborait un air absent, comme s'il se concentrait pour mieux suivre le cours de quelque pensée secrète.

Neville resta planté là un moment, comme s'il ne savait quelle contenance adopter, puis il se dirigea vers Audrey, debout près d'une fenêtre.

— On danse, Audrey ? demanda-t-il d'un ton neutre, presque froid, comme si seules les convenances inspiraient sa requête.

Elle eut une brève hésitation avant d'incliner la tête en signe d'acquiescement et de faire un pas vers lui.

Mary hasarda quelques remarques banales auxquelles Mr Treves ne répondit pas. Jusque-là, pourtant, il n'avait donné aucun signe de surdité, et avait fait preuve d'une courtoisie pointilleuse. Elle comprit qu'il s'était si complètement absorbé dans ses réflexions qu'il s'isolait du monde. Elle n'arrivait même pas à déterminer s'il regardait les danseurs ou bien si, à travers la pièce, il scrutait Thomas Royde, solitaire.

Avec un petit sursaut, Mr Treves lâcha enfin :

— Pardonnez-moi, chère mademoiselle. Vous disiez ?...

— Rien. Sauf que nous avions un mois de septembre exceptionnel.

— Oui, en effet... On m'a dit à mon hôtel qu'il y a même des endroits où l'on aurait bien besoin d'un peu de pluie.

— Vous y êtes confortablement installé, j'espère ?

— Oh oui. Encore que, je dois l'avouer, j'ai été assez déçu à mon arrivée quand j'ai découvert que...

Il se tut.

Audrey s'était dégagée des bras de Neville. Elle souffla, dans un rire d'excuse :

— Il fait décidément trop chaud pour danser.

Par la porte-fenêtre ouverte, elle passa sur la terrasse.

— Mais vas-y, suis-la, espèce d'empoté, murmura Mary.

Elle aurait voulu garder cela pour elle, mais elle avait parlé assez fort pour que Mr Treves l'entende et la fixe, surpris. Elle rougit, puis rit, embarrassée :

— Voilà que je me mets à penser tout haut ! Mais réellement, il m'exaspère. Il est si *lent*.

— Mr Strange ?

— Oh non, pas Neville. Thomas Royde.

Thomas s'apprêtait à bouger. Mais déjà Neville, après un instant, était parti rejoindre Audrey.

Pendant un moment, Mr Treves, intéressé, laissa son regard errer par-delà la porte-fenêtre, puis il porta à nouveau son attention sur le couple qui dansait :

— Merveilleux danseur, ce jeune Mr... Latimer, m'avez-vous dit ?

— Oui, Edward Latimer.

— C'est ça, Edward Latimer. Un vieil ami de Mrs Strange, si je comprends bien ?

— Oui.

— Et de quels moyens d'existence dispose ce jeune homme si décoratif ?

— En réalité, je n'en sais rien.

— Tiens donc.

Mr Treves était parvenu à glisser bien des sous-entendus dans ces deux mots.

— Il est descendu à l'*Easterhead Bay Hotel*, reprit-elle.

— C'est magnifiquement situé.

Perdu dans ses pensées, il observa un moment de silence, puis son intonation se fit rêveuse :

— Un crâne d'une forme très intéressante... L'occiput présente un angle étonnant... Sa coupe de cheveux le rend moins apparent, mais il est tout à fait inhabituel.

Après un nouveau silence, son ton devint plus rêveur encore :

— Le dernier homme à qui j'ai vu un crâne de ce genre a été condamné à dix ans de travaux forcés pour une sauvage attaque à main armée contre un bijoutier âgé.

— Seigneur Dieu ! s'exclama Mary. Vous ne voulez pas dire que...

— Du tout, du tout. Vous vous méprenez. Je m'en voudrais de rien insinuer à l'encontre de l'un de vos hôtes. Je soulignais seulement qu'un criminel endurci et brutal peut avoir toutes les apparences d'un jeune homme charmant et d'une parfaite urbanité. C'est bizarre, mais c'est ainsi.

Il souriait aux anges.

— Vous savez, Mr Treves, je crois que vous me faites un peu peur.

— Sornettes, chère demoiselle !

— C'est pourtant vrai. Vous êtes... vous êtes un observateur si averti...

— Mes yeux, concéda Mr Treves, non sans complaisance, sont tout aussi bons qu'ils l'ont jamais été. Mais est-ce pour le meilleur, ou bien pour le pire ? Il n'est pas encore temps d'en décider.

— En quoi pourrait-ce être pour le pire ?

Mr Treves hocha la tête, la mine dubitative :

— On se trouve parfois en situation d'avoir à prendre ses responsabilités. Et il n'est pas toujours facile de savoir à quelle conduite s'en tenir.

Hurstall entra avec le plateau du café.

Après avoir servi Mary et le vieil homme de loi, il se dirigea vers Thomas Royde. Puis, sur les instructions de Mary, il déposa son plateau sur une table et quitta la pièce.

— Laissez-nous terminer cette danse ! lança Kay par-dessus l'épaule de Ted.

— Je vais porter le sien à Audrey, dit Mary.

Tasse à la main, elle gagna la porte-fenêtre. Mr Treves l'escorta. Comme elle marquait le pas sur le seuil, il regarda par-dessus son épaule.

Audrey était assise sur le coin de la balustrade. Au clair de lune, sa beauté reprenait vie — beauté qui trouvait ses racines plus dans les contours que dans les couleurs. Le modelé délicat du cou et des oreilles, l'harmonie subtile du menton et de la bouche, le nez si droit, la tête tout entière comme issue du ciseau d'un sculpteur... Même quand l'âge viendrait, cette beauté ne disparaîtrait pas. La peau pourrait se flétrir, les traits s'altérer, Audrey resterait toujours belle. Sa robe à paillettes multipliait les effets de l'astre de la nuit. Elle ne bougeait pas et Neville Strange, debout en face d'elle, ne la quittait pas des yeux.

Il fit un pas en avant :

— Audrey, tu...

Elle décroisa ses jambes, se leva et se saisit le lobe de l'oreille :

— Oh ! ma boucle !... J'ai dû la perdre.

— Où cela ? Laisse-moi chercher...

Tous deux se penchèrent, maladroits et gênés — et, ce faisant, se heurtèrent. Audrey fit un bond en arrière.

— Une seconde ! s'exclama Neville. Mon bouton de manchette... Il s'est pris dans tes cheveux. Ne bouge pas.

Elle se figea pendant qu'il essayait de dégager son bouton :

— Aïe... Tu m'arraches les cheveux... Ce que tu peux être maladroit, Neville ! Dépêche-toi.

— Je te demande pardon, je... je suis un empoté.

Le clair de lune rayonnait assez pour que Mary et Mr Treves pussent distinguer ce qu'Audrey ne pouvait pas voir : les mains tremblantes de Neville, qui tentait de dépêtrer sa manche du casque des cheveux blond cendré.

Mais Audrey tremblait, elle aussi — comme si, soudain, le froid l'avait saisie.

Mary Aldin sursauta en entendant une voix calme dans son dos :

— Excusez-moi.

Thomas Royde l'écarta doucement de son chemin :

— Voulez-vous que je vous aide, Strange ?

Audrey s'écarta. Neville se redressa :

— Non, merci, ça va. J'y suis arrivé.

Neville était blême.

— Vous avez froid, dit Thomas à Audrey. Rentrez prendre votre café.

Elle se dirigea vers le salon avec lui et Neville se retourna pour contempler la mer.

— Je vous apportais votre tasse, dit Mary. Mais vous serez sûrement mieux à l'intérieur.

— Oui, répondit Audrey. Il vaut mieux que je rentre.

Tous regagnèrent le salon. Kay et Ted Latimer avaient cessé de danser.

La porte s'ouvrit et une femme de grande taille, très digne et tout de noir vêtue, entra :

— Lady Tressilian, annonça-t-elle respectueusement, vous présente ses compliments. Elle serait très heureuse que Mr Treves monte lui faire visite dans sa chambre.

6

Lady Tressilian reçut Mr Treves avec un plaisir extrême.

Il ne leur fallut pas longtemps pour se plonger dans un agréable tourbillon de souvenirs communs et d'évocation de connaissances mutuelles.

Au bout d'une demi-heure, lady Tressilian poussa un profond soupir de satisfaction :

— Ah, je me suis bien amusée en votre compagnie ! A nos âges, rien de tel que d'échanger quelques potins et de se remémorer de vieux scandales.

— Un brin de malice, lui accorda Mr Treves, ajoute du piment à l'existence.

— A ce propos, que pensez-vous de notre spécimen du triangle éternel ?

Mr Treves, discret, affecta l'innocence :

— Euh... de quel triangle me parlez-vous ?

— Ne me dites pas que vous ne l'avez pas remarqué ! Neville et ses femmes.

— Oh, ça ! La nouvelle Mrs Strange est une jeune femme singulièrement séduisante.

— Audrey également.

— Elle a du charme... certes, convint Mr Treves.

— Vous n'allez tout de même pas me dire, s'exclama lady Tressilian, que vous comprenez qu'un homme puisse quitter Audrey, qui est une femme de... d'une qualité rare, pour une... pour une *Kay* !

— Mais si, affirma Mr Treves, placide. Cela se produit souvent.

— Ecœurant. Si j'étais un homme, je me lasserais vite d'une Kay et souhaiterais n'avoir jamais commis pareille bévue !

— Cela aussi se produit souvent. Ces engouements subits et passionnés, expliqua le vieil avocat d'un ton toujours aussi calme et dénué de passion, durent rarement longtemps.

— Et qu'advient-il alors ?

— D'ordinaire, les... euh... les parties concernées finissent par trouver un arrangement. Dans bien des cas, un second divorce est prononcé. Et l'homme épouse une troisième personne... encline à la compassion.

— Billevesées ! Même si certains de vos clients sont portés à la polygamie, Neville n'est tout de même pas mormon !

— Le remariage entre anciens époux se produit même parfois.

Lady Tressilian secoua un menton rageur :

— Ça, *non* ! Audrey a bien trop d'orgueil.

— Vous croyez ça ?

— J'en suis convaincue. Ne hochez pas la tête de cet air entendu, je vous prie !

— Mon expérience m'a appris, insista Mr Treves, que, lorsqu'il s'agit de leurs amours, les femmes font preuve de bien peu d'orgueil, voire de pas du tout. L'orgueil est une vertu dont elles aiment à se gargariser mais qu'on ne les voit guère mettre en pratique.

— Vous ne comprenez pas Audrey. Elle était follement amoureuse de Neville. Trop, peut-être. Quand il l'a abandonnée pour cette fille — je n'en rejette pas tout le blâme sur lui, notez bien : elle ne le lâchait pas d'une semelle, et vous savez comment sont les hommes ! — , Audrey n'a plus voulu le revoir.

Mr Treves émit un léger toussotement :

— Et, cependant, elle est ici !

— Bah ! fit lady Tressilian, irritée, je n'ai pas la prétention de comprendre les idées d'aujourd'hui. J'imagine qu'Audrey n'a accepté de venir chez moi que pour démontrer qu'elle s'en moque et que ça n'a plus d'importance.

— C'est plausible, admit Mr Treves en se tapotant le menton. C'est en tout cas ce dont elle-même peut tenter de se convaincre.

— Insinueriez-vous qu'elle se languit encore de Neville et que... Ah, *non* ! Je n'y crois pas une seconde !

— Ce pourrait bien être le cas, pourtant.

— Je n'en veux pas, trancha la vieille dame. Je ne veux pas de cela sous mon toit.

Mr Treves esquissa un sourire.

— Mais vous êtes cependant perturbée, n'est-il pas vrai ? Il y a de l'électricité dans l'air. Je l'ai moi-même ressenti.

— Ainsi, vous aussi ?...

— Oui. Et je dois vous confesser que j'y perds mon latin. Ce que chacun peut vraiment penser me demeure obscur. Mais, à mon humble avis, vous êtes tous, ici, assis sur un baril de poudre. Et la déflagration peut se produire n'importe quand.

— Ne vous prenez pas pour ce dynamiteur de Guy Fawkes, et dites-moi quoi faire.

— Bien franchement, je ne sais quoi vous suggérer, reconnut Mr Treves en levant une main impuissante. Si nous pouvions isoler le nœud du problème... Mais l'équation comporte encore bien trop d'inconnues, et...

— Je n'ai pas la moindre intention de demander à Audrey d'abandonner la place, coupa lady Tressilian. Pour autant que j'aie pu le voir, son comportement est demeuré parfait dans une situation très difficile. Elle a su se montrer à la fois courtoise et distante. J'estime qu'elle n'a cessé d'observer une conduite irréprochable.

— Certes, certes... Mais qui n'en a pas moins produit un effet notable sur le jeune et beau Neville Strange.

— Neville, lui, ne se conduit pas bien du tout. Je ne manquerai pas de lui en toucher deux mots en particulier, croyez-moi. Mais il ne saurait être question que je le chasse de chez moi. Matthew le considérait presque comme son fils adoptif.

— Je sais.

Lady Tressilian soupira.

— Vous savez, interrogea-t-elle un ton plus bas, que Matthew s'est noyé ici même ?

— Oui.

— Bien des gens ont été étonnés que je conserve la Pointe-aux-Mouettes. C'était stupide de leur part. Ici, je sens toujours Matthew près de moi. Sa présence emplit la maison. Partout ailleurs, je me sentirais seule, isolée.

Elle se tut un instant, puis reprit :

— Dans les mois qui ont suivi sa mort, j'ai nourri l'espoir qu'il ne me faudrait pas attendre trop longtemps avant de le rejoindre. Plus encore quand mes forces ont commencé de décliner. Mais il apparaît que je suis de ceux qui jouissent d'une mauvaise santé de fer ! A la frontière de l'agonie, mais jamais mourants !

Elle redressa son oreiller d'un poing impatient :

— Je ne m'en félicite pas, je vous assure ! J'avais toujours espéré que, lorsque mon heure viendrait, ce serait rapide, que je pourrais affronter madame la Mort en face — sans avoir à la sentir ramper près de moi, toujours plus menaçante, à m'infliger chaque jour de nouveaux maux, de nouvelles souffrances, à me laisser de plus en plus impotente, de plus en plus dépendante des autres !

— D'autres qui vous sont très dévoués, à n'en pas douter. Vous avez, je crois, une fidèle femme de chambre ?

— Barrett ? C'est elle qui vous a conduit ici. Le réconfort de ma vie ! Un vieux cheval de bataille, d'un absolu dévouement. Il y a des années qu'elle est à mon service.

— Et j'oserai ajouter que vous avez bien de la chance d'avoir miss Aldin auprès de vous.

— Vous avez raison, Mr Treves. J'ai de la chance d'avoir Mary.

— C'est l'une de vos parentes ?

— Une cousine éloignée. L'une de ces natures généreuses qui consacrent à perpétuité leur vie à celle de leurs semblables. Elle a d'abord soigné son père — un homme remarquable, mais terriblement exigeant. Quand il est mort, je lui ai demandé de venir s'installer avec moi. Béni soit le jour où elle est arrivée ! Vous ne pouvez imaginer ce que sont la plupart des dames de compagnie. Des créatures aussi ennuyeuses que sans cervelle. Insipides à vous en rendre folle ! Devenues dames de compagnie seulement parce qu'elles sont bien incapables d'autre chose. Mais c'est merveilleux de jouir de la présence de Mary qui, elle, est aussi intelligente que cultivée.

Une belle intelligence — une intelligence masculine, en fait. Elle s'intéresse à tout, elle comprend tout. Parlez-lui de tout : rien ne lui est étranger. Aussi douée, d'ailleurs, sur le plan matériel que dans le domaine intellectuel. Elle mène la maison à la perfection, et elle sait faire régner l'harmonie chez les domestiques : elle a un don particulier pour éviter querelles et jalousies, je ne sais pas comment elle s'y prend — un formidable doigté, j'imagine.

— Il y a longtemps qu'elle est chez vous ?

— Douze ans... Non, plus que cela : treize, quatorze... Quelque chose de cet ordre. C'est la sécurité faite femme.

Mr Treves hochait la tête.

Lady Tressilian, les yeux à demi clos, l'interrogea soudain :

— Qu'y a-t-il ? Qu'est-ce qui vous inquiète ?

— Rien. Ou si peu, reconnut Mr Treves. Mais je vois qu'à vous, rien ne vous échappe.

— J'aime assez à observer mes contemporains. Je savais toujours tout de suite ce que pensait Matthew.

Elle poussa un long soupir et se laissa aller contre ses oreillers :

— Je m'en vais maintenant vous souhaiter une bonne nuit, Mr Treves.

La souveraine, courtoise et ferme, mettait fin à l'audience.

— Je me sens très fatiguée. Mais j'ai éprouvé beaucoup de joie à vous revoir. Revenez très bientôt.

— Je n'hésiterai pas, je vous le promets, à abuser de votre hospitalité. J'espère seulement que mon bavardage ne vous a pas paru trop long.

— Oh non. Mais maintenant, la fatigue me prend tout d'un coup. Avant de partir, auriez-vous la gentillesse de sonner ma femme de chambre, je vous prie ?

Mr Treves actionna précautionneusement un large

cordon à l'ancienne, qui se terminait par une grosse pomme de galon tressé.

— C'est presque une relique, observa-t-il.

— Ma sonnette ? Oui. Je me refuse à ces nouveautés électriques. La moitié du temps, elles sont en panne, et vous pouvez rester en plan à presser un bouton en vain ! Celle-ci marche toujours. Elle sonne là-haut, dans la chambre de Barrett. La cloche est suspendue à la tête de son lit. Et je vous garantis qu'elle arrive tout de suite. S'il le faut, je carillonne une deuxième fois.

Quittant lady Tressilian, Mr Treves entendit la sonnette tinter encore. Il leva la tête et remarqua les fils de fer qui couraient le long du plafond. Descendant quatre à quatre les marches qui menaient à son galetas, Barrett, à l'appel de sa maîtresse, le croisa dans le couloir.

Négligeant le secours de l'ascenseur, Mr Treves s'en fut à petits pas jusqu'au rez-de-chaussée. La tension et l'incertitude se peignaient sur son visage.

Tous les hôtes de la Pointe-aux-Mouettes se trouvaient encore rassemblés au salon. Mary Aldin, sans attendre, proposa une partie de bridge. Mr Treves déclina poliment l'offre, et fit valoir qu'il allait lui falloir très bientôt regagner le *Balmoral Court*.

— Mon hôtel, se justifia-t-il, a conservé les anciens usages. Dès minuit passé, on n'attend plus personne.

— Nous en sommes encore bien loin, remarqua Neville Strange. Il n'est que 10 heures et demie. Vous ne risquez pas d'être enfermé dehors, j'espère ?

— Oh non... En vérité, je doute fort que la porte soit jamais verrouillée. On la ferme à 9 heures, mais il suffit de tourner la poignée pour pouvoir rentrer. Les gens d'ici me paraissent assez peu bileux. Mais ils doivent avoir de bonnes raisons de faire confiance à l'honnêteté de la population locale.

— C'est vrai que nous, nous ne fermons jamais à clef dans la journée, confirma Mary Aldin. Le jour, on pourrait entrer chez nous comme dans un moulin. Mais le soir, nous mettons le verrou.

— Comment est le *Balmoral Court* ? s'enquit Ted Latimer. Extérieurement, ça n'est qu'une affreuse bâtisse victorienne de plus.

— Il correspond parfaitement à son nom, répliqua Mr Treves. Le bon vieux confort victorien, justement : lits douillets, cuisine sans fioritures, cabinets de toilette gigantesques, baignoires démesurées encastrées dans des coffrages d'acajou.

— Ne nous disiez-vous pas, pourtant, que vous aviez été déçu lors de votre arrivée là-bas ? interrogea Mary Aldin.

— Certes, oui. J'avais pris la peine de réserver par écrit deux chambres au rez-de-chaussée. Mon cœur me joue des tours, comprenez-vous, et monter des escaliers m'est interdit. Lorsque je suis arrivé, j'ai été fort contrarié de découvrir que l'on n'avait pas satisfait à ma demande. On m'avait attribué, en fait, deux chambres fort agréables, je me dois de l'avouer, mais à l'étage. J'ai protesté, mais on m'a fait valoir qu'un habitué de l'établissement, qui aurait dû partir pour l'Ecosse, était tombé malade et n'avait pu libérer ma suite.

— Il s'agissait de Mr Lucan, je suppose ? dit Mary.

— Un nom comme cela, oui... Il a bien fallu que je me plie aux circonstances. Par bonheur, l'hôtel dispose d'un ascenseur automatique. Ainsi, je n'ai pas trop à souffrir de cet incident malencontreux.

— Ted, glissa Kay, pourquoi n'irais-tu pas prendre tes quartiers au *Balmoral Court* ? C'est tout de même beaucoup plus près.

— Je ne crois pas que cet endroit soit mon genre.

— Très juste, Mr Latimer, sourit Mr Treves. Le *Balmoral Court* n'est pas exactement votre genre de terrain de chasse.

Ted Latimer rougit :

— Je ne vois pas ce que vous voulez dire...

Sensible au malaise ambiant, Mary Aldin se hâta de détourner la conversation sur un sujet dont les quotidiens faisaient leurs choux gras :

— J'ai vu que la police a arrêté un suspect dans l'affaire de la malle sanglante de Kentish Town.

— C'est le deuxième, riposta Neville Strange. J'espère que, cette fois, c'est le bon.

— Même si c'est lui le coupable, il n'est pas sûr qu'ils puissent le garder très longtemps, observa Mr Treves.

— Manque de preuves ? questionna Thomas Royde.

— Oui.

— Et pourtant, avança Kay, je suis bien sûre qu'au bout du compte, les policiers trouvent toutes les preuves qu'ils veulent.

— Pas toujours, petite madame. Si vous saviez le nombre de criminels qui circulent dans le pays en toute liberté, vous n'en reviendriez pas.

— En liberté parce qu'ils n'ont jamais été démasqués ?

— Oui. Mais pas seulement.

Mr Treves cita une affaire qui avait défrayé la chronique deux ans auparavant :

— La police sait qui a assassiné ces enfants — et le sait sans qu'il y ait l'ombre d'un doute — mais elle n'y peut rien. Deux personnes différentes ont fourni un alibi au meurtrier. Et quoique ces alibis soient faux comme des jetons, les policiers sont bien incapables de le prouver. Notre assassin peut ainsi se baguenauder comme il le veut, libre comme l'air.

— C'est épouvantable, déplora Mary.

Thomas Royde tapota sa pipe pour la vider.

— Cela ne fait que confirmer ce que j'ai toujours pensé, énonça-t-il, pensif. Il est des moments où l'on a pleinement le droit de se substituer au bras séculier.

— Qu'entendez-vous par là, Mr Royde ?

Thomas s'occupait à rebourrer sa bouffarde. Attentif à surveiller ses gestes, il s'exprima en phrases hachées :

— Imaginez que vous ayez... connaissance d'une saloperie... que vous sachiez... vu la législation existante... que le coupable ne risque rien. Dans un cas pareil, moi, je crois que... qu'on a le droit d'exécuter la sentence.

— Voilà bien une doctrine dangereuse ! s'échauffa Mr Treves. Rien ne saurait justifier un tel acte !

— Je ne vois pas pourquoi. Je pars, évidemment, de l'hypothèse que les *faits* sont bien établis. Et que seule la *loi* est impuissante.

— Rien ne saurait excuser l'exercice d'une justice privée.

Thomas Royde eut un sourire d'une douceur infinie :

— Je ne partage pas votre point de vue, Mr Treves. Si un homme a bel et bien mérité d'être pendu haut et court, je ne verrais aucun inconvénient à lui passer moi-même la corde au cou !

— Et vous auriez du même coup des comptes à rendre à la justice !

Thomas ne perdit pas le sourire pour autant :

— Il va de soi que je serais prudent. C'est le genre de cas où il faut savoir agir en douce.

— Tu finirais par te faire prendre, Thomas, décréta Audrey de sa voix claire.

— Je n'ai pas l'impression, non.

— J'ai eu à connaître d'une affaire...

Mr Treves s'interrompit et crut bon de paraître contrit :

— La criminologie est mon péché mignon, voyez-vous.

— Je vous en prie, continuez, supplia Kay.

— J'ai une longue expérience des affaires criminelles. Et j'en ai vu bien peu qui aient de quoi fasciner. La plupart des assassins conjuguent la médiocrité avec l'incapacité de voir plus long que le bout de leur nez. Je pourrais toutefois vous conter un exemple des plus intéressants.

— Faites, insista Kay. J'adore les histoires de meurtre.

Mr Treves se mit à parler lentement, en choisissant ses mots avec soin :

— L'affaire concernait un enfant. Je ne vous en donnerai ni l'âge, ni le sexe. Les faits sont les suivants : deux enfants s'amusaient avec des arcs et des flèches. L'un des deux décocha à l'autre une flèche si mal placée que la victime en mourut. Il y eut enquête. L'auteur de l'accident fatal était dans tous ses états et son désespoir suscita un élan de sympathie et d'innombrables manifestations de pitié.

— Et ce fut tout ? demanda Ted Latimer.

— Ce fut tout. Un accident regrettable. Mais il est, voyez-vous, un tout autre aspect à cette hisoire. Un paysan des environs avait emprunté peu auparavant un sentier qui serpentait dans un bois voisin. Et là, dans une clairière, il avait remarqué un enfant qui s'entraînait au tir à l'arc.

Mr Treves se tut afin que tous puissent s'imprégner de ses paroles.

— Vous voulez dire, questionna Mary Aldin, incrédule, qu'il ne s'agissait *pas* d'un accident ? Que c'était... voulu ?

— Je l'ignore. Je ne l'ai jamais su et je ne le saurai jamais, répliqua Mr Treves. Mais ce qui est certain, c'est qu'on avait soutenu aux enquêteurs que les enfants ignoraient tout des arcs et des flèches, et qu'ils avaient tiré à tort et à travers, sans savoir ce qu'ils faisaient.

— Ce qui n'était pas le cas ?

— Ce qui, pour l'*un* des enfants en question, n'était certainement pas le cas.

— Qu'a fait votre paysan ? interrogea Audrey.

— Rien. Qu'il ait eu tort ou raison de se taire, je

n'ai jamais pu en décider. C'était, il est vrai, l'avenir tout entier d'un enfant qui était en jeu, et il s'est probablement dit qu'un enfant avait droit au bénéfice du doute.

— Mais vous, personnellement, insista Audrey, vous n'avez aucun doute sur ce qui s'est réellement passé ?

— Personnellement, répondit Mr Treves avec gravité, je suis de l'avis qu'il s'agissait là d'un meurtre particulièrement ingénieux, commis par un enfant qui l'avait préparé avec soin et dans le moindre détail.

Ted Latimer intervint :

— Il y avait un mobile ?

— Oh oui, il y en avait un. Plusieurs, même. Des disputes enfantines, des paroles blessantes — assez pour susciter la haine. Les enfants ont la haine facile...

— Mais une telle préméditation ! s'exclama Mary Aldin.

Mr Treves en convint :

— Oui, c'est là le point noir de l'histoire. Un enfant conservant dans le secret de son cœur ses intentions homicides, s'entraînant jour après jour, et puis le passage à l'acte... cette flèche prétendument tirée par maladresse... le drame, la panique simulée, la comédie du désespoir. Tout cela était incroyable... tellement incroyable, en fait, qu'aucun tribunal, sans doute, n'y aurait cru.

— Et l'enfant, qu'est-ce qu'il est devenu ? interrogea Kay.

— On lui a donné un autre nom, je crois. Ce qui, après toute la publicité qu'avait reçue l'enquête, était la solution la plus sage. Cet enfant est aujourd'hui une grande personne et vit quelque part dans le monde. La seule question est de savoir s'il a conservé ses instincts meurtriers.

Mr Treves se fit songeur :

— Tout cela s'est passé il y a bien des années. Mais je reconnaîtrais n'importe quand notre coupable en herbe.

— Sûrement pas, objecta Royde.

— Mais si. Il y avait, chez l'enfant, une particularité physique qui... Mais je ne me suis que trop étendu sur un sujet déplaisant. Il faut vraiment que je m'en aille, maintenant.

Il se leva.

— Vous prendrez bien un dernier verre ? suggéra Mary.

Les boissons avaient été disposées sur une table, au fond du salon. Thomas Royde, qui se trouvait à proximité, ôta le bouchon de cristal du flacon de whisky.

— Un whisky soda, Mr Treves ? Et pour vous, Latimer ?

— Il fait une soirée délicieuse, souffla Neville à Audrey en s'approchant d'elle. Sortons un peu, tu veux ?

Debout près de la porte-fenêtre, elle contemplait depuis un moment la terrasse nappée de clair de lune. Il la frôla presque, fit un pas dehors et l'attendit. Mais elle se détourna en secouant la tête :

— Non, je suis fatiguée. Je... je vais aller me coucher.

Elle traversa la pièce, prit congé et monta. Kay bâilla à se décrocher la mâchoire :

— J'ai sommeil, moi aussi. Et vous, Mary ?

— Oui, je crois. Bonne nuit, Mr Treves. Thomas, je compte sur vous pour prendre soin de Mr Treves.

— Bonne nuit, miss Aldin. Bonne nuit, Mrs Strange.

— Ted, nous déjeunerons tard, demain, annonça Kay. Il est possible que nous allions nous baigner si le temps se maintient.

— Très bien. Je tâcherai de vous dénicher sur la plage. Bonne nuit, miss Aldin.

Les deux jeunes femmes quittèrent le salon.

— Je vais dans votre direction, monsieur, dit courtoisement Ted Latimer à Mr Treves. Pour descendre au bac, je dois passer devant votre hôtel.

— Merci beaucoup, Mr Latimer. Je serai ravi de profiter de votre compagnie.

En dépit de l'intention qu'il avait affichée, Mr Treves ne paraissait nullement pressé de partir. La mine gourmande, il buvait lentement son whisky et s'était mis en devoir d'arracher à Thomas Royde quelques informations sur les conditions de vie des planteurs de Malaisie.

Royde ne répondait que par monosyllabes. On eût pu croire que les plus infimes détails de son quotidien relevaient du secret de la défense nationale tant il paraissait difficile de lui tirer un mot. Il semblait plongé dans un abîme de réflexion dont il s'extrayait avec peine pour satisfaire la curiosité du vieil avocat.

Ted Latimer s'agitait. Il avait l'air de s'ennuyer et ne cachait guère son désir de partir au plus vite.

— J'allais oublier ! s'exclama-t-il soudain. J'avais apporté à Kay quelques disques dont elle avait envie. Ils sont dans le vestibule. Je vais aller les chercher. Voudrez-vous le lui dire demain, Royde ?

Thomas acquiesça d'un geste. Latimer sortit.

— Ce jeune homme est d'une nature impatiente, remarqua Mr Treves.

Royde se contenta d'un grognement.

— C'est un ami, je crois, de Mrs Strange ?

— De Kay Strange, précisa Thomas.

Mr Treves sourit.

— Oui. C'est ce que je voulais dire. On le verrait mal en ami de la première Mrs Strange.

— Ah ça, oui, alors ! martela Royde.

Puis, croisant le regard malicieux de Mr Treves, il bredouilla en rougissant un peu :

— Ce que je veux dire, c'est que...

— Je le vois bien, ce que vous voulez dire,

Mr Royde. Mais vous êtes vous-même un ami de Mrs Audrey Strange, n'est-ce pas ?

Avec des gestes lents, Thomas Royde bourrait sa pipe enfoncée dans sa blague à tabac. Il finit par dire — ou plutôt par marmonner :

— Mmm... oui. Nous avons été plus ou moins élevés ensemble.

— J'imagine que c'était une jeune fille charmante.

Royde émit un grognement qui ressemblait à :

— Hum.... ouais...

— Assez bizarre d'avoir deux Mrs Strange dans la même maison, non ?

— Oh oui. Oui, assez.

— C'est une situation difficile pour la première Mrs Strange.

— Extrêmement difficile, rougit Thomas Royde.

Mr Treves se pencha en avant. Sa question jaillit, brutale :

— *Pourquoi est-elle venue, Mr Royde* ?

— Eh bien, je suppose que...

Sa voix était indistincte :

— Elle... elle ne sait pas dire non.

— Dire non *à qui* ?

Thomas se tortilla sur son fauteuil :

— Euh... en fait, je crois qu'elle vient ici tous les ans à la même époque... début septembre.

— Et lady Tressilian aurait invité en même temps Neville Strange et sa seconde épouse ?

Il y avait, dans la voix du vieux monsieur, plus qu'une nuance d'incrédulité polie.

— En fait, je crois que c'est Neville qui le lui a demandé.

— Autrement dit, Neville Strange souhaitait cette... cette réunion ?

Le malaise de Royde apparaissait de plus en plus :

— J'imagine que oui.

— Etonnant ! commenta Mr Treves.

— Je trouve ça parfaitement stupide, répliqua Thomas, plus prolixe que de coutume.

— Quelque peu embarrassant, dirait-on.

— Oh... C'est le genre de choses que les gens font de nos jours, lâcha Royde, vague.

— Je me demandais si l'idée ne serait pas venue de quelqu'un d'autre ?

Thomas Royde ouvrit de grands yeux :

— De qui d'autre pourrait-il s'agir ?

— Le monde ne manque pas d'amis bien intentionnés, soupira Mr Treves. Toujours désireux de régenter à leur place la vie de leurs semblables... et suggérant bien souvent des actions malencontreuses...

Il s'interrompit comme Neville Strange réapparaissait nonchalamment par la porte-fenêtre. Au même instant, Ted Latimer émergea du vestibule.

— Qu'est-ce que vous nous apportez là, Ted ? demanda Neville.

— Des disques pour Kay. Elle me les avait demandés.

— Ah bon ? Elle ne m'en avait pas parlé.

Il y eut comme un peu de gêne entre les deux hommes. Puis Neville s'en alla à la table aux boissons et se servit un whisky soda. Un peu à court d'haleine, il arborait une mine malheureuse et agitée.

Quelqu'un, dans l'entourage de Mr Treves, avait une fois fait allusion à « ce sacré veinard de Strange, qui a vraiment tout ce qu'il peut souhaiter ». En ce moment précis, Neville n'avait rien d'un homme heureux.

Thomas Royde parut penser que ses devoirs d'hôte s'achevaient avec le retour de Neville. Sans murmurer le moindre bonsoir, et d'une démarche plus hâtive que d'habitude, il quitta le salon. On aurait pu croire à une fuite.

Mr Treves reposa son verre :

— Charmante soirée, dit-il, courtois. Et tout à fait... euh... instructive.

— Instructive ?

Neville Strange fronçait des sourcils étonnés.

— Oui, à propos des sultanats de Malaisie, intervint Ted Latimer avec un large sourire. Et ce n'est pas rien, d'extraire des informations à Thomas le taciturne !

— Un type extraordinaire, ce Royde, fit Neville. Je crois qu'il restera éternellement le même. A fumer son horrible vieille pipe, à écouter sans rien dire qu'un « hum ! » ou un « ah ? » dans le meilleur des cas et à vous couver de son regard de vieux hibou qui aurait la science infuse.

— Et qui n'en penserait pas moins, glissa Mr Treves. Allons, maintenant, il faut vraiment que je me sauve.

— Revenez vite voir lady Tressilian, demanda Neville Strange en accompagnant le vieil avocat et Ted Latimer jusqu'à la porte d'entrée. Vous lui avez fait énormément de bien. Elle a si peu de vrais contacts avec le monde. C'est une femme merveilleuse, n'est-ce pas ?

— Certes. Et sa conversation est des plus stimulantes.

Avec soin, Mr Treves s'emmitoufla d'un manteau et d'une écharpe. Après les « bonsoirs » d'usage, Ted et lui partirent de conserve.

Le *Balmoral Court* n'était qu'à une petite centaine de mètres de la Pointe-aux-Mouettes après le premier virage. Sa silhouette guindée se dressait comme un avant-poste sur cette route de campagne où les constructions étaient clairsemées.

L'embarcadère vers lequel se dirigeait Ted Latimer était situé quelque deux cents mètres en contrebas, au point où l'embouchure de la Tern était à son plus étroit.

Devant la porte du *Balmoral Court*, Mr Treves s'arrêta.

— Bonne nuit, Mr Latimer, dit-il, la main tendue. Vous resterez ici quelque temps encore ?

Ted sourit de tout l'éclat de ses dents blanches.

— Cela dépend, Mr Treves. Je n'ai pas eu le temps de m'ennuyer... pas encore.

— Je le crois volontiers. J'imagine que, comme la plupart des jeunes gens de votre génération, vous ne redoutez rien de plus au monde que l'ennui. Et, pourtant, je puis vous l'assurer, il est des maux bien pires que celui-là.

— Par exemple ?

La voix de Ted Latimer n'avait rien perdu de sa chaleur enjôleuse. Mais elle n'en charriait pas moins une note trouble, bien difficile à définir.

— Je laisse à votre imagination le soin de les découvrir, Mr Latimer. Voyez-vous, je n'aurais pas la prétention de vous donner le plus petit conseil. La jeunesse repousse avec mépris les avis des vieux barbons de mon genre. Avec raison, qui sait ? Mais nous autres vieillards osons croire que l'expérience nous a apporté quelques enseignements. Tout au long d'une vie, nous avons tout de même eu le temps de prendre bonne note de deux ou trois notions fondamentales.

Un nuage voilait la lune. L'obscurité noyait la route. De l'ombre, remontant la pente, surgit la silhouette d'un homme.

C'était Thomas Royde.

— Je m'en étais allé faire trois pas jusqu'à l'embarcadère, marmonna-t-il, l'élocution brouillée par la pipe vissée entre ses maxillaires. C'est votre gargote ? On dirait bien que vous allez trouver porte close.

— Voilà qui m'étonnerait, répliqua Mr Treves.

Il actionna la grosse poignée de cuivre et la porte s'ouvrit.

— Nous vous escortons jusqu'au bout, décréta Royde.

Les trois hommes pénétrèrent dans le hall du *Balmoral Court*, chichement éclairé d'une lampe unique. L'endroit était désert. Aux narines montaient, mêlées, des odeurs de cuisine, les fragrances d'un vieux velours saturé de poussière et des parfums de cire d'abeille.

Mr Treves laissa soudain échapper une exclamation dépitée.

A la grille de l'ascenseur était accrochée une pancarte :

EN DÉRANGEMENT

— Sapristi ! grinça le vieil avocat. Comme c'est contrariant ! Il me va falloir grimper toutes ces marches.

— Fâcheux, commenta Royde. Il n'y a pas d'ascenseur de service ? Pas de monte-charge ? Rien qui y ressemble ?

— Hélas non. Cet appareil-là sert à tout. Tant pis, je n'ai plus qu'à monter à petits pas. Bonsoir à vous deux.

Mr Treves attaqua lentement l'ascension du grand escalier. Royde et Latimer lui souhaitèrent le bonsoir et se retirèrent.

Dès qu'ils furent sur la route, un silence contraint s'instaura entre eux. Et soudain, Royde lâcha tout à trac :

— Eh bien, bonne nuit.

— Bonne nuit. A demain...

— A demain.

A grandes enjambées, Ted Latimer prit la direction de l'embarcadère. Thomas Royde resta un moment à le regarder s'éloigner dans la nuit. Et puis il tourna les talons et s'engagea sur le chemin de la Pointe-aux-Mouettes.

La lune émergeait des nuages. Et sa lumière d'argent inondait de nouveau Saltcreek.

7

— On se croirait en plein été, murmura Mary Aldin.

Audrey et elle étaient assises sur la plage que dominait l'imposant édifice de l'*Easterhead Bay Hotel*. Vêtue d'un maillot blanc, Audrey ressemblait à une délicate figurine d'ivoire. Mary ne s'était pas baignée. Un peu plus loin, étendue sur le ventre, Kay offrait au soleil son dos et ses jambes.

— Brrr, protesta-t-elle en se redressant, l'eau est horriblement froide.

— On est en septembre, rappela Mary.

— En Angleterre, il fait toujours froid, grogna Kay. Ah, comme je voudrais que nous soyons dans le Midi de la France ! Là-bas, au moins, il fait réellement chaud.

A côté d'elle, on entendit geindre Ted Latimer :

— Ici, le soleil n'est pas un vrai soleil.

— Vous n'allez pas entrer dans l'eau ? lui demanda Mary.

Kay éclata de rire :

— Ted n'entre jamais dans l'eau. Il préfère se prélasser au soleil, comme un lézard paresseux.

Elle tendit l'orteil pour le chatouiller. Il se dressa d'un bond :

— Viens marcher un peu, Kay. J'ai froid.

Ils s'éloignèrent le long de la plage.

— Comme un lézard paresseux, répéta Mary en les suivant des yeux. Assez mal venue, la comparaison.

— Ce n'est pas comme ça que vous le voyez ? interrogea Audrey.

Mary fronça les sourcils :

— Pas vraiment. Quand on parle de lézard, on pense à une bête inoffensive. Et je ne crois pas Ted inoffensif.

— Je ne le crois pas non plus, souffla Audrey, songeuse.

Mary continuait de les regarder :

— Ils sont superbes, tous les deux. Ils sont très bien assortis, non ?

— C'est vrai, oui.

— Mêmes goûts, mêmes opinions... même langage. C'est bien dommage que...

Elle s'interrompit.

— Dommage que quoi ? jeta Audrey.

— J'allais dire qu'il était bien dommage que Neville et elle se soient rencontrés, répondit lentement Mary.

Audrey se redressa vivement. Son visage avait pris ce que Mary appelait, en son for intérieur, son « masque glacial ».

— Je vous demande pardon, Audrey, s'empressa de s'excuser Mary. Je n'aurais jamais dû dire ça.

— Je préfèrerais... je préfèrerais ne plus aborder ce sujet, si vous n'y voyez pas d'inconvénient.

— Bien sûr, bien sûr. C'était stupide de ma part. J'espérais... j'espérais que vous aviez surmonté tout cela, j'imagine.

Les traits d'Audrey avaient retrouvé leur sérénité. Elle tourna la tête avec lenteur :

— Mary, je peux vous donner l'assurance qu'il n'y a plus, en ce qui me concerne, rien à surmonter. Cela ne m'inspire aucune sorte de ressentiment. J'espère... oui, j'espère que Kay et Neville seront toujours heureux ensemble.

— Vous êtes si bonne, Audrey.

— Ce n'est pas de la bonté. Ce n'est que... la vérité. Et puis je suis absolument convaincue qu'il ne sert à rien de remâcher le passé. De répéter « quel dommage que ceci, ou cela, soit arrivé ». Ce qui est fini est fini. Pourquoi s'y attarder ? Nous avons tous à continuer de mener nos vies, jour après jour.

— Je crois, reconnut Mary avec simplicité, que si

des gens comme Kay et Ted m'exaspèrent à ce point, c'est parce que... parce qu'ils sont incroyablement différents de tous ceux que j'ai jamais rencontrés.

— Oui, probablement.

— Même vous, Audrey, fit Mary, soudain amère, vous avez eu une existence et vécu des expériences que, moi, je ne connaîtrai sans doute jamais. Je sais bien que vous avez été malheureuse... très malheureuse. Mais je ne peux m'empêcher de penser que, même cela, ça vaut mieux que... oui, mieux que rien. Le vide !

Elle avait mis dans ce dernier mot une sorte de fureur.

Audrey écarquilla les yeux et la dévisagea, étonnée :

— Je n'aurais jamais cru que vous puissiez éprouver tant d'amertume.

— Ah bon ?

Comme pour s'excuser, Mary émit un petit rire :

— Ce n'était qu'une petite crise d'aigreur, ma chérie. Il ne faut pas y attacher d'importance.

— Ce ne doit pas être très gai pour vous, Mary. Toujours enfermée ici avec Camilla, si gentille soit-elle. Lui faire la lecture à haute voix, faire marcher la maison, sans jamais pouvoir vous évader...

— Je suis bien logée et bien nourrie. Des milliers de femmes ne peuvent en dire autant. Et je vous assure, Audrey, que je ne me plains pas.

Elle sourit :

— Et puis j'ai mes petites distractions personnelles.

Audrey sourit elle aussi :

— Des vices secrets ?

— Bah, je tire des plans sur la comète, fit Mary d'un ton vague. Dans ma tête. Et parfois, je me livre à des expériences. Des expériences sur les gens... pour voir si je peux les faire réagir comme je l'ai prévu à ce que je dis.

— A vous entendre, on pourrait vous croire sadique, Mary. Au fond, comme je vous connais peu !

— Oh, tout cela est bien inoffensif. Des amusements de gamine...

— Et vous m'avez prise, moi aussi, comme cobaye ?

— Non. Vous êtes la seule personne dont je n'ai jamais réussi à prévoir les réactions. Voyez-vous, je ne sais jamais ce que vous pensez.

— C'est peut-être mieux ainsi, déclara Audrey avec gravité.

Elle frissonnait.

— Vous avez froid ! s'exclama Mary.

— Oui. Je crois que je vais aller me rhabiller. On est en septembre, après tout.

Mary resta seule, fascinée un moment par les jeux de l'eau et de la lumière. La marée descendait. Elle s'allongea sur le sable et ferma les yeux.

Ils avaient tous fait un bon déjeuner à l'hôtel. Bien que le gros de la saison soit passé, il y avait encore beaucoup d'estivants. Un curieux mélange de gens. Enfin ! Ç'avait été une occasion de sortir, de rompre la monotonie des jours. Et un soulagement que d'échapper à l'atmosphère de tension et de nervosité que l'on subissait à la Pointe-aux-Mouettes. Audrey n'y était pour rien. C'était la faute de Neville...

Ses réflexions furent brutalement interrompues par Ted Latimer qui se laissa tomber lourdement à côté d'elle.

— Qu'avez-vous fait de Kay ? s'enquit Mary.

— Elle a été réclamée par son légitime propriétaire.

Il y avait dans la voix de Ted un zeste d'amertume. Mary se rassit. Au loin, Kay et Neville parcouraient le bord de l'eau. Elle lança au jeune homme un coup d'œil à la dérobée.

Jusque-là, elle l'avait jugé froid, intéressé, peut-être même dangereux. Pour la première fois, elle découvrait en lui un jeune être blessé.

« Il était amoureux de Kay, se dit-elle. Profondément amoureux. Et puis Neville est entré dans la danse. »

— J'espère que vous vous plaisez ici, lui dit-elle gentiment.

C'était une formule bien conventionnelle. Mais Mary Aldin recourait toujours à des formules conventionnelles : elles composaient l'essentiel de ses moyens d'expression. Son ton, cependant, là aussi pour la première fois, impliquait une offre d'amitié. Le jeune homme y fut sensible :

— Autant, probablement, que je puisse me plaire où que ce soit.

— Vous m'en voyez navrée.

— En réalité, vous vous en fichez pas mal ! Je ne suis qu'un intrus... et qui se soucie de ce qu'un intrus peut bien penser, ou ressentir ?

Elle observa plus attentivement ce beau garçon si plein de rancœur. Il la défiait du regard.

Elle soupira, lentement, comme si elle venait de faire une découverte :

— Je vois. Vous ne nous aimez pas.

Ted Latimer eut un rire bref :

— Vous vous attendiez à ce que je le fasse ?

— J'ai l'impression que oui. Mais j'ai sans doute trop tendance à tenir les choses pour acquises. Il me faut être plus humble... Oui, je n'aurais jamais imaginé que vous puissiez ne pas nous aimer. Nous avons essayé de vous faire bon accueil... en tant qu'ami de Kay.

— Ouais... en tant qu'ami de Kay ! cracha-t-il, venimeux.

Désarmante de sincérité, Mary reprit :

— Je voudrais... je voudrais vraiment que vous me disiez pourquoi vous nous détestez. Que vous avons-nous fait ? Quels sont nos torts ?

— Votre suffisance ! martela-t-il.

— Notre suffisance ?

Le mot l'avait heurtée, mais elle tenait à faire preuve d'objectivité :

— Oui, j'admets que nous puissions paraître suffisants.

— Vous l'êtes. Jouir de vos privilèges vous paraît aller de soi. Sûrs de votre bienheureuse supériorité, vous vivez dans votre petit enclos, à l'écart du reste du troupeau. Pour vous, les gens comme moi ne sont que des bêtes fauves plus ou moins exotiques !

— Encore une fois, vous me voyez navrée.

— J'ai raison ou pas ?

— Non, non, pas du tout. Nous sommes stupides, peut-être, et nous manquons d'imagination. Mais nous ne sommes pas malveillants. Je suis moi-même assez conventionnelle et, en apparence, ce que vous qualifiez de « suffisante ». Mais au fond de moi, voyez-vous, je suis très humaine. En cet instant précis, je suis désolée parce que je vous vois malheureux, et que je voudrais pouvoir y remédier.

— Eh bien... si c'est le cas... c'est très gentil à vous.

Il y eut un silence, puis Mary demanda avec douceur :

— Vous avez toujours été amoureux de Kay ?

— Très amoureux.

— Et elle ?

— Je le croyais. Jusqu'au jour où Strange a fait son apparition.

— Et vous l'aimez toujours ?

— J'aurais cru que cela se voyait.

Nouveau silence. Mary esquissa un sourire.

— Ne feriez-vous pas mieux de partir d'ici ? suggéra-t-elle.

— Pourquoi partirais-je ?

— Parce que vous n'avez ici que des raisons de vous rendre encore plus malheureux.

Il la fixa et éclata de rire :

— Vous êtes trop mignonne. Et vous ignorez tout des fauves qui rôdent autour de votre petit enclos. Des tas de choses peuvent arriver, dans un proche avenir.

— Quelle sorte de choses, je vous prie ?

Il rit encore :

— Vous verrez bien.

8

Après s'être rhabillée, Audrey avait pris le bord de la plage et louvoyé parmi les éboulis de roches pour rejoindre Thomas Royde qui fumait sa pipe face à la Pointe-aux-Mouettes et à la demeure qui s'y dressait, blanche et sereine, sur la rive opposée.

A son approche, il tourna la tête, mais demeura immobile. Elle s'assit à côté de lui sans dire un seul mot. Pendant un moment, ils gardèrent le silence paisible de deux amis de longue date.

— Comme la maison paraît proche, dit enfin Audrey.

Du regard, Thomas jaugea la distance qui les séparait de chez lady Tressilian :

— Oui, nous pourrions rentrer à la nage.

— Oh, non, jamais à marée descendante. Autrefois, Camilla a eu une femme de chambre qui se baignait qu'il pleuve ou qu'il vente et qui adorait le faire quand la marée le permettait. Haute ou basse, il faut que la mer soit étale. Quand c'est le reflux, il vous entraîne au large. Et c'est ce qui est arrivé un jour à cette fille. Heureusement, elle n'a pas perdu la tête, et elle est parvenue de justesse à reprendre pied saine et sauve, à Easter Point. Mais elle était à bout.

— Ici, rien n'indique le moindre danger.

— C'est sur l'autre rive. Il y a un mauvais courant,

au bas de la falaise. Au fait, il y a eu là-bas un suicide manqué, l'année dernière. Un type qui s'est jeté de Stark Head. Mais sa chute a été arrêtée par un arbre, et les garde-côtes n'ont plus eu qu'à aller le cueillir.

— Pauvre diable, marmonna Thomas Royde avec sympathie. Je parie qu'il ne les a pas remerciés. Ça doit être franchement déprimant d'avoir décidé d'en finir et d'être sauvé. On passe pour le dernier des imbéciles.

— Peut-être qu'il est bien content maintenant que ça se soit terminé comme ça, murmura Audrey, songeuse.

Elle se demandait vaguement ce qu'avait bien pu devenir le désespéré.

Thomas tirait de longues bouffées de sa pipe. Il lui suffisait de bouger à peine la tête pour observer la jeune femme. Elle fixait l'eau. Il remarqua son air grave et absorbé. Et aussi les longs cils bruns qui mettaient en valeur le dessin des pommettes, la petite oreille modelée en coquille...

Ce qui lui rappela quelque chose :

— A propos, j'ai retrouvé ta boucle... celle que tu as perdue hier soir.

Il fouilla dans sa poche. Audrey tendit la main :

— Oh, merci. Tu l'as trouvée où ? Sur la terrasse ?

— Non, près de l'escalier. Tu l'avais sans doute laissée tomber en descendant pour le dîner. J'avais remarqué que tu ne l'avais pas à table.

— Je suis heureuse de l'avoir récupérée.

Elle la prit. Thomas se fit la réflexion qu'il s'agissait d'un bijou démesuré pour une si petite oreille. Mais les boucles qu'elle portait, cet après-midi-là, étaient de grande taille, elles aussi.

— Tu gardes tes boucles d'oreilles même quand tu te baignes, observa-t-il. Tu as peur qu'on te les chipe ?

— Oh, ce ne sont que des babioles de fantaisie. Mais je déteste ne pas en porter, à cause de ça.

Du doigt, elle effleurait son lobe gauche. Thomas se souvint :

— C'est vrai… La fois où le vieux Bouncer t'a mordue.

Audrey hocha la tête.

Le silence retomba. Tous deux se remémoraient cet épisode de leur jeunesse : la petite Audrey Standish — son nom de jeune fille —, gamine montée en graine et aux mollets comme des allumettes, avait voulu embrasser le vieux Bouncer qui s'était fourré une épine dans la patte. Fou de douleur, le chien lui avait infligé une vilaine morsure. Il avait fallu poser des points de suture. Mais il n'en restait plus guère de trace. A peine une cicatrice, quasi invisible.

— La marque se voit à peine, mon chou. Pourquoi est-ce que tu t'en soucies encore ?

Elle hésita avant de répondre, à l'évidence sincère :

— Parce que… parce que je ne supporte pas le moindre défaut.

Thomas hocha la tête. Cela correspondait bien à l'Audrey qu'il connaissait, à son instinct perfectionniste. Il est vrai qu'elle-même était si parfaite…

— Tu es beaucoup plus jolie que Kay, déclara-t-il tout à trac.

— Oh non, Thomas. Kay… Kay est vraiment ravissante.

— Extérieurement, oui. Mais pas à l'intérieur.

— Tu fais allusion à ma belle âme ? ironisa-t-elle avec gentillesse.

Thomas tapotait sa pipe pour la vider.

— Non. Je pensais à l'harmonie de ton squelette.

Elle éclata de rire.

Il recommença de bourrer sa bouffarde. Ils se turent pendant cinq bonnes minutes. Thomas, plus d'une fois, lança à la jeune femme de rapides coups d'œil, mais si discrètement qu'elle n'en eut pas conscience.

— Qu'est-ce qui ne va pas, Audrey ? demanda-t-il enfin.

— Qui ne va pas ? Mais de quoi parles-tu ?

— Je te demande ce qui ne va pas. Il y a quelque chose.

— Il n'y a rien. Rien, je t'assure.

— Oh, si.

Elle fit non de la tête.

— Tu ne veux pas me le dire ?

— Il n'y a rien à dire.

— Tu vas me prendre pour une patate, mais il faut quand même que je te le dise...

Il s'interrompit, le temps de ravaler sa salive :

— Tu ne peux pas tout oublier, Audrey ?... Effacer tout ça de ta mémoire ?

Ses petites mains se crispèrent sur le rocher qui lui tenait lieu de siège.

— Tu ne comprends pas... Tu ne peux absolument pas comprendre.

— Mais si, ma chérie, je comprends. C'est comme ça. Je sais ce que c'est.

Elle le fixa, incrédule.

— Je sais *exactement* par quoi tu es passée. Et... et ce que ça a dû représenter pour toi.

La jeune femme avait blêmi. Elle se mordait les lèvres :

— Je vois. Je ne croyais pas que... que quelqu'un puisse savoir.

— Eh bien, si. C'est mon cas. Je... je n'ai pas envie d'en parler. Mais ce que je veux te faire bien comprendre, c'est que c'est fini, que le passé est mort et enterré.

— Il est des choses qu'on n'oublie pas, murmura-t-elle.

— Ecoute, Audrey. Ça ne sert à rien de gratter les vieilles plaies. Tu as connu l'enfer, c'est vrai. Mais à quoi bon revenir sans cesse sur ce qui t'obsède ? Il faut que tu regardes devant toi, pas derrière. Tu as encore toute ta vie, tu as l'avenir devant toi. Alors, pense à demain. Plus à hier.

Elle tourna vers lui de grands yeux vides dans lesquels nul n'eût pu lire ses véritables pensées :

— Et si par hasard j'en étais incapable ?

— Il le faut pourtant bien !

— Je savais que tu ne pourrais pas comprendre, souffla-t-elle. Je... je crois que je ne suis pas normale pour... enfin, pour certaines choses.

— Quelle ânerie ! s'emporta-t-il. Tu...

— Je... quoi ?

— J'étais en train de penser à toi quand tu n'étais encore qu'une gamine... avant que tu n'épouses Neville. Pourquoi diable l'as-tu épousé, d'ailleurs ?

— Parce que j'étais tombée amoureuse de lui, sourit-elle.

— Oui, oui, ça, je sais... Mais alors, pourquoi es-tu tombée amoureuse de lui ? Qu'est-ce qui t'a tellement attirée chez lui ?

Audrey plissa les paupières, comme si elle tentait de voir à nouveau avec ses yeux d'autrefois :

— Sans doute le fait que je le trouvais si « positif ». Il a toujours été à l'exact opposé de ce que je suis moi-même. Je me suis toujours vue floue... pas tout à fait réelle. Mais Neville, lui, était une force de la nature. Il était si heureux de vivre, si sûr de lui et si... Bref, tout ce que je n'étais pas.

Elle sourit :

— Et si beau garçon.

— Oui, l'Anglais idéal, répliqua Thomas, amer. Sportif, beau gosse, bien élevé, sans prétention, le vrai bon chic bon genre... Et qui dans la vie a toujours eu ce qu'il voulait.

Elle se raidit encore, les yeux fixes :

— Tu le détestes. Tu le détestes cordialement, n'est-ce pas ?

Il détourna le regard et, faisant de ses mains un écran, protégea l'allumette avec laquelle il rallumait sa pipe :

— Quand bien même ce serait le cas, ça n'aurait rien de surprenant, non ? grommela-t-il. Il a tout ce que je n'ai pas. Il est doué pour le sport, il nage, il danse, il a de la conversation. Tandis que moi, je ne suis qu'un balourd, taciturne et manchot. Il est brillant et il a du succès — moi, j'ai toujours été un bonnet de nuit. Et puis il a épousé la seule femme que j'aie jamais aimée.

Audrey étouffa une exclamation.

— Ça, tu l'as toujours su, ne dis pas le contraire, gronda-t-il sauvagement. Tu l'as su avant même d'avoir quinze ans. Et tu sais que je t'aime encore...

— Non. Plus maintenant, le coupa-t-elle.

— Qu'est-ce que ça veut dire : plus maintenant ?

Audrey s'était levée.

— Parce que, murmura-t-elle d'une voix pensive. Parce que, maintenant, je... je ne suis plus la même.

— Comment ça, plus la même ?

Il s'était levé, lui aussi, et lui faisait face.

— Si tu ne le sais pas, souffla-t-elle, ce n'est pas moi qui vais te le dire... Moi-même, je n'en suis pas sûre. Mais je suis persuadée que...

Elle s'interrompit soudain, tourna les talons et s'élança au milieu des rochers pour remonter vers l'hôtel.

A un tournant de la falaise, elle aperçut Neville, à plat ventre à côté d'un trou d'eau creusé dans le roc. Il se releva, le sourire aux lèvres :

— Salut, Audrey.

— Salut, Neville.

— Je suis en train d'observer un crabe. Un petit bougre d'une activité dévorante ! Regarde, le voilà.

Elle s'agenouilla et suivit son doigt tendu.

— Tu le vois ?

— Oui.

— Une cigarette ?

Elle accepta et il la lui alluma. Elle évitait de croiser son regard. Il finit par interroger, nerveux :

— Audrey ?...

— Oui ?

— Tout va bien, n'est-ce pas ? Je veux dire... tout va bien entre nous ?

— Oui. Oui, bien sûr.

— Je veux dire... nous sommes amis et tout ?

— Mais oui, bien sûr.

— Je tiens à ce que nous soyons amis.

Il la dévisageait avec anxiété. Elle esquissa un sourire contraint.

— Belle journée, non ? reprit-il du ton le plus mondain. Je trouve le temps superbe, pas toi ?

— Oh si... si.

— Et chaud pour un mois de septembre.

Il y eut un silence pesant.

— Audrey...

Elle se releva.

— Ta femme te demande, Neville. Elle te fait des signes.

— Qui ça ? Oh, Kay...

— J'avais bien dit ta femme.

Il se remit sur ses pieds et resta planté là à la dévorer du regard :

— C'est toi qui es ma femme, Audrey, murmura-t-il dans un souffle.

Elle pivota sur ses talons. Et Neville courut jusqu'à la plage pour y rejoindre Kay.

9

Quand tous regagnèrent la Pointe-aux-Mouettes, Hurstall fit irruption dans le vestibule et se précipita vers Mary :

— Voudriez-vous monter tout de suite chez lady Tressilian, miss ? Elle est bouleversée et a demandé à vous voir sitôt que vous seriez arrivée.

Mary s'élança dans l'escalier. Elle trouva lady Tressilian blême et tremblante :

— Chère Mary, je suis contente que vous soyez rentrée. Je suis effondrée. Ce pauvre Mr Treves est mort.

— Mort ?...

— Oui. C'est terrible, n'est-ce pas ? Tellement soudain. Il semble qu'il n'ait même pas eu le temps de se déshabiller. Il a dû s'effondrer hier soir en rentrant dans sa chambre.

— Mais c'est affreux !

— Tout le monde le savait, bien sûr, de santé fragile. Le cœur était usé... J'espère que rien ne s'est produit ici qui ait pu lui faire du mal. Il n'y avait rien d'indigeste au menu du dîner, au moins ?

— Je ne crois pas... Non, je suis sûre que non. Il semblait en pleine forme, et d'excellente humeur.

— Je suis très affectée, ma chère. Je voudrais que vous alliez au *Balmoral Court* vous renseigner auprès de Mrs Rogers. Demandez-lui s'il est quoi que ce soit que nous puissions faire. Et puis voyez pour les obsèques. En souvenir de Matthew, je veux que nous fassions tout ce qui nous sera possible. C'est affreux, de mourir à l'hôtel.

— Ne vous tracassez surtout pas, chère Camilla, décréta Mary d'un ton ferme. Vous êtes encore sous le coup de la nouvelle.

— C'est bien vrai.

— Je me précipite au *Balmoral Court*, et j'en

reviendrai tout aussi vite pour vous raconter ce que j'aurai appris.

— Merci, chère Mary. Heureusement que je puis compter sur votre compréhension et votre sens pratique.

— Tâchez de vous reposer, maintenant. Un pareil choc, ce n'est pas bon pour vous.

Mary Aldin redescendit au salon.

— Ce pauvre Mr Treves est mort, annonça-t-elle. Il est mort hier soir, sitôt rentré à son hôtel.

— Le pauvre vieux ! s'exclama Neville. Qu'est-ce qui lui est arrivé ?

— Son cœur, selon toute vraisemblance. Il a succombé à peine rentré dans sa chambre.

— Je me demande si ce ne sont pas les escaliers qui l'ont tué, lâcha Thomas Royde, songeur.

— Les escaliers ? répéta Mary d'un air inquisiteur.

— Oui. Quand Latimer et moi l'avons laissé, il commençait tout juste à monter. Nous lui avons bien recommandé d'y aller doucement.

— Mais c'était stupide de sa part de ne pas prendre l'ascenseur ! fit Mary.

— Il était en dérangement.

— Oh, je vois. Quelle malchance ! Pauvre vieil homme... Bon, je fais un saut jusque là-bas. Camilla veut savoir si nous pouvons faire quelque chose.

— Je vous accompagne, dit Thomas.

Ils partirent d'un bon pas sur la route.

— Je me demande s'il n'avait pas des parents qu'il faudrait prévenir, hasarda Mary.

— Il n'avait fait allusion à personne.

— C'est vrai. Et ce n'est d'ordinaire pas le cas. Au hasard de la conversation, les gens citent souvent « ma nièce » ou « mon cousin ».

— Il était marié ?

— Je ne crois pas.

La porte du *Balmoral Court* était ouverte.

La propriétaire, Mrs Rogers, s'entretenait avec un

homme de haute taille et d'âge moyen qui leva une main amicale pour saluer Mary :

— Bonjour, miss Aldin.

— Bonjour, Dr Lazenby. Je vous présente Mr Royde. Lady Tressilian nous a envoyés pour savoir si nous pourrions vous être de quelque secours.

— C'est très aimable à vous, miss Aldin, dit Mrs Rogers. Passons dans mon bureau, voulez-vous ?

Tous quatre se rassemblèrent dans une pièce petite, mais confortable.

— Mr Treves avait dîné chez vous hier soir, n'est-ce pas ? demanda le médecin.

— Oui.

— Comment vous avait-il paru ? Présentait-il des signes de malaise ?

— Non. Il semblait aussi bien que possible, et de la meilleure humeur.

Le Dr Lazenby hocha la tête :

— Oui, c'est ce qu'il y a de pire avec ces problèmes cardiaques. La fin est presque toujours brutale. J'ai jeté un coup d'œil aux médicaments qu'il avait dans sa salle de bains, et il me paraît évident qu'il se trouvait dans un état de santé des plus précaires. Je vais me mettre en contact avec son médecin traitant de Londres, bien entendu.

— Il faisait toujours très attention, souligna Mrs Rogers. Et je peux vous assurer que nous l'avons entouré de toute notre sollicitude.

— J'en suis convaincu, Mrs Rogers, dit le Dr Lazenby avec tact. Il a sans doute suffi d'un tout petit effort pour que...

— Comme de monter des escaliers, suggéra Mary.

— Oui, par exemple. En fait, monter les trois volées de marches qui mènent au premier étage et à sa chambre aurait suffi à provoquer la crise fatale...

mais je doute qu'il ait pu commettre pareille imprudence.

— Oh non, confirma Mrs Rogers. Il prenait toujours l'ascenseur. Chez lui, c'était presque une manie.

— Ce que je voulais dire, insista Mary, c'est qu'avec l'ascenseur en panne, hier soir...

Ahurie, Mrs Rogers écarquilla les yeux :

— Mais l'ascenseur n'a jamais été en panne hier, miss Aldin.

Thomas Royde toussota :

— Pardonnez-moi, mais j'ai raccompagné Mr Treves, hier soir. Et j'ai moi-même vu sur la grille un écriteau « en dérangement ».

L'étonnement de Mrs Rogers atteignait des sommets :

— Ça, par exemple ! Je vous ai dit que l'ascenseur n'était pas en panne, et je vous garantis bien qu'il ne l'était pas. S'il y avait eu un problème, j'en aurais été avertie. Nous n'avons eu aucun souci avec cet appareil depuis — je touche du bois —... depuis plus de dix-huit mois. Il est parfaitement fiable.

— Peut-être la pancarte avait-elle été mise par le groom qui aurait quitté son service ? s'interrogea le médecin.

— C'est un ascenseur automatique, docteur. Il n'y a besoin de personne pour l'actionner.

— C'est vrai. J'avais oublié.

— Je vais quand même en toucher deux mots à Joe, dit Mrs Rogers.

Elle sortit dans le hall pour appeler le portier :

— Joe !... Joe !

Le Dr Lazenby lança à Thomas un regard sceptique :

— Excusez-moi, vous êtes sûr de ce que vous affirmez, Mr... euh... ?

— Royde, rappela Mary.

— Absolument sûr, confirma Thomas.

Mrs Rogers revenait avec Joe. Le portier n'en

démordait pas : l'ascenseur n'avait pas connu la moindre panne la soirée précédente. Il admettait qu'il existait bien un écriteau semblable à celui qu'avait décrit Thomas Royde... mais il était relégué sous le comptoir et ça faisait plus d'un an qu'on ne s'en était pas servi.

Ils échangèrent des coups d'œil perplexes et conclurent qu'il y avait là mystère absolu. Le médecin penchait pour l'hypothèse d'une mauvaise farce de l'un des pensionnaires de l'hôtel. Faute de mieux, on en resta là.

En réponse aux questions de Mary, le Dr Lazenby indiqua que le chauffeur de Mr Treves lui avait donné le nom des notaires du vieil avocat, et qu'il les avait prévenus du décès de leur client. Il ne manquerait pas de se rendre à la Pointe-aux-Mouettes pour informer lady Tressilian des dispositions prises pour les obsèques.

Sur quoi, le médecin s'en fut s'occuper de ses patients tandis que Mary et Thomas reprenaient le chemin de la Pointe-aux-Mouettes.

— Vous êtes vraiment sûr que vous avez vu cette pancarte, Thomas ? insista Mary.

— Latimer et moi l'avons vue. De nos yeux vue.

— C'est ahurissant ! décréta Mary.

10

C'était le 12 septembre.

— Plus que deux jours, soupira Mary Aldin.

Elle se mordit les lèvres et rougit.

Thomas Royde la regarda, songeur.

— La situation vous pèse à ce point ?

— Je ne sais pas ce que j'ai. Jamais de ma vie je n'ai été aussi pressée de voir nos visiteurs nous quitter. Pourtant, d'habitude, le séjour de Neville est pour nous une fête. Et celui d'Audrey aussi.

Thomas acquiesça de la tête.

— Mais cette fois-ci, poursuivit Mary, on a l'impression d'être assis sur un baril de poudre. Qui peut exploser à tout moment. En me réveillant, ce matin, la première pensée qui m'est venue, ç'a été « plus que deux jours ». Audrey part mercredi, et Neville et Kay s'en iront jeudi.

— Et moi, vendredi, rappela Thomas.

— Vous, je ne vous compte pas. Vous êtes solide comme un roc. Je ne sais pas ce que j'aurais fait sans vous.

— Je vous ai servi de bouclier humain ?

— Plus que cela. Vous avez été si gentil et si... si apaisant. Ce que je dis peut vous sembler ridicule, mais exprime bien ce que je ressens.

Thomas Royde parut ravi et gêné tout à la fois.

— Je ne sais d'ailleurs pas pourquoi nous nous sommes montrés si nerveux, ajouta Mary. Après tout, s'il y avait eu un éclat, ç'aurait été pénible et embarrassant, sans plus.

— Vous ne me dites pas le fond de votre pensée, Mary.

— C'est exact. Je n'ai cessé d'éprouver une sorte d'appréhension permanente. Même les domestiques l'éprouvent. Ce matin, la fille de cuisine a fondu en larmes et elle m'a donné ses huit jours... sans la moindre raison valable. La cuisinière est survoltée... Hurstall, prêt à craquer... et même Barrett, qui est toujours aussi stable que... qu'un cuirassé, donne des signes de nervosité. Tout ça parce qu'il est venu à Neville l'idée saugrenue de vouloir que sa première et sa seconde épouses tombent dans les bras l'une de l'autre histoire d'apaiser sa conscience à bon compte.

— En quoi il a singulièrement échoué, fit observer Thomas.

— Oui. Kay est à deux doigts d'exploser. Voyez-vous, Thomas, je ne peux m'empêcher d'avoir de la sympathie pour elle.

Mary marqua un temps. Puis :

— Vous avez remarqué la manière dont Neville regardait Audrey quand elle est montée, hier soir ? Il l'aime encore, Thomas. Tout ça n'a été qu'une tragique erreur.

Thomas Royde entreprit de bourrer sa pipe.

— Il aurait peut-être mieux valu que Neville y réfléchisse plus tôt, fit-il d'un ton âpre.

— Oh, je sais. C'est ce qu'on peut se dire. Mais ça ne change rien au fait que cette affaire tourne à la tragédie. Et j'en suis navrée pour lui.

— Vous savez, les gens comme Neville...

— Oui ?

— Les gens comme Neville croient toujours qu'ils peuvent tout avoir comme ils veulent — et tout avoir sans qu'on leur demande jamais d'en payer le prix. Je suis persuadé qu'avant de tomber sur un bec avec Audrey, Neville n'avait jamais connu d'échec dans sa vie. Mais cette fois, c'est fait. Il ne peut plus récupérer Audrey. Elle est hors de sa portée. Et ce n'est pas de danser la danse de la séduction qui va l'avancer. Il faut qu'il en fasse son deuil.

— Vous avez sans doute raison. Mais je vous trouve bien tranchant. Audrey était tellement amoureuse de Neville quand ils se sont mariés... et ils se sont toujours si bien entendus...

— Amoureuse de lui, elle ne l'est plus, maintenant.

— Je me le demande, fit Mary à mi-voix.

— Et je vais vous dire encore une chose, poursuivit Thomas sur sa lancée. Neville ferait mieux de surveiller Kay. C'est le genre de fille qui peut devenir dangereuse... vraiment dangereuse. Le jour où elle se mettra en rogne, rien ne pourra l'arrêter.

— Seigneur ! soupira Mary avant d'en revenir à sa remarque première : Enfin, plus que quarante-huit heures seulement...

Depuis quatre ou cinq jours, ses difficultés de maîtresse de maison s'étaient encore accrues. Le choc éprouvé par lady Tressilian à la mort de Mr Treves avait eu des répercussions fâcheuses sur son état de santé. Dieu merci, les funérailles avaient été célébrées à Londres, ce qui avait permis à la vieille dame de détacher plus rapidement son attention du triste événement. Les domestiques s'étaient montrés de plus en plus nerveux et désagréables.

Ce matin-là, Mary Aldin se sentait à bout.

— C'est en partie à cause de ce temps, cria-t-elle presque. Il n'est pas normal pour la saison.

Il est vrai que l'on avait traversé une période étonnamment chaude pour un mois de septembre. Certains jours, le thermomètre avait frôlé les 30 degrés à l'ombre.

Neville, qui sortait de la maison, les avait rejoints au moment précis où elle vitupérait.

— Vous accusez la météo ? interrogea-t-il, les yeux levés vers le ciel. C'est incroyable. Il fait encore plus chaud aujourd'hui. Et pas un souffle de vent. Ça met tout le monde à cran. Mais je pense que nous aurons de la pluie d'ici pas longtemps. Ça ne peut pas durer, on se croirait sous les tropiques.

Thomas Royde s'était écarté discrètement, et il s'éclipsa.

— *Exit* le sombre Thomas. Personne n'ira prétendre qu'il prend plaisir à ma compagnie.

— Il est adorable, le défendit Mary.

— Je ne suis pas d'accord. Un esprit étroit... des préjugés...

— Il avait toujours espéré épouser Audrey. Et puis vous êtes arrivé et la lui avez soulevée sous le nez.

— Il lui aurait fallu cent sept ans pour se décider à la demander en mariage. Il ne pouvait quand même pas s'attendre à ce que cette pauvre fille se languisse jusqu'à ce qu'il condescende à sauter le pas !

— Qui sait si maintenant son heure n'a pas sonné ? répliqua Mary en le regardant en face.

Neville fronça les sourcils :

— Le grand amour enfin récompensé ? Vous croyez qu'Audrey épouserait ce poisson froid ? Elle vaut mieux que ça. Non, je ne vois pas Audrey épouser le sombre Thomas.

— Je crois qu'elle a beaucoup de tendresse pour lui.

— Décidément, les femmes ont toutes des vocations de marieuses ! Vous ne pouvez pas laisser Audrey jouir un peu de sa liberté ?

— Si elle en jouit autant que vous semblez le penser, pas de problème.

— Vous croyez qu'elle est malheureuse ? questionna-t-il vivement.

— Je n'en ai pas la moindre idée.

— Moi non plus, je le reconnais, fit-il avec lenteur. On ne sait jamais ce qu'elle pense.

Il s'interrompit une minute.

— Audrey a une classe folle, reprit-il. C'est une dame, elle, jusqu'au bout des ongles.

Il s'interrompit à nouveau.

— Je me suis conduit comme le dernier des imbéciles ! cracha-t-il, plus pour lui-même que pour Mary.

La mine soucieuse, Mary rentra dans la maison.

— Plus que deux jours, répéta-t-elle pour la troisième fois.

Neville arpentait le jardin. Il aperçut bientôt Audrey qui, assise sur le muret du fond, contemplait l'embouchure de la Tern. La marée en avait fait monter le niveau à son maximum. Elle se leva et vint à lui :

— J'allais rentrer. Il va être bientôt l'heure du thé, jeta-t-elle nerveusement, sans même le regarder.

Il lui emboîta le pas, silencieux lui aussi. Quand ils atteignirent la terrasse, il demanda enfin :

— Je peux te parler, Audrey ?

— Je crois qu'il vaudrait mieux pas, répliqua-t-elle, les mains crispées sur la balustrade.

— Ça signifie que tu sais déjà ce que j'ai à te dire.

Elle ne répondit pas.

— Qu'est-ce que tu en penses, Audrey ? On ne pourrait pas repartir de zéro ? Oublier tout ce qui s'est passé ?

— Y compris Kay ?

— Kay saura se montrer raisonnable.

— Qu'est-ce que tu entends par *raisonnable* ?

— Simplement ceci. J'irai la trouver pour lui avouer la vérité. Je me fierai à sa générosité. Je lui dirai, ce qui est vrai, que tu es la seule femme que j'aie jamais aimée.

— Quand tu as épousé Kay, tu l'aimais.

— Mon mariage avec Kay a été la plus grave erreur de mon existence. Je...

Il se tut. Kay venait de sortir par la porte-fenêtre du salon. Elle marcha droit sur eux. Devant la fureur qui étincelait dans ses yeux, même Neville frémit un peu.

— Navrée d'interrompre cette scène touchante, siffla la jeune femme. Mais je crois qu'il était temps que j'intervienne.

Blême, Audrey s'écarta :

— Je vous laisse seuls, souffla-t-elle d'une voix blanche.

— C'est aussi bien comme ça. Vous avez causé tout le mal que vous vouliez, n'est-ce pas ? Je m'occuperai de vous plus tard. Pour le moment, je vais vider l'abcès avec Neville.

— Ecoute-moi, Kay, Audrey n'est pour rien dans tout ça. Ce n'est pas sa faute. Si tu veux me faire des reproches, fais-moi des reproches...

— Tu parles, que je veux t'en faire !

Du regard, elle fusillait son mari :

— Non, mais tu te prends pour qui, Neville ?

— Pour un sacré pauvre type, lâcha-t-il, amer.

— Tu quittes ta femme, tu te rues sur moi bille en tête, et tu obtiens d'elle qu'elle t'accorde le divorce. Un jour, tu es fou de moi, et le lendemain, tu en as assez. A l'heure qu'il est, j'imagine que tu veux retourner à ce fantôme ambulant qui joue si bien les sucrées...

— Tais-toi, Kay !

— Bon. Alors, qu'est-ce que tu veux ?

Une pâleur de cire avait envahi les traits de Neville :

— Tu peux me traiter de tous les noms si ça te chante. Mais ça ne t'avancera à rien, Kay. *Je ne peux plus continuer comme ça.* Je crois... je crois sincèrement que je n'ai jamais cessé d'aimer Audrey. Mon amour pour toi, ç'a été... ç'a été comme un coup de folie. Mais à quoi bon ?... Nous sommes trop différents, toi et moi. A la longue, je serai incapable de te rendre heureuse. Crois-moi, Kay, mieux vaut arrêter les frais. Essayons de nous quitter bons amis. Sois généreuse.

Kay parvint à contrôler sa voix :

— Tu me proposes quoi, au juste ?

Mâchoires serrées, Neville regardait le bout de ses chaussures :

— On peut divorcer. A mes torts, pour abandon.

— Pas avant un bon bout de temps. Il va falloir que tu attendes.

— J'attendrai.

— Et d'ici trois ans, ou Dieu sait combien, tu demanderas à cette chère et douce Audrey de remettre ça ?

— Si elle veut bien de moi.

— Tu parles, qu'elle voudra de toi ! grinça la jeune femme. Et moi, qu'est-ce que je deviens, dans le tableau ?

— Toi, tu seras libre de trouver un type mieux que

moi. Bien entendu, je veillerai à ce que tu ne manques de rien et...

— Tu essaies de m'acheter, ou quoi ?

Le ton de Kay grimpait à l'aigu. Elle ne se maîtrisait plus :

— Ecoute-moi bien, Neville. Tu ne me feras pas le coup ! Je ne divorcerai pas. Je t'ai épousé parce que je t'aimais. Je sais exactement quand tes sentiments à mon égard ont changé. C'est lorsque je t'ai révélé que je t'avais suivi à Estoril. Tu préférais croire que c'était le Destin qui nous avait fait nous retrouver. Découvrir que c'était *moi* t'a atteint dans ta vanité de mâle. Eh bien, je n'ai pas honte de ce que j'ai fait. Tu es tombé amoureux de moi, tu m'as épousée, et je ne vais pas te laisser filer dans les bras de cette mijaurée. Elle a tout manigancé pour qu'on en arrive là, mais ça ne se passera pas comme ça ! Je te tuerai avant, tu m'entends ? Je te tuerai, et je la tuerai aussi. Je vous ferai crever tous les deux. Je...

Neville fit un pas en avant et agrippa le bras de sa femme :

— Tais-toi, Kay ! Je te somme de te taire ! Ce n'est pas l'endroit pour ce genre de scène.

— Ah, ce n'est pas l'endroit ? Eh bien, c'est ce qu'on va voir ! Je...

Hurstall déboucha sur la terrasse. Son visage était impassible.

— Le thé est servi dans le salon, annonça-t-il de son air le plus digne.

Kay et Neville se dirigèrent lentement vers la porte-fenêtre.

Le maître d'hôtel s'effaça pour les laisser passer.

Dans le ciel, les nuages s'amoncelaient.

11

La pluie commença de tomber vers 7 heures moins le quart. De la fenêtre de sa chambre, Neville observait les trombes d'eau. Il n'avait plus reparlé avec Kay. Après le thé, les deux époux s'étaient évités.

Ce soir-là, le dîner fut pénible pour chacun. Neville était perdu dans ses pensées. Contre toutes ses habitudes, Kay s'était tartiné le visage d'une épaisse couche de maquillage. Audrey offrait l'apparence d'un fantôme de glace. Mary Aldin s'escrimait à entretenir un semblant de conversation et déplorait de constater que Thomas Royde ne secondait guère ses efforts.

Hurstall ne pouvait cacher sa nervosité. Ses mains tremblaient tandis qu'il servait les légumes.

Comme le repas approchait de sa fin, Neville annonça avec un détachement étudié :

— Je vais peut-être bien faire un saut à Easterhead, après le dîner, histoire de retrouver Latimer. J'ai assez envie d'une bonne partie de billard.

— Si vous devez rentrer tard, prenez la clef de la porte d'entrée, lui recommanda Mary.

— Entendu. Merci.

On passa au salon, où le café avait été servi.

Quelqu'un brancha la radio. Le bulletin d'informations apporta une diversion bien venue.

Kay, qui bâillait avec ostentation depuis qu'elle s'était levée de table, fit connaître son intention d'aller se coucher. D'autant, précisa-t-elle, qu'elle souffrait d'une migraine.

— Vous avez de l'aspirine ? s'enquit Mary.

— Oui. Merci.

La jeune femme quitta le salon.

Neville tourna le bouton du poste pour passer à un programme de musique. Puis, assis sur le canapé, il se mura dans son silence. Pas une fois il ne regarda

Audrey. Replié sur lui-même, il avait l'air d'un gosse malheureux. Quoi qu'elle en eût, Mary compatissait.

— Si je dois sortir, décréta-t-il en se levant au bout d'un moment, je ferais aussi bien d'y aller tout de suite.

— Vous prenez votre voiture ou le bac ?

— Oh, le bac. A quoi bon faire un détour de vingt-cinq kilomètres ? Et puis marcher me fera du bien.

— Il pleut encore, vous savez.

— Je sais. Mais j'ai mon Burberry.

Il se dirigea vers la porte :

— Bonne nuit.

Dans le vestibule, Hurstall fondit sur lui :

— Voudriez-vous avoir la bonté de monter chez lady Tressilian, Monsieur ? Elle insiste pour que vous le fassiez.

Neville jeta un coup d'œil à sa montre : déjà 10 heures.

Il haussa les épaules, escalada les marches, prit le corridor et alla frapper à la porte de lady Tressilian. Du rez-de-chaussée lui parvenaient les voix des autres en train de se souhaiter le bonsoir dans le hall. Apparemment, chacun avait décidé de se coucher tôt.

— Entrez, ordonna la vieille dame d'une voix nette.

Il entra et referma la porte derrière lui.

Lady Tressilian s'apprêtait au sommeil. Tout était éteint, à l'exception d'une petite lampe, sur la table de chevet. Sans doute avait-elle lu, mais elle avait abandonné son livre. Elle fixa Neville par-dessus ses lunettes. C'était un regard à vous faire rentrer sous terre.

— J'ai à te parler, Neville.

Il esquissa, malgré lui, un sourire moqueur :

— Oui, madame la directrice.

La vieille dame ne souriait pas.

— Neville, il est certaines choses que je ne puis

tolérer sous mon toit. Je ne cherche pas à écouter les conversations privées, mais quand ta femme et toi décidez de vous jeter vos quatre vérités à la tête sous mes fenêtres, je ne peux, hélas, éviter d'entendre ce que vous dites. J'ai cru comprendre que tu caressais le projet de divorcer d'avec Kay afin d'être à même, dans les délais légaux, de te remarier avec Audrey. Ceci, Neville, est tout bonnement hors de question, et je ne veux pas en entendre parler plus longtemps.

Il parut lutter pour garder son calme.

— Je vous présente mes excuses pour cette scène, Camilla, dit-il d'un ton sec. Pour le reste, c'est bien entendu moi seul que cela regarde.

— Absolument pas. Tu t'es servi de ma maison pour renouer avec Audrey... A moins que ce ne soit Audrey qui...

— Elle n'y est pour rien. Elle...

D'un geste, lady Tressilian le fit taire :

— Peu importe, Neville. Il est exclu que tu agisses ainsi. Kay est ta femme. Elle a des droits dont tu ne peux la dépouiller. Dans cette affaire, je suis entièrement de son côté. Tu as fait un choix. Il faut t'y tenir. Ton devoir est de demeurer auprès de Kay et je te le dis tout net...

Neville s'avança d'un pas. Il éleva la voix :

— Ceci ne vous regarde absolument pas, Camilla, et...

— Qui plus est, le coupa la vieille dame, balayant l'objection, Audrey quittera cette maison dès demain...

— Vous n'avez pas le droit de faire ça ! Je n'admettrai jamais...

— Inutile de crier, Neville.

Quelque part dans le corridor, une porte grinça sur ses gonds.

12

En proie à une vive agitation, Alice Bentham, la femme de chambre aux yeux en billes de loto, s'en vint trouver Mrs Spicer, la cuisinière :

— Oh, Mrs Spicer, j'sais vraiment pas quoi faire.

— Allons, qu'est-ce qui se passe, Alice ?

— Eh ben, c'est miss Barrett. J'lui ai monté sa tasse de thé y a plus d'une heure d'horloge. Complètement endormie, qu'elle était, et elle avait même pas ouvert un œil, même que ça me plaisait pas trop. Et puis v'là qu'j'y suis r'tournée y a pas cinq minutes, à cause qu'elle était toujours pas descendue et que l'thé de lady Tressilian, il était prêt et il attendait comme qui dirait qu'elle lui apporte. Donc, j'suis remontée, et v'là qu'elle dort toujours comme une souche. J'ai pas pu la réveiller.

— Vous l'avez secouée ?

— Oui, Mrs Spicer. Aussi fort que j'ai pu, que j'l'ai s'couée. Mais elle dort tant et plus, et j'lui ai jamais vu un teint aussi horrible.

— Seigneur Dieu ! Elle est pas morte, j'espère ?

— Oh non, Mrs Spicer, parce que j'l'ai entendue respirer. Mais c'est une drôle de respiration. J'crois qu'elle est malade, ou quéqu'chose.

— Bon. Je vais monter voir par moi-même. Occupez-vous du thé de lady Tressilian. Elle va se demander ce qui arrive.

Alice obtempéra tandis que Mrs Spicer grimpait quatre à quatre au second étage.

Son plateau à la main, Alice frappa à la porte de lady Tressilian. Après deux tentatives sans réponse, elle décida d'entrer. Un instant plus tard, on entendit un fracas de porcelaine brisée, puis des cris d'épouvante. La petite femme de chambre se rua hors de la pièce et dévala les escaliers jusqu'au vestibule où Hurstall s'apprêtait à se rendre dans la salle à manger :

— Oh, Mr Hurstall !... Y a eu des voleurs et lady Tressilian est morte !... Tuée, qu'elle a été !... Même qu'elle a un grand trou dans la tête... et qu'y a du sang partout !..

Machiavel est parmi nous

1

Le superintendant Battle avait bien profité de ses vacances. Il ne lui restait cependant plus que trois jours de congé et le changement de temps, avec son cortège de pluie, lui sapait quelque peu le moral. Mais bah ! à quoi s'attendre d'autre en Angleterre ? Il avait sans doute été suffisamment gâté jusque-là.

Attablé en compagnie de l'inspecteur James Leach, son neveu, il prenait son petit déjeuner quand le téléphone sonna.

La conversation fut brève :

— J'arrive tout de suite, monsieur.

Jim raccrocha.

— Du grabuge ? demanda Battle.

Il avait remarqué l'expression préoccupée de son neveu.

— Nous avons un meurtre sur les bras. Lady Tressilian. Une vieille dame grabataire, très connue dans le coin. Elle possède, à Saltcreek, cette maison perchée sur la falaise.

Battle opina du bonnet.

— Il faut que je file voir le vieux (ainsi Leach désignait-il, avec le plus total irrespect, le chef de la police du comté). C'était un ami à elle. Allons-y tous les deux.

Arrivé à la porte, l'inspecteur Leach se fit presque suppliant :

— Vous me donnerez bien un coup de main, hein, mon oncle ? C'est ma première affaire de ce genre.

— Aussi longtemps que je suis encore ici, pas de problème. Un cambriolage avec effraction qui a mal tourné, non ?

— Je ne sais pas encore.

2

Une demi-heure plus tard, le major Robert Mitchell, chef de la police du comté, s'adressait avec gravité à l'oncle et au neveu :

— Il est encore un peu tôt pour trancher, mais un élément, au moins, me paraît évident. Le crime n'a pas été commis par quelqu'un de l'extérieur. Rien n'a été volé. Pas d'indices d'effraction. Qu'il s'agisse des portes ou des fenêtres, on a tout retrouvé fermé ce matin.

Il planta son regard dans celui de Battle :

— Si je le demandais à Scotland Yard, vous croyez qu'ils vous affecteraient à l'enquête ? Vous êtes déjà sur place, après tout. Et puis il y a vos liens de parenté avec Leach. Mais je ne le ferai que si vous êtes d'accord. Parce que ça va empiéter sur la fin de vos vacances.

— Pas de problème en ce qui me concerne, trancha le superintendant. Pour le reste, monsieur, il faudra que vous vous arrangiez avec sir Edgar (sir Edgar Cotton occupait la deuxième place dans la hiérarchie de la police de Londres), mais je crois que c'est un de vos amis ?

Mitchell hocha la tête.

— Edgar n'y verra sûrement pas d'objection.

Considérons que la cause est entendue. Je l'appelle tout de suite.

Il décrocha son téléphone :

— Passez-moi le Yard.

— Vous pensez que ça va être une affaire importante, monsieur ? s'enquit Battle.

— Ça va être une affaire dans laquelle nous n'aurons aucun droit à l'erreur, répliqua Mitchell, les traits figés. Avant de lui mettre la main au collet, il nous faudra avoir la certitude absolue qu'il s'agit bien de notre homme — ou de notre femme, le cas échéant.

Battle hocha la tête. Il avait parfaitement compris ce que sous-entendait cette phrase.

« Il croit déjà savoir qui a fait le coup, se dit-il. Et ça ne l'enchante guère. Quelqu'un de connu, ou je ne pige plus rien à rien. »

3

Battle et Leach se tenaient sur le seuil de la chambre élégamment meublée de lady Tressilian. Devant eux, agenouillé sur le plancher, un policier relevait avec soin les empreintes digitales sur le *grip* — le manche — d'un club de golf, un lourd fer 9. Des taches de sang en maculaient la tête, à laquelle adhéraient aussi quelques cheveux blancs.

Penché sur le lit, le Dr Lazenby, qui faisait office de médecin légiste pour le district, examinait le cadavre.

Il se redressa avec un soupir :

— C'est simple comme bonjour. Elle a été frappée de face, avec une force terrible. Le premier coup a fait éclater la boîte crânienne et l'a tuée, sur quoi le meurtrier en a donné un second, histoire de parachever sa tâche. Je vous épargne le jargon médical — je vous dis ce qui est, un point, c'est tout.

— Depuis quand est-elle morte ? demanda Leach.

— Je situerais le décès entre 10 heures du soir et minuit.

— Vous ne pouvez pas préciser davantage ?

— Je n'y tiens pas. Il y a de multiples facteurs à prendre en considération. On ne pend plus les gens sur la seule base de la *rigor mortis*. Pas plus tôt que 10 heures, et pas plus tard que minuit.

— Et c'est avec ce club qu'on l'a tuée ?

Le médecin y jeta un coup d'œil.

— Probablement. Une chance que le meurtrier l'ait abandonné derrière lui. Au seul vu de la blessure, je n'aurais jamais pensé à un club. Dans le cas présent, la semelle du fer n'a pas touché le crâne... ce doit être le talon qui a porté.

— Est-ce qu'un tel coup n'aurait pas été passablement difficile à asséner ? s'enquit Leach.

— S'il était prémédité, oui, concéda le Dr Lazenby. Là, je me borne à des suppositions : à savoir que, par un hasard extraordinaire, il se fait que ça a pu se passer comme ça.

Bras levés au-dessus de l'épaule, l'inspecteur essaya instinctivement de reconstituer le mouvement du meurtrier :

— Bizarre...

— Oui, reprit le médecin, pensif. Tout est bizarre. Elle a été atteinte, vous le voyez, à la tempe droite. Mais l'assassin a été obligé de se tenir à la droite du lit. A gauche, il n'y a pas de place. L'angle avec le mur est trop fermé.

Leach réagit immédiatement :

— Alors, un gaucher ?

— Ne vous attendez pas à ce que je m'engage sur ce point, répliqua le Dr Lazenby. Il y a bien trop d'inconnues. A la limite, si vous voulez, je dirai que c'est un gaucher qui nous fournirait l'explication la plus simple… mais on peut considérer les faits de bien d'autres manières. On peut imaginer, par exemple, que la vieille dame a légèrement détourné la tête au moment du coup. Ou bien encore que le meurtrier a commencé par déplacer le lit, a frappé de la gauche et, ensuite, remis le lit en place.

— Un peu tirée par les cheveux, votre dernière hypothèse.

— Peut-être bien. Mais ça *pourrait* s'être produit. J'ai quelque expérience dans ce domaine, mon garçon, et je peux vous dire que l'hypothèse selon laquelle le coup mortel a été porté par un gaucher est pleine de traquenards.

De la porte, le sergent Jones fit remarquer :

— Ce club est du type normal, pour droitier.

Leach hocha la tête.

— D'accord. Mais il peut ne pas avoir appartenu à l'homme qui l'a utilisé. Il s'agissait bien d'un homme, je suppose, docteur ?

— Pas nécessairement. Si l'arme du crime est bien ce club, il aurait permis même à une femme d'infliger des lésions épouvantables.

— Mais vous ne pourriez pas jurer que c'est bien l'arme du crime, n'est-ce pas, docteur ? intervint Battle d'une voix posée.

Lazenby lui lança un rapide coup d'œil :

— Non. Si j'avais à déposer sous serment, je me bornerais à déclarer que ce pourrait bien être l'arme, et qu'il est par conséquent permis d'en déduire que c'est d'elle qu'il s'agit. Je vais faire analyser les taches de sang pour m'assurer qu'il s'agit bien du même groupe, et j'en ferai autant pour les cheveux.

— Oui, approuva Battle. Il vaut toujours mieux ne rien négliger.

Lazenby, le fixa, curieux :

— Vous avez des doutes au sujet de ce club, superintendant ?

— Oh non, non. Je suis un homme simple. Je crois

à ce que je vois. Elle a été frappée par quelque chose de lourd — et ça, c'est lourd. Il y a du sang et des cheveux dessus, et donc, probablement, son sang et ses cheveux à elle. D'où il découle... que c'est l'arme du crime.

— Quand le coup a été porté, était-elle endormie ou éveillée ? interrogea Leach.

— Eveillée, à mon avis. Ses traits ont conservé une expression de surprise. Je dirais — ce n'est qu'une opinion toute personnelle — qu'elle ne s'attendait pas à ce qui s'est passé. Son visage n'indique ni l'horreur ni la peur, et il n'y a pas la moindre trace de lutte. A première vue, ou bien elle venait juste de se réveiller et elle était encore dans un demi-sommeil, ou bien elle connaissait l'assassin et elle n'a pas imaginé qu'il s'agissait de quelqu'un qui pouvait lui faire du mal.

— Seule la lampe de chevet était allumée, fit observer Leach, songeur.

— Oui. Mais cela pourrait correspondre aux deux situations que nous évoquions. Elle peut avoir actionné l'interrupteur parce qu'elle avait été réveillée en sursaut par l'entrée de quelqu'un dans sa chambre. Ou bien cette lampe était déjà allumée.

Souriant de satisfaction, le sergent Jones se remit sur ses pieds :

— Une chouette collection d'empreintes, sur ce club ! Et nettes que c'en est un bonheur !

Leach soupira d'aise :

— Ça devrait nous simplifier les choses.

— Un type coopératif, ironisa le médecin. Il laisse son arme sur le terrain... il laisse ses empreintes digitales dessus... Bizarre qu'il n'ait pas laissé aussi sa carte de visite !

— Il a peut-être perdu la boule, grommela Battle. Ça arrive.

Le Dr Lazenby hocha la tête :

— Exact. Bon, il faut que j'aille m'occuper de mon autre patiente.

— Quelle patiente ? lança Battle, l'intérêt soudain en éveil.

— Avant qu'on ne découvre ça, le maître d'hôtel m'avait téléphoné. La camériste de lady Tressilian avait été retrouvée ce matin dans le coma.

— Qu'est-ce qu'elle avait ?

— Elle était bourrée de barbituriques. Elle est en assez mauvais état, mais elle s'en sortira.

— La camériste..., marmonna Battle.

Son regard — que d'aucuns qualifiaient parfois de bovin — ne lâchait plus le gland du cordon de la sonnette qui reposait sur l'oreiller, à côté de la tête du cadavre.

— Eh oui, approuva le médecin. Sonner pour appeler sa camériste, c'est la première chose que lady Tressilian aurait faite si elle s'était sentie inquiète. Mais elle aurait pu carillonner jusqu'à la saint-glinglin. La pauvre fille était bien incapable de l'entendre.

— On avait pris ses précautions, hein ? grinça Battle. Vous en êtes sûr, docteur ? Cette fille n'avait pas l'habitude de se bourrer de somnifères ?

— Je vous le garantis. Dans sa chambre, il n'y a rien qui y ressemble. Et j'ai déjà noté comment on lui a administré son bouillon d'onze heures. Dans du séné. Elle buvait tous les soirs une décoction de séné. Les barbituriques étaient dedans.

Le superintendant Battle se gratta le menton :

— Hum ! Quelqu'un connaissait par le menu les us et coutumes de la maison. Vous savez, docteur, nous nous trouvons devant un meurtre pas ordinaire.

— Ça, c'est vous que ça regarde, mon vieux.

— C'est un type bien, notre toubib, décréta Leach après le départ du médecin.

L'oncle et le neveu étaient seuls. On avait pris les

indispensables photos et procédé à toutes les constatations matérielles. Les deux policiers savaient tout ce qu'il y avait à savoir sur la scène du crime.

A la remarque de son neveu, Battle s'était contenté de hocher la tête. Il paraissait perplexe :

— Tu crois que quelqu'un aurait pu manier ce club — avec des gants, mettons — après que les empreintes y ont été laissées ?

Leach secoua la tête :

— Non, et vous non plus. Personne n'aurait pu l'empoigner — s'en servir, je veux dire — sans brouiller les empreintes. Or, elles n'étaient pas brouillées. Elles étaient aussi nettes qu'il est possible. Vous l'avez vu vous-même.

Battle acquiesça :

— Il ne nous reste plus qu'à aller demander bien poliment à tout un chacun de nous confier le bout de ses doigts — rien d'obligatoire là-dedans, cela va de soi. Tout le monde sera d'accord... et là, de deux choses l'une. Ou bien aucune de ces empreintes ne coïncidera avec celles du club, ou bien alors...

— Ou bien alors, nous tiendrons notre homme ?

— Je crois, oui. Ou notre femme, peut-être.

Leach manifesta son désaccord :

— Non, non, pas une femme. Les empreintes que nous avons retrouvées sont celles d'un homme. Elles sont de trop grande taille pour appartenir à une femme. Et qui plus est, ce n'est pas un crime de femme.

— Non, en effet. C'est bien le crime d'un homme. Brutal, viril, plutôt musclé, et passablement stupide. Tu vois quelqu'un qui ressemble à ça, dans la maison ?

— Je n'ai encore rencontré personne. Ils sont tous rassemblés à la salle à manger.

Battle se dirigea vers l'escalier :

— Eh bien, allons les voir.

Il se retourna une dernière fois pour regarder le lit et secoua la tête :

— Cette histoire de sonnette ne me plaît pas.

— Pourquoi ?

— Ça ne colle pas... Qui a bien pu vouloir la tuer, ajouta-t-il en ouvrant la porte, je me le demande. Les vieilles enquiquineuses qui mériteraient qu'on les expédie dans l'autre monde, ce n'est pas ça qui manque. Mais elle, elle ne devait pas faire partie du lot. Je gagerais plutôt qu'elle était *aimée*.

Il s'interrompit un instant, puis demanda :

— Elle était riche, non ? A qui va l'argent ?

L'inspecteur répondit non pas à la question, mais à ce qu'elle impliquait :

— Vous avez tapé dans le mille ! La voilà, la bonne réponse. C'est un des premiers points qu'il nous faille éclaircir.

Tout en descendant l'escalier, Battle jeta un coup d'œil à la liste que Leach lui avait remise et la lut à haute voix :

— Miss Aldin, Mr Royde, Mr Strange, Mrs Strange, Mrs Audrey Strange... Bigre, il y en a beaucoup, des Strange.

— J'ai cru comprendre qu'il y a deux épouses.

Battle leva un sourcil étonné :

— C'est Barbe-Bleue ?

La tribu était réunie autour de la table de la salle à manger, où chacun avait fait semblant de prendre son petit déjeuner.

Le superintendant observa d'un œil aigu les visages qui se tournaient vers lui. Il les jaugeait selon un critère tout ce qu'il y a de personnel. Auraient-ils connu son verdict que celui-ci, fondé sur des *a priori*, les eût surpris. Bien que la loi affirme que tout individu doit être tenu pour innocent tant que sa culpabilité n'est pas démontrée, Battle considérait toujours comme coupable potentiel quiconque se trouvait mêlé à une affaire de meurtre.

Ainsi les passa-t-il en revue, de Mary Aldin, très droite et d'une pâleur mortelle au haut bout de la table, à Thomas Royde qui bourrait sa pipe à côté d'elle, à Audrey qui avait repoussé sa chaise et tenait dans la main droite une tasse de café sur une soucoupe et, entre l'index et le majeur de la gauche, une cigarette, à Neville, hagard et qui tremblait en allumant la sienne, pour arriver jusqu'à Kay, les coudes sur la table et dont la mine blafarde perçait sous le maquillage.

Les pensées du superintendant Battle ? Elles se résumaient à ceci :

« Je parie que celle-là, c'est miss Aldin. Une dure à cuire... du genre à qui on ne la fait pas. L'obliger à baisser sa garde ne sera pas commode. Le bonhomme à côté a tout du tocard... un bras flagada... une face de carême... un complexe d'infériorité ou je ne m'y connais pas. Ça, c'est une des épouses, j'imagine... morte de peur... oui, morte de peur... Qu'est-ce qu'elle fabrique avec cette tasse de café ? Ça, c'est Strange, je l'ai déjà vu quelque part. Il a une trouille bleue... et les nerfs en capilotade. Quant à la rouquine, c'est une mégère... Elle a un caractère de cochon... et elle n'a pas dû inventer la poudre. »

Cependant que le superintendant les jaugeait, l'inspecteur Leach leur avait servi un mini-discours du genre service-service, auquel Mary Aldin répondit en présentant ses hôtes.

— Nous sommes tous bien évidemment sous le choc, conclut-elle, mais nous n'en tenons pas moins à vous apporter notre entier concours.

— Pour commencer, enchaîna Leach en brandissant l'objet, l'un d'entre vous sait-il quelque chose sur ce club de golf ?

Kay laissa échapper un gémissement :

— C'est atroce ! C'est avec ça que...

Neville se leva et fit le tour de la table :

— On dirait un des miens. Je peux vérifier ?

— *Maintenant*, oui. Vous pouvez même le toucher.

Le « maintenant » de l'inspecteur ne parut pas provoquer de réaction dans l'auditoire. Neville examina l'objet :

— J'ai l'impression que c'est un des fers de mon sac. Je pourrai vous le confirmer dans une minute. Si vous voulez venir avec moi...

Les deux policiers le suivirent jusqu'à un grand placard aménagé sous l'escalier. Neville ouvrit la porte et Battle demeura un instant éberlué par la profusion de raquettes de tennis qui s'y trouvait. En même temps, il comprit pourquoi le visage de Strange lui avait semblé familier :

— Je vous ai vu jouer à Wimbledon, monsieur.

Neville tourna à demi la tête :

— Ah bon ?...

Il écartait une flopée de raquettes. Tout au fond, deux sacs de golf voisinaient avec un attirail de pêche.

— Seuls ma femme et moi jouons au golf. Et c'est un club d'homme. Mais oui, c'est ça... il est bien à moi.

Il avait sorti le sac, qui contenait une série d'au moins quatorze fers ou bois.

« Ces fous de sports ne se prennent pas qu'un peu au sérieux, se dit l'inspecteur Leach. Ce n'est pas moi qui voudrais lui servir de caddie ! »

— Le fer en question fait partie de la série qui vient de chez Walter Hudson, à St Esbert, était en train de préciser Neville.

— Merci, Mr Strange. Voilà une question réglée.

— Ce qui me laisse perplexe, c'est que rien n'a été volé, continua Neville. Apparemment, il n'y a pas eu d'effraction.

Sa voix exprimait l'étonnement — mais aussi une certaine inquiétude.

« Tous autant qu'ils sont, ils ont déjà bien réfléchi au problème », se dit Battle.

— Les domestiques sont absolument hors de cause, ajouta Neville.

— J'aborderai le sujet du personnel avec miss Aldin, répliqua l'inspecteur Leach avec une fermeté courtoise. Mais auparavant, je me demande si vous ne connaîtriez pas le nom des notaires de lady Tressilian ?

— Askwith & Trelawny, répondit aussitôt Neville. A St Loo.

— Merci, Mr Strange. Nous allons devoir nous enquérir auprès d'eux des biens de lady Tressilian.

— Vous voulez savoir qui va hériter ?

— C'est cela, monsieur. Son testament, et tout ça.

— Je ne suis pas au courant de ses dernières volontés, signala Neville. Pour autant que je le sache, elle n'avait pas grand-chose en propre à laisser. Mais je peux vous parler du gros de sa fortune.

— Oui, Mr Strange ?

— Selon les dispositions prises par feu sir Matthew Tressilian, c'est à ma femme et à moi que reviennent tous les biens. Lady Tressilian n'en avait que l'usufruit, sa vie durant.

— Tiens donc !

L'inspecteur Leach considéra Neville avec l'attention sourcilleuse d'un collectionneur qui croit avoir découvert une belle pièce. Cet examen ne valut rien pour le système nerveux de Neville, qui ne put se retenir de cligner les paupières.

— Avez-vous une idée de ce que cette fortune peut représenter, Mr Strange ? poursuivit l'inspecteur Leach avec une inquiétante cordialité.

— Je ne saurais vous l'indiquer de but en blanc. Dans les cent mille livres environ, j'imagine.

— Fichtre ! Pour chacun de vous ?

— Non. A diviser entre nous deux.

— Je vois. C'est une somme... considérable.

Neville sourit.

— Mes moyens personnels à eux seuls sont suffisamment confortables, déclara-t-il avec un humour glacé, pour que je n'éprouve pas de hâte excessive à voir mourir les gens dont je dois hériter.

L'inspecteur Leach parut choqué qu'on ait pu lui prêter une aussi outrageante pensée.

Ils s'en retournèrent au salon, et Leach se fendit d'une seconde harangue minutieusement préparée. Le thème en était cette fois les empreintes digitales... étape classique de la routine policière... préalable obligé afin d'opérer le tri souhaitable entre celles des occupants de la maison et celles laissées par les assassins dans la chambre du crime.

Tous firent part de leur accord — mieux encore, de leur désir — de se prêter au rite de la prise d'empreintes. On les fit passer dans la bibliothèque, où le sergent Jones avait préparé son rouleau d'encre grasse.

Battle et Leach entreprirent d'interroger les domestiques.

Il n'y avait pas grand-chose à tirer de ce côté-là. Hurstall expliqua les systèmes de fermeture des différentes issues du bâtiment et jura ses grands dieux qu'il les avait trouvés intacts au matin. Rien, apparemment, n'avait été forcé. La serrure de la porte d'entrée, ajouta-t-il, avait été verrouillée, mais on pouvait l'ouvrir de l'extérieur avec la clef. On n'avait pas tiré la targette pour que Mr Neville, qui était allé à Easterhead Bay et qui reviendrait tard, puisse rentrer.

— Vous savez à quelle heure se situe son retour ?

— Oui, Monsieur. Vers 2 heures et demie environ. On l'a sans doute raccompagné, parce que j'ai entendu plusieurs voix, et puis le bruit d'une voiture qui s'éloignait. Et puis, après ça, j'ai entendu la porte se refermer et le pas de Mr Neville dans l'escalier.

— Et quand était-il parti pour Easterhead Bay, hier soir ?

— A 10 h 20, à peu près. J'ai entendu la porte claquer.

Leach hocha la tête. Pour le moment, on n'avait guère à attendre davantage du maître d'hôtel. Il passa à l'interrogatoire des autres domestiques. Tous se montrèrent nerveux et apeurés, mais pas plus qu'il n'était après tout normal en la circonstance.

Quand la porte se fut refermée sur la petite femme de chambre un peu hystérique qui avait comparu la dernière, l'inspecteur Leach leva sur son oncle un regard interrogateur.

— Fais revenir la femme de chambre, lui conseilla Battle. Pas celle qui a les yeux en boules de loto — l'autre, la grande bringue pisse-vinaigre. Elle, elle sait quelque chose.

Emma Wales n'était manifestement pas à son aise. Découvrir que c'était cette fois ce grand type plus tout jeune, aux larges épaules et au visage carré, qui allait lui poser des questions semblait passablement l'inquiéter.

— Je vais vous donner un petit conseil, miss Wales, préluda le superintendant, bonhomme. Cacher quoi que ce soit à des policiers ne donne jamais rien de bon. Ça les fait vous regarder d'un sale œil, si vous voyez ce que je veux dire...

Emma Wales tenta de protester :

— Je suis sûre que jamais...

— Allons, allons, fit Battle en tendant une main qui ressemblait à un battoir. Vous avez vu quelque chose, ou vous avez entendu quelque chose. Qu'est-ce que c'était ?

— J'ai pas exactement entendu... J'veux dire, j'ai pas pu m'empêcher d'entendre... même que Mr Hurstall, il a entendu lui aussi. Mais j'crois pas une seconde, j'vous dis, j'crois pas une seconde que ça ait quéqu'chose à voir avec le meurtre.

— Peut-être bien que oui, peut-être bien que non. Mais dites-nous toujours de quoi il retournait.

— Ben, je montais me coucher. Juste après 10 heures que c'était... et fallait d'abord que je passe dans le couloir pour mettre une bouillotte dans le lit à miss Aldin. Eté comme hiver, elle en veut une. Et c'est comme ça, bien sûr, que j'suis passée juste devant la porte de la chambre à lady Tressilian.

— Continuez.

— Alors j'les ai entendus, elle et puis Mr Neville, qui avaient des mots, comme qui dirait. Ils élevaient la voix. Et lui, il criait. Une vraie engueulade, j'vous dis que ça !

— Vous vous souvenez de ce qui se disait ?

— Non. On peut pas dire que j'écoutais vraiment.

— Bien sûr. Mais vous avez certainement surpris certaines phrases.

— Eh ben, lady Tressilian, elle disait comme ça qu'elle voulait pas que je sais pas quoi se passe sous son toit. Et Mr Neville, il disait : « J'vous interdis d'causer comme ça d'elle. » Hors de lui, qu'il était.

Battle, les traits toujours aussi inexpressifs, essaya d'en savoir davantage, mais sans succès. De guerre lasse, il laissa la femme de chambre repartir.

L'oncle et le neveu se regardèrent, pensifs.

— Jones devrait pouvoir nous en dire un peu plus sur ces empreintes, finit par soupirer Leach.

— Qui est-ce qui perquisitionne dans les chambres ?

— Williams. Un type sérieux. Il ne laissera rien passer.

— Vous gardez leurs occupants dehors ?

— Oui, jusqu'à ce que Williams en ait terminé.

On entrouvrit la porte, et le dénommé Williams apparut.

— Il y a quelque chose que j'aimerais bien que vous veniez voir. Dans la chambre de Mr Neville Strange.

Ils se levèrent et le suivirent jusqu'à la suite de la façade ouest.

Du doigt, Williams désigna des vêtements entassés sur le plancher : un costume trois pièces bleu marine.

— Où avez-vous trouvé ça ? interrogea Leach.

— Roulé en boule, au fond de la penderie. Mais jetez donc un coup d'œil là-dessus, monsieur.

Il avait pris le veston et montrait les coutures d'un des poignets :

— Vous voyez ces taches sombres ? Si ça n'est pas du sang, monsieur, je veux bien me faire évêque. Et regardez là. Ça a giclé sur toute la manche.

— Hum...

Battle évita le regard gourmand des deux autres policiers.

— Je reconnais que ça sent le roussi pour notre champion de tennis, admit-il. Il y a d'autres costumes dans la chambre ?

— Un gris, à rayures, rangé sur une chaise. Et puis il y a plein d'eau sur le plancher, autour du lavabo.

— Comme s'il s'était lavé en quatrième vitesse pour se débarrasser du sang qu'il avait sur lui, hein ? Oui. Mais le lavabo est près de la fenêtre ouverte, et il a plu à verse.

— Pas assez pour faire des flaques pareilles, monsieur. Elles n'ont pas encore séché.

Battle demeurait silencieux. Mentalement, il voyait se former l'image d'un homme aux mains et à la manche tachés de sang, se dépouillant en hâte de ses vêtements, les entassant dans le placard, passant fiévreusement sous le robinet ses mains et ses bras nus. Il lança un coup d'œil à la porte de la cloison opposée.

— La chambre de Mrs Strange, expliqua Williams. Le verrou est mis.

— Le verrou ? De ce côté-ci ?

— Non. De l'autre.

— De son côté à elle, hein ?

Il réfléchit deux secondes, puis :

— Revoyons donc le vieux maître d'hôtel.

Hurstall était nerveux.

— Pourquoi ne nous avez-vous pas dit, Hurstall, le tança sévèrement Leach, que vous aviez surpris hier au soir une algarade entre lady Tressilian et Mr Strange ?

Le vieil homme battit des paupières.

— Je n'y avais plus repensé, Monsieur. Et puis je ne me permettrais pas d'appeler cela une algarade... une divergence d'opinions exprimée dans les termes les plus courtois, tout au plus.

Résistant à la tentation de riposter « Divergence d'opinions exprimée dans les termes les plus courtois, mon œil », Leach enchaîna :

— Quel costume portait Mr Strange au dîner d'hier ?

Le majordome hésitait.

— Bleu marine, ou gris à rayures ? insista Battle. Si vous ne vous en souvenez pas, quelqu'un d'autre nous le dira, j'en suis sûr.

Hurstall mit fin à son silence :

— Je m'en souviens maintenant, Monsieur. C'était son bleu marine. La famille, tint-il à préciser dans le louable souci d'en maintenir le prestige, prohibe la tenue de soirée pendant les mois d'été. C'est qu'il leur arrive souvent de sortir après dîner, voyez-vous. Parfois, ils vont dans le jardin. D'autres fois, ils descendent au port.

Battle hocha la tête. Hurstall quitta la pièce. Dans le couloir, il croisa Jones qui, survolté, arrivait à grands pas :

— Il est fait comme un rat, monsieur. J'ai toutes les empreintes. Et il n'y a qu'un échantillon qui colle. Evidemment, je n'ai encore pu faire que des comparaisons approximatives, mais je suis prêt à parier que ce sont les bonnes.

— Eh bien ? s'enquit Battle.

— Les empreintes relevées sur le club de golf, monsieur, *y ont été laissées par Mr Neville Strange.*

Le superintendant se laissa aller contre le dossier de son fauteuil :

— Bon. Ça m'a tout l'air de régler le problème, non ?

4

Trois hommes, visage grave et tendu, siégeaient dans le bureau du chef de la police du comté.

— Bon, soupira le major Mitchell. Je crois qu'il n'y a pas d'autre solution que de l'arrêter.

— Ça m'en a tout l'air, monsieur, confirma Leach sans passion.

Mitchell lança un coup d'œil au superintendant Battle.

— Allons, souriez, mon vieux, l'encouragea-t-il. Ce n'est quand même pas la fin du monde.

Battle poussa un soupir à fendre l'âme :

— Ça ne me plaît pas.

— Ça ne plaît à aucun d'entre nous. Mais nous possédons, je pense, assez de preuves pour délivrer un mandat d'amener.

— Plus qu'assez.

— En fait, si nous nous abstenons, tout le monde sera en droit de se demander pourquoi.

Battle hocha la tête d'un air contraint.

— Reprenons, poursuivit le chef de la police. Le mobile, vous l'avez : Strange et sa femme héritent une fortune considérable au décès de la vieille dame. Du point de vue des faits, il est, à notre connaissance, la dernière personne à l'avoir vue vivante : on l'a entendu se quereller avec elle. Des taches de sang ont été retrouvées sur le complet qu'il portait hier soir. Pour couronner le tout, ce sont ses empreintes qui ont été relevées sur l'arme présumée du crime... *et celles de personne d'autre.*

— Et pourtant, martela Battle, ça ne *vous* plaît pas, monsieur.

— Ah, fichtre, non !

— Puis-je savoir au juste ce qui vous déplaît dans tout ça, monsieur ?

Le major Mitchell se frotta le nez :

— Que l'ensemble fasse un peu trop de ce type le roi des imbéciles, peut-être bien.

— Les assassins se conduisent parfois comme les derniers des crétins.

— Je sais. Oh, je sais. Que deviendrions-nous si ce n'était pas le cas ?

Le superintendant se tourna vers James Leach :

— Et toi, Jim, qu'est-ce qui ne te plaît pas ?

Mal à l'aise, l'inspecteur s'agita dans son fauteuil :

— Mr Strange m'a toujours bien plu. Je le croise de temps en temps dans le secteur. C'est un type sympathique... et qui a de la classe.

— Je ne vois pas pourquoi un bon joueur de tennis ne ferait pas un bon assassin, riposta Battle avec lenteur. Il n'y a pas de contradiction.

Il prit le temps de la réflexion :

— Non, ce qui me déplaît, à moi, c'est le club de golf... ou alors, la sonnette. Parce qu'il faut choisir : le club de golf ou la sonnette — mais en tout cas, pas les deux.

» Comment voyons-nous les événements ? reprit le superintendant de sa voix lente et mesurée. Est-ce que Mr Strange est monté dans la chambre de lady Tressilian, a eu une discussion violente avec elle, a perdu son sang-froid et l'a frappée à la tête avec un club de golf ? Si tel est le cas — et qu'il n'y a donc pas eu préméditation —, comment se fait-il qu'il ait eu ce club à la main ? Ce n'est quand même pas le genre d'accessoire qu'on garde sur soi pour un dîner de famille.

— Peut-être travaillait-il son swing... quelque chose comme ça.

— Pourquoi pas ? Mais personne n'a témoigné en ce sens. La dernière fois que quelqu'un l'a vu un club de golf à la main, c'était il y a une semaine, sur les greens. Il s'entraînait aux sorties de bunkers. Donc, à mon avis, c'est tout l'un ou tout l'autre.

» Ou bien il y a eu une vraie dispute et il a perdu son sang-froid... mais je l'ai vu jouer en championnat, dans ces tournois où les stars du tennis sont des paquets de nerfs qui explosent à la première occasion. Or, lui, il ne s'énerve jamais. Il a un fantastique contrôle sur lui-même. Et nous voilà à supposer qu'il est devenu fou, et qu'il a fracassé le crâne d'une pauvre vieille.

— Et l'autre proposition de l'alternative ? relança le chef de la police.

— J'y viens, monsieur. Ou bien on peut supposer qu'il voulait l'argent de la vieille. Ça, ça répond au problème de la sonnette, ça explique pourquoi on a drogué la camériste... seulement, ça ne colle *pas* avec le club de golf, ni avec la dispute ! S'il avait décidé de lui faire passer le goût du pain, il aurait pris bien soin de ne *pas* se quereller avec lady Tressilian. Il aurait drogué sa camériste, il se serait glissé dans sa chambre en pleine nuit, il lui aurait mis le crâne en bouillie... et puis il aurait monté une jolie petite scène de cambriolage avec effraction et se serait donné la peine de nettoyer son club de golf et de le remettre bien gentiment à sa place ! Ça ne colle pas, monsieur : c'est un mélange de froide préméditation et de violence subite... Or, les deux ne vont pas ensemble !

— Il y a quelque chose dans ce que vous dites, Battle. Mais, encore une fois, quelle est l'autre proposition ?

— Cette fois, c'est le club qui me dérange, monsieur.

— Personne n'aurait pu s'en servir sans brouiller les empreintes de Strange... Ça, c'est un fait établi.

— Dans ce cas, décréta le superintendant Battle, lady Tressilian a été frappée avec un autre instrument.

Le major Mitchell respira profondément :

— N'est-ce pas une supposition un tantinet hasardeuse ?

— Non, tout bonnement une question de bon sens, monsieur. Ou bien Strange a vraiment utilisé le club pour la frapper, ou bien personne. Et moi, je vote pour personne. Si j'ai raison, on a délibérément mis du sang et des cheveux sur le club, et on l'a, tout aussi délibérément, laissé sur les lieux. Le Dr Lazenby ne nous a pas dissimulé, lui non plus, ses réserves. Mais il n'avait pas le choix, parce que ce club, à première vue, était bien l'arme du crime. Et, aussi, parce qu'il était dans l'impossibilité de certifier qu'il n'avait *pas* été utilisé.

Le major Mitchell se carra dans son fauteuil.

— Continuez, Battle. Laissez-vous aller. C'est quoi, la prochaine étape ?

— Otez le club de golf, monsieur. Qu'est-ce qui nous reste ? Primo, le mobile. Mais Neville Strange avait-il un mobile sérieux pour tuer lady Tressilian ? Il hérite — seulement, à mon avis, la question est de savoir s'il avait besoin de cet argent. Il prétend que non. Je propose que nous vérifiions ça. Que nous examinions l'état de ses finances. S'il est dans le rouge, nos présomptions en seront confortées. Mais si, au contraire, il dit vrai et que ses finances soient florissantes, eh bien...

— Eh bien, quoi ?

— Il nous faudra alors nous pencher sur les mobiles des *autres* hôtes de la maison.

— Vous pensez, par conséquent, que l'on a pu vouloir piéger Neville Strange ?

Le superintendant Battle plissa les paupières :

— Il me revient à la mémoire une phrase que j'ai lue quelque part. Il y était question de l'influence de Machiavel. C'est ce que je crois discerner ici. A première vue, nous avons affaire à un crime brutal, primaire. Mais il me semble entrevoir une autre possibilité... La présence, dans les coulisses, d'un Machiavel au petit pied.

Il y eut un long moment de silence. Le chef de la police ne quittait pas Battle des yeux.

— Peut-être avez-vous raison, concéda-t-il enfin. Bon Dieu de bois, il y a quelque chose qui ne tourne pas rond dans cette affaire. D'après vous, ce devrait être quoi, notre plan de campagne ?

Battle tapota son menton carré.

— M'est avis qu'il faut toujours suivre le cours des choses. Tout a été fait pour que nous soupçonnions Mr Neville Strange. Soupçonnons-le donc. N'allons pas jusqu'à l'arrêter, mais ne lui fichons pas la paix une seconde, interrogeons-le sans cesse, faisons-en notre suspect numéro un... et observons les réactions de tout un chacun. Vérifions ses déclarations, revoyons à la loupe ses faits et gestes de la soirée. En bref, étalons notre jeu aussi ostensiblement que faire se pourra.

— Dans le genre machiavélique, puisque vous semblez y tenir, vous n'êtes pas mal non plus, sourit le major Mitchell, l'œil pétillant. Copie conforme du flic primaire avec, dans le rôle titre, le superintendant Battle.

Battle lui rendit son sourire :

— J'ai toujours trouvé payant de faire ce qu'on attendait de moi, monsieur. Cette fois, j'ai l'intention de traîner les pieds... de prendre mon temps. Je veux fourrer mon nez partout. Et nourrir mon dossier contre Mr Neville Strange, c'est un très bon prétexte pour le fourrer partout. Voyez-vous, j'ai la conviction qu'il s'est passé dans cette maison des choses pas très nettes.

— Vous regardez notre affaire sous l'angle du sexe ?

— On peut dire ça comme ça, monsieur.

— Faites comme vous voulez, Battle. Débrouillez-vous avec Leach.

— Merci, monsieur.

Battle se leva.

— Du côté des notaires, rien d'intéressant ?

— Rien. Je les ai appelés. Je connais bien Trelawny. Il va m'envoyer une copie des testaments de sir Matthew et de lady Tressilian. Mais son capital à elle, investi en valeurs de père de famille, ne lui rapportait guère plus de cinq cents livres par an. Elle avait stipulé un joli legs pour Barrett, un petit pour Hurstall... Le reste va à Mary Aldin.

— Ça en fait déjà trois sur lesquels avoir l'œil, décréta Battle.

Mitchell s'amusait beaucoup.

— Dans le genre soupçonneux, vous êtes un peu là, non ?

— A quoi bon se laisser hypnotiser par cinquante mille livres ? répliqua Battle, impavide. On a vu bien des meurtres se commettre pour moins de cinquante. Ce n'est pas tant la somme qui compte, tout dépend du besoin qu'on en a. Barrett a bénéficié d'un legs... Peut-être bien qu'elle a pris la précaution d'ingurgiter des barbituriques pour éviter les soupçons.

— Elle a bien failli y rester. Lazenby ne nous a pas encore permis de l'interroger.

— Qui vous dit que ce n'est pas par ignorance qu'elle a forcé la dose ? Et qu'est-ce qui nous permet de penser que Hurstall n'avait pas besoin de liquidités ? Quant à miss Aldin, si elle n'a pas trois sous à elle, qui sait si elle n'a pas rêvé d'une bonne petite rente, histoire de se la couler douce avant qu'il ne soit trop tard ?

Le chef de la police du comté ne parut pas convaincu :

— Quoi qu'il en soit, à vous de jouer. Mettez-vous tous les deux au boulot !

5

De retour à la Pointe-aux-Mouettes, les deux policiers écoutèrent Williams et Jones présenter leur rapport.

Aucun indice probant ni même tout bonnement significatif n'avait été découvert dans les chambres. Les domestiques réclamaient à grands cris le droit de vaquer à leurs tâches quotidiennes. Pouvait-on les y autoriser ?

— Après tout, pourquoi pas ? concéda Battle. Mais j'irai d'abord jeter un coup d'œil dans les étages. Des chambres qui n'ont pas été faites en disent souvent long sur leurs occupants.

Le sergent Jones posa sur la table une petite boîte de carton.

— En provenance du veston bleu de Mr Strange, expliqua-t-il. Les roux étaient sur la manche, les blonds sur l'épaule droite et à l'intérieur du col.

Battle sortit deux longs cheveux roux et une demi-douzaine de cheveux blonds qu'il examina de près.

Il cligna de l'œil :

— Ça tombe bien. Nous avons une rouquine — même s'ils préfèrent appeler ça « blond vénitien » — , une blonde et une brune dans la maison. Nous savons donc tout de suite où nous en sommes. Les roux sur la manche, et les blonds sur le col ? Mr Neville Strange a tout d'un Barbe-Bleue. Un bras autour du cou d'une de ses femmes, et la tête de l'autre sur l'épaule.

— Le sang qui était sur la manche a été expédié au labo. Ils nous téléphoneront dès qu'ils auront le résultat.

— Et pour les domestiques ? demanda Leach.

— J'ai suivi vos instructions. Aucun d'entre eux n'avait reçu ses huit jours, ni ne semble avoir nourri de ressentiment contre la vieille dame. Elle était stricte, mais on l'aimait. De toute façon, c'est miss Aldin qui s'occupe du personnel, et elle paraît jouir d'une certaine popularité.

— Dès le premier coup d'œil, je me suis dit que c'était une femme de tête, commenta Battle. Si c'est elle la coupable, ce ne sera pas facile de la faire pendre.

Jones ne cacha pas sa stupéfaction :

— Mais, monsieur, les empreintes sur le club sont celles de...

— Je sais, je sais. De ce Mr Strange, si plein d'obligeance à notre égard. On dit souvent que les sportifs ont le cerveau comme un petit pois — ce qui est d'ailleurs une contrevérité —, mais je ne peux quand même pas croire que Neville Strange soit un débile profond. Bon, et pour les gousses de séné de la camériste ?

— Elles étaient en permanence sur l'étagère, dans la salle de bains des domestiques, au second. Elle avait l'habitude de les y mettre à tremper à midi, et ce bidule restait là jusqu'à ce qu'elle aille se coucher.

— Ce qui signifie que n'importe qui pouvait y avoir accès ! N'importe qui de la maison, j'entends.

— D'où la certitude que c'est un crime de familier, conclut James Leach avec conviction.

— Oui, je suis bien d'accord. Non pas qu'il s'agisse d'un de ces crimes où les suspects se limitent à trois pelés et un tondu. Pas du tout. N'importe quel possesseur d'une clef a pu ouvrir la porte d'entrée. C'était Neville Strange qui avait la clef hier soir... Mais rien n'aurait été probablement plus simple que d'en faire faire un double, et le dernier des bricoleurs brevetés s'en serait même tiré avec un crochet de fil de fer. Mais je ne vois pas comment un étranger à la maison aurait pu être au courant pour la sonnette, ni deviner que Barrett sirotait son séné tous les soirs ! Ça, il fallait être de la maison pour le savoir !

» Viens, Jim, mon garçon. Allons faire un saut dans cette salle de bains et le reste des pièces du haut.

Ils commencèrent par le second étage. D'abord, un débarras bourré de vieux mobilier hors d'usage et d'objets hétéroclites.

— Je n'ai pas fouillé tout ça, monsieur, confessa Jones. Je ne savais pas...

— Ce que vous aviez à rechercher ? Vous avez eu raison. Ç'aurait été pure perte de temps. A voir la couche de poussière qu'il y a sur le plancher, personne n'a mis les pieds ici depuis au moins six mois.

Les chambres des domestiques se trouvaient toutes à cet étage, avec une salle de bains, ainsi que deux chambre inoccupées. Battle jeta un rapide coup d'œil dans chaque pièce. Il nota au passage qu'Alice, la femme de chambre aux yeux en boules de loto, dormait la fenêtre fermée ; qu'Emma, la grande bringue, était affligée d'une famille pléthorique dont les photos encombraient le dessus de sa commode ; et que Hurstall possédait quelques belles pièces de porcelaine — certes, un peu craquelées — de Dresde et de Derby.

La chambre de la cuisinière était impeccablement rangée, tandis que le plus grand désordre régnait dans celle de son aide de cuisine. Le superintendant examina ensuite la salle de bains, dont la porte jouxtait le sommet de l'escalier. D'un geste, Williams désigna la longue étagère qui surmontait le lavabo et où s'alignaient des verres et des brosses à dents, des pots d'onguents divers, des flacons de sels ou de lotion capillaire. Au bout, trônait un paquet de gousses de séné entamé.

— Pas d'empreintes sur le verre ou sur le paquet ? demanda Battle.

— Seulement celles de Barrett. J'ai comparé avec celles que j'ai relevées dans sa chambre.

— On n'avait pas besoin de toucher à la tasse de décoction, fit observer Leach. Il suffisait d'y laisser tomber les barbituriques.

Suivi de Leach, Battle descendit l'escalier. A mi-chemin entre les deux étages se trouvait une fenêtre, bizarrement placée. Une longue perche terminée par un crochet était appuyée dans un coin.

— C'est avec ça qu'on ouvre l'imposte du haut, dit Leach. Mais il y a un système de blocage qui limite l'ouverture. On ne peut pas passer par là. C'est trop étroit.

— Je ne pensais pas à quelqu'un qui aurait pénétré de l'extérieur, marmonna Battle, songeur.

A l'étage noble, il pénétra dans la première chambre, qui était celle d'Audrey Strange. Tout y était clair et net : brosses d'ivoire alignées sur la coiffeuse, pas un vêtement qui ne fût sur un cintre. Battle examina la penderie : deux tailleurs, quelques robes de soirée, des ensembles d'été. Sur mesure, les tailleurs étaient de bonne qualité, mais plus très neufs, et les tenues d'été assez ordinaires.

Battle resta un moment devant la table à écrire. Ses doigts jouaient avec le plumier placé à gauche du buvard.

— Rien d'intéressant sur le buvard, ni dans la corbeille à papiers, indiqua Williams.

— Je vous crois sur parole. Il n'y a rien à voir ici.

Ils passèrent aux autres chambres. Dans celle de Thomas Royde, passablement en désordre, il y avait des vêtements dans tous les coins et des pipes et de la cendre de pipe traînaient sur les tables et sur le chevet où un exemplaire de *Kim*, de Kipling, était ouvert.

— Il est habitué à ce que ses boys indigènes passent derrière lui, diagnostiqua Battle. Et il aime relire ses livres préférés. Un passéiste, en somme.

La chambre de Mary Aldin était petite mais confortable. Battle jeta un coup d'œil aux livres de voyages qui tapissaient les rayonnages et aux brosses anciennes, à monture d'argent guilloché, posées sur la coiffeuse. Mobilier et tonalités de la pièce tranchaient par leur modernisme avec le reste de la maison.

— Pas de photos, remarqua Battle. Aucune trace de conservatisme chez elle. Ce n'est pas quelqu'un qui vit dans le passé.

L'étage comptait trois ou quatre chambres vides, où ménage et lits étaient faits pour d'éventuels occupants, et deux salles de bains. Puis venait la chambre de lady Tressilian. Enfin, en descendant trois marches, on parvenait à la suite attribuée aux Strange.

Battle consacra peu de temps à la chambre de Neville. Il se contenta de jeter un coup d'œil par la fenêtre ouverte à deux battants. En contrebas, les rochers abrupts plongeaient droit dans la mer. La vue s'étendait vers l'ouest, en direction de Stark Head qui se dressait, sauvage et austère, au-dessus des flots.

— La pièce reçoit le soleil de l'après-midi, murmura-t-il. Mais elle ne doit rien avoir de folichon le matin. Et ça doit franchement puer à marée basse. Et puis cette falaise, là-bas, c'est sinistre. Pas étonnant que ça attire les candidats au suicide !

Ils passèrent enfin dans la plus grande des deux chambres, dont la porte avait été déverrouillée.

Là régnait un joyeux désordre. Des vêtements étaient jetés en boule dans tous les coins : dessous arachnéens, bas de soie, pull-overs essayés et abandonnés. Une robe d'été à carreaux pendouillait au dossier d'une chaise. La penderie regorgeait de fourrures, de robes du soir, de shorts, de jupettes de tennis, de tenues de sport.

Battle en referma les portes avec une sorte de respect :

— Des goûts dispendieux. Elle doit coûter cher à son mari.

Leach saisit la balle au bond :

— C'est peut-être pour ça que...

— Pour ça qu'il aurait eu besoin de cent — ou plutôt, non : de cinquante mille livres ? Peut-être. Je crois que nous ne ferions pas mal de voir ce qu'il a à nous raconter là-dessus.

Ils descendirent dans la bibliothèque. Williams fut expédié avec mission d'annoncer aux domestiques qu'ils pouvaient reprendre le cours normal de leurs occupations, et aux membres de la famille qu'ils étaient libres de regagner leurs chambres s'ils le désiraient. Il ferait également savoir à tout un chacun que l'inspecteur Leach souhaitait les interroger les uns après les autres, en commençant par Mr Neville Strange.

Après le départ de Williams, Battle et Leach s'installèrent derrière une massive table du plus pur style victorien. Un jeune policier, bloc-notes à la main, s'assit dans un coin, le crayon prêt.

— A toi d'ouvrir le feu, Jim, décida le superintendant. Tâche de les mettre dans leurs petits souliers.

Sourcils froncés, il se frotta le menton.

— Je donnerais cher pour savoir ce qui n'arrête pas de me faire penser à Hercule Poirot.

— Ce vieux débris ? Le Belge ? Ce petit moustachu ridicule ?

— Je t'en ficherais, du ridicule ! Aussi dangereux qu'un serpent mamba ou qu'une panthère, voilà ce qu'il est chaque fois qu'il se met à exécuter son grand numéro de charlatan ! Je serais prêt à l'accueillir ici à bras ouverts. Une affaire comme celle-ci, ce serait tout à fait dans ses cordes.

— Par quel biais ?

— La psychologie, précisa Battle. La vraie psychologie — pas la bouillie indigeste qu'essaient de nous servir des gens qui n'y connaissent rien. (Il n'avait pas oublié les mésaventures de sa fille Sylvia et en gardait toujours une dent contre miss Amphrey.) Oui, la vraie. Celle qui permet de comprendre comment fonctionne l'esprit humain. Faire parler un meurtrier. Le faire parler à tire-larigot. C'est un des axiomes favoris de Poirot. Il prétend que, tôt ou tard, le coupable finira par dire la vérité... parce que c'est au bout du compte plus facile que de débiter des mensonges. Alors, il laisse échapper une bricole qu'il juge sans importance... et c'est comme ça qu'on le coince.

— Vous allez donc laisser les rênes longues à Neville Strange ?

Battle, distrait, se contenta d'acquiescer de la tête. Puis il reprit, avec une expression de contrariété :

— Au fond, ce qui me chiffonne, c'est... bon sang ! Qu'est-ce qui m'a amené à penser à Hercule Poirot ? Au premier étage, c'est là que ça m'a pris. Qu'est-ce que j'ai bien pu voir pour que le nom de Poirot me vienne en tête ?

L'entrée de Neville Strange mit fin à la conversation.

Il était pâle et soucieux, mais paraissait bien moins agité qu'au début de la matinée. Battle le dévisagea d'un œil scrutateur. Incroyable qu'un type qui *savait* — et il devait bien le savoir à moins d'être incapable de réfléchir deux secondes — qu'il avait laissé ses empreintes digitales sur l'arme du crime et que la police venait de les identifier ne manifeste ni fébrilité malsaine ni impudence outrancière.

Neville Strange affichait l'air le plus naturel du monde. Il se montrait secoué, soucieux, affligé... et guère plus tendu qu'il n'était normal en la circonstance.

Jim Leach prit la parole, avec son bon accent de l'Ouest :

— Nous souhaiterions que vous répondiez à certaines questions, Mr Strange. A la fois sur votre emploi du temps d'hier au soir et sur certains points de détail. En même temps, il est de mon devoir de vous signaler que vous n'êtes pas tenu de répondre à ces questions et que vous pouvez, si vous le désirez, solliciter la présence de votre avocat.

L'inspecteur se pencha en avant pour mieux observer l'effet de ses paroles.

Neville Strange semblait au comble de l'ahurissement.

« Il n'a pas la moindre idée de ce à quoi nous voulons en venir, songea Leach, ou alors, c'est un comédien de première. »

En l'absence de réponse, il questionna :

— Eh bien, Mr Strange ?

— Il va de soi que vous pouvez me poser toutes les questions que vous voulez.

— Vous vous rendez bien compte, insista courtoisement Battle, que tout ce que vous nous direz fera l'objet d'un procès-verbal et pourra servir d'élément de preuve devant un tribunal ?

La colère crispa un instant le visage de Neville.

— Vous me menacez ? grinça-t-il.

— Non, non, Mr Strange. Ce n'est que la mise en garde de rigueur.

Neville haussa les épaules.

— J'imagine que cela fait partie de la routine policière. Allez-y.

— Vous êtes prêt à faire votre déposition ?

— Si vous appelez ça comme ça.

— Alors, pouvez-vous nous dire très exactement ce que vous avez fait hier soir ? A partir du dîner, mettons.

— Volontiers. Après le dîner, nous sommes passés au salon. Nous avons pris le café. Nous avons écouté la radio : les informations, etc. Et puis j'ai décidé de faire un saut jusqu'à l'*Easterhead Bay Hotel* pour retrouver un garçon qui y est descendu — un de mes amis.

— Cet ami s'appelle ?

— Latimer. Edward Latimer.

— Un ami intime ?

— Bah, comme ci, comme ça. Nous l'avons beaucoup vu depuis son arrivée. Il est venu déjeuner et dîner et, de notre côté, nous sommes souvent allés là-bas.

— Il n'était pas un peu tard, pour aller à Easterhead Bay ? glissa Battle.

— Oh, c'est un endroit assez animé... Ils restent ouverts jusqu'aux petites heures.

— Alors qu'ici, c'est plutôt une maison de couche-tôt, n'est-ce pas ?

— Oui, dans l'ensemble. De toute façon, j'avais pris la clef de la porte d'entrée. Personne n'a eu à veiller pour m'attendre.

— Votre femme n'avait pas souhaité vous accompagner ?

Il y eut soudain comme un raidissement dans l'attitude de Neville :

— Non. Elle avait la migraine. Elle était déjà montée se coucher.

— Continuez, Mr Strange, je vous en prie.

— J'allais monter pour me changer quand...

— Excusez-moi, Mr Strange, interrompit Leach. Vous changer comment ? Enfiler une tenue de soirée ? Ou, au contraire, passer à la tenue de ville ?

— Ni l'un ni l'autre. Je portais un complet bleu marine — mon meilleur, en fait, mais comme il pluvinait et que j'avais l'intention de prendre le bac et d'aller à pied jusque là-bas — c'est à un petit kilomètre, comme vous devez le. savoir —, j'ai préféré en mettre un plus vieux... gris à rayures, si vous voulez tous les détails.

— Nous souhaitons, en effet, le maximum de précisions, reconnut Leach avec humilité. Mais poursuivez.

— Comme je vous le disais, j'allais monter, quand Hurstall est venu me dire que lady Tressilian désirait me voir. J'y suis donc allé, et nous avons fait un brin de causette.

— Vous êtes, je pense, la dernière personne à l'avoir vue vivante ? susurra Battle.

Neville Strange rougit.

— Oui... oui, je suppose. Elle était parfaitement bien, à ce moment-là.

— Combien de temps êtes-vous resté avec elle ?

— Vingt minutes... une demi-heure, peut-être. Puis je suis allé à ma chambre, je me suis changé, et je suis parti en emportant la clef.

— Quelle heure était-il ?

— 10 heures et demie, environ. J'ai dévalé la colline, attrapé le bac de justesse et traversé. J'ai trouvé Latimer à l'hôtel, nous avons bu un verre ou deux et joué au billard. Le temps a passé si vite que j'ai loupé le dernier bac. Il part à 1 heure et demie. Latimer a fort aimablement sorti sa voiture pour me raccompagner. Ce qui, vous ne l'ignorez pas, revient à remonter jusqu'à Saltington... soit un détour de vingt-cinq kilomètres. Nous avons quitté l'hôtel vers 2 heures du matin pour arriver ici aux environs de 2 heures et demie. J'ai remercié Ted Latimer et lui ai proposé d'entrer pour un dernier verre, mais il m'a dit qu'il préférait repartir tout de suite, ce qui fait que je suis rentré me mettre tout de suite au lit. Je n'ai rien vu ni rien entendu d'anormal. La maison paraissait calme et endormie. Et puis, ce matin, j'ai entendu cette fille pousser des hurlements et...

James Leach le coupa :

— Parfait ! Parfait ! Revenons-en... revenons-en à

votre entretien avec lady Tressilian. Son comportement vous a paru normal ?

— Oh, absolument.

— De quoi avez-vous parlé ?

— De choses et d'autres...

— Amicalement ?

— Bien entendu, rougit Neville.

— Vous ne vous seriez pas querellés, par hasard ? insista Leach, doucereux.

Neville ne répondit pas tout de suite.

— Vous feriez mieux de nous dire la vérité, vous savez. Autant que vous sachiez qu'une partie de votre conversation a été surprise.

— Nous avons eu un léger différend, fit Neville d'un ton sec. Ce n'était rien.

— Et sur quoi portait ce différend ?

Neville Strange fit effort pour garder son calme et sourire :

— Pour être franc, elle m'a passé un savon. Ça arrivait souvent. Quand elle désapprouvait la conduite de quelqu'un, il fallait qu'elle le lui dise tout net. Elle était vieux jeu, comprenez-vous, et elle avait tendance à fustiger les mœurs d'aujourd'hui, le divorce... tout ça. Nous avons eu une prise de bec assez vive et je me suis peut-être un peu échauffé, mais nous nous sommes quittés dans les meilleurs termes : d'accord pour n'être pas d'accord.

» Je ne lui aurais certainement pas fracassé le crâne à cause d'une algarade, si c'est à cela que vous pensez !

Leach jeta un coup d'œil à Battle. Et le dit Battle se pencha lourdement sur la table :

— Ce matin, vous avez reconnu que ce club de golf vous appartenait. Auriez-vous une explication au fait qu'on y a relevé vos empreintes digitales ?

Neville écarquilla les yeux.

— Je... mais c'est bien naturel, fit-il d'un ton sec. Ce club est à moi... Je l'ai souvent manié.

— Une explication, veux-je dire, au fait que vos empreintes démontrent que *vous êtes la dernière personne à l'avoir manié* ?

Neville se raidit sur son siège. Son teint avait viré au blafard.

— Ce n'est pas vrai, finit-il par articuler. Ce n'est pas possible. Quelqu'un a pu le prendre en main après moi... quelqu'un qui portait des gants.

— Non, Mr Strange... personne n'aurait pu le « prendre en main » *dans le sens où vous l'entendez* — pour le lever et pour frapper — sans brouiller vos empreintes.

Il y eut un silence. Un très long silence.

— Seigneur ! frissonna-t-il.

Il poussa un profond soupir et se prit le front à deux mains. Les deux policiers ne le quittaient pas des yeux.

Soudain, il se lâcha le front. Et il se redressa.

— Ce n'est pas vrai, déclara-t-il avec calme. Ce n'est tout bonnement pas vrai. Vous croyez que je l'ai tuée, mais je ne l'ai pas fait. Je vous jure que je ne l'ai pas fait. Il y a quelque part une erreur, une effroyable erreur.

— Vous n'avez aucune explication à nous offrir sur la présence de vos empreintes ?

— Comment le pourrais-je ? Je n'y comprends rien.

— Et auriez-vous une explication au fait que des taches de sang ont été retrouvées sur les poignets et les manches de votre complet bleu marine ?

— Du sang ? fit-il dans une sorte de râle où perçait l'horreur. Mais c'est impossible !

— Vous ne vous seriez pas coupé, par exemple ?

— Non. Non, bien sûr que non !

Battle et Leach attendirent un peu.

Le front plissé, Neville Strange paraissait réfléchir. Il leva enfin des yeux hagards :

— C'est du délire ! C'est un cauchemar ! Ce n'est pas *vrai* !

— Les faits parlent d'eux-mêmes, décréta le superintendant Battle.

— Mais pourquoi aurais-je fait une chose pareille ? C'est inimaginable... inconcevable ! J'ai connu Camilla quand j'étais tout gosse.

James Leach toussota :

— Je crois vous entendre encore, Mr Strange, nous dire vous-même que le décès de lady Tressilian vous ferait bénéficier d'une somme rondelette ?

— Et vous pensez que c'est pour *ça*... Mais je ne veux pas d'argent ! Je n'en ai pas *besoin* !

— Ça, Mr Strange, fit Leach avec un nouveau toussotement, c'est *vous* qui le dites.

Neville bondit sur ses pieds.

— Non, mais ! Que je n'ai pas besoin d'argent, c'est quelque chose que je peux *prouver* ! Laissez-moi appeler le directeur de ma banque... Vous pourrez lui parler vous-même.

On demanda la communication. Les lignes n'étaient pas encombrées et on eut bientôt Londres :

— C'est vous, Ronaldson ? Neville Strange, à l'appareil. Vous reconnaissez ma voix ?... Dites-moi, voudriez-vous donner aux policiers — oui, ils sont là, à côté de moi — toutes les informations qu'ils peuvent demander sur l'état de mes affaires ?... Oui, oui, s'il vous plaît.

Leach prit le combiné. Il parla posément. Questions et réponses allèrent bon train.

Il raccrocha à la fin de la conversation.

— Eh bien ? interrogea avidement Neville.

— Votre compte accuse un solde largement créditeur, répondit l'inspecteur sans s'émouvoir. Et la banque, qui gère tous vos placements, nous assure qu'ils évoluent de manière favorable.

— Vous voyez que ce que je vous ai dit est vrai !

— Il semble bien... Mais, encore une fois, Mr Strange, vous pouvez avoir des engagements, des dettes... Vous êtes peut-être victime d'un chantage...

On peut vouloir vous extorquer de l'argent pour des motifs que nous ignorons et qui nécessiteraient de grosses sommes.

— Mais je n'ai pas de dettes ! Je vous donne ma parole que je n'en ai pas ! Personne ne me fait chanter ni ne veut m'extorquer quoi que ce soit.

Le superintendant Battle haussa ses larges épaules.

— Nous disposons d'assez d'éléments de preuve, vous conviendrez, Mr Strange, pour demander contre vous un mandat d'arrêt, dit-il d'une voix aimable et paternelle. Nous ne l'avons pas fait — *pas encore.* Nous vous accordons, voyez-vous, le bénéfice du doute.

Neville laissa libre cours à son amertume :

— Ce qui signifie, si je ne m'abuse, que vous êtes convaincus que c'est moi qui ai fait le coup, mais que vous êtes à la recherche d'un mobile pour nourrir votre dossier ?

Battle ne releva pas. Quant à Jim Leach, il contempla le plafond.

— C'est un affreux cauchemar. Il n'est rien que je puisse dire ou faire. C'est comme... c'est comme d'être tombé dans un piège dont il n'est pas possible de s'échapper.

Le superintendant Battle s'étira. Une lueur filtra entre ses paupières mi-closes :

— C'est très bien trouvé, ça. Très bien trouvé, vraiment. Et ça me donne une idée...

6

Tacticien habile, le sergent Jones raccompagna Neville jusqu'au vestibule, puis fit entrer Kay par la porte-fenêtre donnant sur la terrasse, évitant ainsi que les deux époux ne se croisent.

— Il y a quand même tous les autres à qui il va pouvoir parler, fit remarquer Leach.

— Tant mieux, répliqua Battle. Celle-ci, c'est la seule à qui je veux tirer les vers du nez pendant qu'elle nage encore en plein cirage.

Un petit vent frisquet avait fait chuter la température. Kay avait revêtu une jupe de tweed et un pull-over sang-de-bœuf. Sa chevelure flamboyait comme un casque de cuivre. Le décor sombre des livres et des profonds fauteuils victoriens mettait en valeur sa beauté conquérante.

Leach n'eut guère de peine à obtenir d'elle un récit de la soirée.

Elle avait eu la migraine et était montée se coucher tôt — dès 9 heures et quart, à peu de chose près. Elle avait dormi comme une souche et n'avait rien entendu jusqu'au lendemain matin, quand elle avait été réveillée par quelqu'un qui poussait des hurlements.

Battle prit le relais :

— Votre mari n'est pas venu voir comment vous alliez avant de sortir, hier soir ?

— Non.

— Vous ne l'avez pas vu depuis le moment où vous avez quitté le salon jusqu'à ce matin. C'est bien ça ?

Kay acquiesça de la tête.

Battle pointa le menton :

— Mrs Strange, la porte de communication entre votre chambre et celle de votre mari était fermée au verrou. Qui avait tiré ce verrou ?

— Moi.

Battle demeura silencieux. Il attendait. Il attendait comme un vieux matou qui guette au trou d'une souris.

Son silence obtint le résultat auquel une série de questions n'aurait peut-être pas conduit.

— Oh, et puis autant cracher le morceau ! éclata Kay. Ce vieux gâteux de Hurstall a dû nous entendre avant le thé, et si je ne le fais pas, c'est lui qui va tout vous raconter. D'ailleurs, il ne s'en est sans doute déjà pas privé. Neville et moi, nous nous sommes bagarrés — une bagarre à tout casser ! J'étais hors de moi ! Quand je suis montée me coucher, j'ai tiré le verrou parce que j'étais encore folle de rage contre lui !

— Je comprends, l'assura Battle, en veine de sollicitude. Je comprends. Mais qu'est-ce qui n'allait pas ?

— C'est important ? Oh, et puis ça m'est égal de vous le dire. Neville s'était conduit comme le roi des imbéciles. Mais ça, c'est de la faute de cette bonne femme.

— Quelle bonne femme ?

— Sa première femme. D'abord, c'est elle qui l'a fait venir ici.

— Vous voulez dire... pour qu'elle fasse votre connaissance ?

— Oui. Neville — le pauvre innocent ! — est persuadé que l'idée vient de lui ! C'est archifaux. Il n'avait jamais pensé à ça avant de la rencontrer un beau jour à Hyde Park. Elle lui a fourré ce projet dans la tête et s'est débrouillée pour qu'il s'imagine avoir trouvé ça tout seul. Il y croit maintenant dur comme fer, mais j'ai tout de suite compris que c'était Audrey qui jouait les... comment est-ce qu'on dit au juste ? les Machiavel, non ?

— Pourquoi aurait-elle agi ainsi ? s'enquit Battle.

— Parce qu'elle voulait lui remettre le grappin dessus.

Son débit respiratoire se précipita. Elle parlait à toute vitesse :

— Elle ne lui a jamais pardonné de l'avoir quittée pour moi. Alors, elle prend sa revanche. Elle s'est arrangée pour que nous soyons ici tous ensemble, et elle l'a travaillé au corps. Elle a commencé dès que nous sommes arrivés. Elle est maligne, vous savez. Elle sait jouer les pathétiques et les insaisissables...

et aussi se servir d'un autre pauvre type qu'elle mouille dans l'affaire. Elle a tout combiné pour que Thomas Royde, une espèce de vieux chien fidèle qui a toujours été fou d'elle, soit ici, lui aussi, et elle a rendu Neville à demi cinglé en lui faisant croire qu'elle allait l'épouser.

Elle se tut, haletante.

— J'aurais cru qu'il se réjouirait plutôt de voir qu'elle... euh... qu'elle avait retrouvé le bonheur auprès d'un vieil ami.

— S'en réjouir ? Mais il est d'une jalousie folle !

— Alors, c'est qu'il doit l'aimer beaucoup.

— Ça oui, grinça Kay. Elle y a veillé !

Dubitatif, Battle se massait la mâchoire.

— Vous auriez pu protester contre cette idée de venir ici.

— Comment vouliez-vous que je m'y prenne ? C'est moi qui aurais eu l'air d'être jalouse !

— Après tout, vous l'étiez, non ?

Kay rougit.

— Toujours ! J'ai toujours été jalouse d'Audrey. Depuis le début... ou presque. A la maison, je la sentais partout. Comme si c'était encore la sienne et que je n'étais pas chez moi. J'ai tout fait repeindre et j'ai changé la décoration, mais ça n'a servi à rien ! J'avais l'impression qu'elle rôdait dans tous les coins comme un fantôme grisâtre. Je savais que Neville se faisait de la bile parce qu'il pensait qu'il s'était mal conduit à son égard. Il n'arrivait pas à l'oublier... Elle était toujours là, reproche vivant qui lui trottait dans la tête. Il y a des gens comme ça, vous savez. On croit qu'ils sont insignifiants, sans intérêt... mais ils s'imposent à vous.

Battle hocha la tête, songeur :

— Merci, Mrs Strange. Ce sera tout pour le moment. Nous sommes obligés de vous poser... euh... tout un tas de questions — surtout dans la mesure où votre mari hérite tant d'argent de lady Tressilian... Cinquante mille livres...

— Tant que ça ? C'est ce qui nous revient de par le testament du vieux sir Matthew, non ?

— Vous êtes au courant de tous les détails ?

— Bien sûr. Il y est stipulé que ça doit être partagé entre Neville et sa femme à la mort de lady Tressilian. Non pas que je me réjouisse de la mort de la vieille. Absolument pas. Je ne l'aimais pas beaucoup — vraisemblablement parce qu'elle ne m'aimait pas non plus — mais c'est atroce de penser qu'un cambrioleur est entré et lui a fracassé le crâne.

Sur cette ultime déclaration, elle sortit. Battle fixa Leach :

— Qu'est-ce que tu penses d'elle ? Joli brin de fille, entre nous. Du genre qui n'a pas à se donner grand mal pour faire perdre la tête à un bonhomme.

L'inspecteur signifia son assentiment, mais en y introduisant un correctif :

— Elle n'a quand même pas vraiment l'air d'une dame.

— Ça, le moule est brisé, trancha Battle. On voit Mrs Strange n° 1 ?... Non, je crois que nous allons convoquer miss Aldin, histoire d'avoir un avis neutre sur ces embrouilles matrimoniales.

Mary entra d'un pas tranquille et s'assit. Son regard inquiet démentait son calme apparent.

Elle répondit avec clarté aux questions de Leach, et confirma le récit de Neville. Elle-même était allée se coucher vers 10 heures.

— A ce moment-là, Mr Strange se trouvait chez lady Tressilian ?

— Oui. Je les entendais parler.

— Parler, miss Aldin ? Ou se disputer ?

Elle rougit, mais n'en répondit pas moins avec calme :

— Lady Tressilian adorait les disputes. Elle paraissait souvent fâchée alors qu'il n'en était rien. Elle avait aussi tendance à se monter autoritaire, à tout vouloir régenter... et un homme ne prend pas ça aussi bien qu'une femme.

« Ce que vous faites, sans doute », se dit Battle.

Il prit le temps d'étudier son visage intelligent. Et ce fut elle qui rompit le silence :

— Je ne voudrais pas vous paraître stupide... mais il me semble incroyable... absolument incroyable que vous puissiez soupçonner l'un de ceux qui vivent sous notre toit. Pourquoi ne s'agirait-il pas de quelqu'un de l'extérieur ?

— Pour plusieurs raisons, miss Aldin. Tout d'abord, rien n'a été volé, et aucune issue n'a été forcée. Je ne crois pas utile de vous rappeler la disposition de la maison et du jardin, mais ne la perdez pas de vue. A l'ouest, la falaise tombe à pic dans la mer. Au sud, il y a une succession de terrasses et un muret en surplomb sur la baie. A l'est, le jardin descend en pente douce presque jusqu'au rivage, mais là, le mur est très haut. Les seules issues possibles sont une petite porte donnant sur la route, qu'on a retrouvée ce matin fermée de l'intérieur comme d'habitude, et la grande porte d'entrée. Je ne vous dis pas que personne n'aurait pu escalader le mur, ni qu'on n'aurait pas pu avoir un double de la clef, ou même se servir d'un crochet — je vous dis seulement que, pour autant que je puisse en juger, personne n'a rien fait de ce genre. Quiconque a commis ce crime savait que Barrett prenait chaque soir une décoction de séné et y a glissé des barbituriques — ce qui désigne bien quelqu'un qui vit sous votre toit. Quant au club de golf, on l'a pris dans le placard, sous l'escalier. Il ne s'agit pas de quelqu'un de l'extérieur, miss Aldin.

— Ce n'est pas non plus Neville ! Je suis sûre que ce n'est pas Neville !

— Pourquoi en êtes-vous si sûre ?

Mary leva une main impuissante.

— Ça ne lui ressemble pas, voilà pourquoi ! Il

n'aurait pas tué une vieille femme sans défense dans son lit... Pas Neville !

— J'admets que cela semble improbable, concéda Battle. Mais vous seriez étonnée de ce dont les gens sont capables pour peu qu'ils y voient une raison suffisante. Mr Strange peut avoir été dans l'impérieuse nécessité de se procurer de l'argent.

— Je suis bien sûre que non. Neville n'est pas homme à dépenser sans compter... Il ne l'a jamais été.

— Lui, non. Mais sa femme, oui.

— Kay ? Oui, peut-être... mais c'est grotesque... Je suis certaine que, ces derniers temps, l'argent était bien le dernier souci de Neville.

Le superintendant Battle réprima une quinte de toux :

— Si je comprends bien, il en a eu d'autres ?

— Kay vous en a parlé, je suppose ? Oui, nous avons traversé des moments assez difficiles. Mais cela n'a quand même rien à voir avec cette histoire affreuse.

— Probablement pas, mais je n'en souhaiterais pas moins connaître votre version des événements, miss Aldin.

— Eh bien, comme je vous l'ai dit, fit-elle lentement, cela a créé une situation... difficile. Je ne sais pas d'où en est venue l'idée, mais...

— J'ai cru comprendre qu'elle venait de Mr Strange ? coupa Battle.

— C'est ce qu'il a dit.

— Mais vous-même, vous ne le croyez pas ?

— Je... non... Ce n'est pas le genre de Neville. J'ai toujours pensé que quelqu'un la lui avait fourrée dans la tête.

— Mrs Audrey Strange, peut-être ?

— Il me paraît inconcevable qu'Audrey ait pu faire une chose pareille.

— Alors, qui d'autre ?

Mary haussa les épaules :

— Je ne sais pas. C'est... c'est bizarre.

— Bizarre, répéta pensivement Battle. C'est bien ce que je pense de toute cette affaire. Elle est bizarre.

— Tout a été bizarre. On baignait dans une sensation de... Oh, je ne sais pas comment dire. Quelque chose dans l'air. Comme une menace.

— Tout le monde était nerveux, tendu ?

— Oui, c'est ça... Tout le monde en a souffert. Même Mr Latimer...

Elle se mordit la langue.

— Je voulais justement en venir à Mr Latimer. Que pouvez-vous me dire à son propos, miss Aldin ? Qui est Mr Latimer ?

— En fait, je ne sais pas grand-chose sur son compte. C'est un ami de Kay.

— Un ami de Mrs Strange... Ils se connaissent depuis longtemps ?

— Oui, elle le connaissait déjà avant son mariage.

— Et Mr Strange l'apprécie ?

— Assez, je crois.

— Pas de... de difficultés de ce côté-là ?

Battle avait mis dans sa question tout le tact possible.

— Bien sûr que non ! s'empressa de répondre Mary avec emphase.

— Et lady Tressilian, elle appréciait Mr Latimer ?

— Pas vraiment.

Une nuance de réserve dans le ton de Mary Aldin résonna aux oreilles de Battle comme une sonnette d'alarme. Il changea de sujet :

— La camériste, maintenant, Jane Barrett... Elle servait lady Tressilian depuis longtemps ? Vous la considérez comme une personne de confiance ?

— Oh, absolument. Elle lui était d'un dévouement total.

Battle se laissa aller contre son dossier :

— En somme, miss Aldin, vous n'admettriez pas

une seconde une théorie selon laquelle Barrett aurait pu tuer lady Tressilian, puis se serait elle-même droguée pour écarter les soupçons ?

— Non, bien entendu ! Pourquoi diable aurait-elle fait ça ?

— Elle bénéficie d'un legs.

— Moi aussi, souligna Mary, le regard clair.

— Oui. Vous aussi. Vous en connaissez le montant ?

— Mr Trelawny vient d'arriver. Il me l'a indiqué.

— Vous n'en aviez rien su auparavant ?

— Non. Je me doutais bien, d'après quelques insinuations de lady Tressilian, qu'elle ne me laisserait pas sans rien. Je ne possède pas grand-chose, voyez-vous. Pas assez, en tout cas, pour vivre sans travailler d'une manière quelconque. Je me disais que lady Tressilian me léguerait une rente d'une centaine de livres par an... Mais elle avait encore quelques cousins et je n'avais pas la moindre idée de la façon dont elle comptait disposer de ses biens personnels. Ce que je n'ignorais pas, en revanche, c'est que la succession de sir Matthew allait à Neville et à Audrey.

— Ainsi, elle ne savait pas ce que lady Tressilian lui laissait, répéta Leach après le départ de Mary. C'est en tout cas ce qu'elle dit.

— C'est ce qu'elle dit, acquiesça Battle. Et maintenant, au tour de la première femme de Barbe-Bleue.

7

Audrey portait un tailleur de flanelle gris clair. Ainsi vêtue, elle paraissait si translucide, si irréelle, que Battle se remémora les paroles de Kay : « J'avais l'impression qu'elle rôdait dans tous les coins comme un fantôme grisâtre. »

Elle répondit à ses questions avec simplicité, et sans émotion apparente.

Oui, elle était monté se coucher à 10 heures, en même temps que miss Aldin. Non, elle n'avait rien entendu pendant la nuit.

— Vous voudrez bien me pardonner de mettre le nez dans votre vie privée, Mrs Strange. Mais pouvez-vous m'expliquer comment il se fait que vous vous trouviez ici ?

— Je fais toujours un séjour à la Pointe-aux-Mouettes en cette saison. Cette année, mon... mon ex-mari a voulu venir au même moment et m'a demandé si je n'y voyais pas d'objection.

— L'idée venait de lui ?

— Oh, oui.

— Pas de vous ?

— Non.

— Mais vous avez accepté ?

— Oui, j'ai donné mon accord... Je n'avais pas l'impression que... qu'il m'était bien loisible de refuser.

— Pourquoi ça, Mrs Strange ?

— Manque d'envie de me montrer désobligeante, sans doute.

— Vous étiez la partie lésée ?

— Je vous demande pardon ?

— C'est bien vous qui avez demandé le divorce ?

— Oui.

— Nourrissez-vous encore — pardonnez-moi — une certaine rancœur à l'encontre de votre ancien mari ?

— Non... pas du tout.

— Vous êtes d'un naturel indulgent, Mrs Strange.

Elle ne répondit pas. Battle usa de l'arme du silence. Mais, à la différence de Kay, Audrey n'était pas de celles que l'on peut inciter à parler par ce biais. Se taire ne lui faisait ni chaud ni froid. Battle reconnut sa défaite :

— Cette idée de retrouvailles... vous êtes sûre qu'elle n'était pas de vous ?

— Sûre et certaine.

— Vous êtes en bons termes avec l'actuelle Mrs Strange ?

— Je crois qu'elle ne m'aime pas beaucoup.

— Et vous, elle vous plaît ?

— Oui. Je la trouve très belle.

— Eh bien... merci... Je pense que ce sera tout.

Elle se leva et se dirigea vers la porte. Puis elle hésita et revint sur ses pas :

— Je voudrais seulement vous dire que...

Son débit était devenu rapide et nerveux :

— Vous pensez que c'est Neville qui a fait ça... qu'il l'a tuée à cause de l'argent. Je suis persuadée que ce n'est pas le cas. Pour Neville, l'argent n'a jamais compté. Ça, je le sais. J'ai été mariée avec lui pendant huit ans, comprenez-vous ? Je ne le vois pas tuer qui que ce soit pour de l'argent. Ça... ça ne lui ressemble pas. Je ne prétends pas que ma parole ait valeur de preuve... mais je n'en souhaite pas moins que vous puissiez me croire.

Pivotant sur ses talons, elle quitta précipitamment la bibliothèque.

— Et elle, qu'est-ce que vous en pensez ? demanda Leach. Je n'ai jamais vu quelqu'un d'aussi... d'aussi dénué d'émotion.

— Elle n'a pas fait étalage de ses sentiments, corrigea Battle. Mais ils n'en existent pas moins. Et ils sont tout sauf tièdes. Ce que je voudrais bien, c'est en connaître la nature.

8

Thomas Royde comparut le dernier. Il s'installa, raide et solennel, clignant des yeux comme une chouette.

Il débarquait de Malaisie : ça faisait huit ans qu'il n'avait pas remis les pieds en Angleterre. Depuis tout gosse, il avait toujours passé une partie de ses vacances à la Pointe-aux-Mouettes. Mrs Audrey Strange était une cousine éloignée, qui avait été recueillie par ses parents à l'âge de neuf ans. La veille au soir, il était allé se coucher un peu avant 11 heures. Oui, il avait bien entendu Mr Neville Strange quitter la maison, sans pour autant assister à son départ. Neville était sorti vers 10 h 20 ou peut-être un peu plus tard. Lui-même n'avait rien entendu de particulier durant la nuit. Il était debout et se promenait dans le jardin lorsqu'on avait découvert le cadavre de lady Tressilian. Il était du genre lève-tôt.

Il y eut un silence.

— Miss Aldin nous a dit qu'il régnait dans la maison une certaine tension. L'avez-vous également remarquée ?

— Non. Mais je ne remarque jamais grand-chose.

« Ça, c'est un mensonge, se dit Battle. Vous remarquez beaucoup de choses, cher monsieur... Davantage que la plupart des gens. »

Non, Royde n'imaginait pas une seconde que Neville Strange ait pu avoir de pressants besoins d'argent. Ce n'était en tout cas pas l'impression qu'il donnait. Mais les affaires de Mr Strange relevaient pour lui du domaine de la conjecture.

— Vous connaissez bien la seconde Mrs Strange ?

— J'ai fait sa connaissance ici.

Battle joua son dernier atout :

— Peut-être savez-vous, Mr Royde, que nous avons relevé les empreintes digitales de Mr Strange sur l'arme du crime. Et que nous avons découvert du sang sur les manches du complet qu'il portait hier soir.

Le superintendant marqua une pause. Royde hocha la tête.

— Il vient de nous le dire, grommela-t-il.

— Je vous pose franchement la question, Mr Royde : croyez-vous que ce soit lui qui a fait le coup ?

Thomas Royde n'aimait pas être poussé dans ses derniers retranchements. Il attendit une bonne minute — ce qui représente un temps considérable — avant de répondre :

— Je ne vois pas pourquoi vous me demandez ça ! Ça ne me regarde pas. C'est votre problème. Mais à mon avis... c'est très peu probable.

— Voyez-vous quelqu'un qui vous paraisse un suspect plus vraisemblable ?

Royde secoua la tête :

— La seule personne à laquelle je pense ne peut matériellement pas avoir commis le crime. Alors, ça s'arrête là.

— Et qui est-ce ?

Royde secoua la tête, pour une fois plus catégorique que de coutume :

— Pas question. Ce n'est qu'une opinion personnelle.

— Vous avez le devoir d'aider la police.

— De tout vous dire tant qu'il s'agit de faits, d'accord. Mais là, ce n'est pas un fait. Rien qu'une idée en l'air. Et de toute façon, je vous le répète, il y a impossibilité matérielle.

— Nous n'en avons pas tiré grand-chose, constata Leach après le départ de Royde.

Battle en convint :

— Pas grand-chose, en effet. Mais il a une idée en tête... une idée très arrêtée. J'aimerais bien savoir laquelle. Jim, mon garçon, ce crime est d'une espèce très particulière...

Le téléphone sonna avant que Leach ait pu répondre. Il décrocha, écouta ce que son interlocuteur avait à lui dire, conclut par « Bon » et coupa la communication.

— Le sang sur la manche du veston est bien du sang humain, annonça-t-il. Même groupe que celui de lady T. M'est avis que Neville Strange est bon comme la romaine...

Battle, qui s'était approché de la fenêtre, regardait au dehors avec une attention soutenue.

— Il y a un bien beau jeune homme, là, dehors, remarqua-t-il. Vraiment beau, mais à qui on ne donnerait pas le Bon Dieu sans confession. Quel dommage que Mr Latimer — car j'ai le sentiment qu'il s'agit de Mr Latimer — ait été à Easterhead Bay hier soir. Il serait du genre à fracasser le crâne de sa grand-mère s'il était sûr de ne pas se faire pincer et d'en tirer un quelconque profit.

— Oui, mais là, il n'en aurait rien tiré, répliqua Leach. La mort de lady T. ne lui profite en rien.

Le téléphone sonna à nouveau.

— La peste soit de ce téléphone ! Qu'est-ce que c'est encore ?

Il décrocha :

— Allô ! Ah, c'est vous, docteur. Comment ? Sortie du coma ? Quoi ? Quoi ?

Il tourna la tête :

— Venez écouter ça, mon oncle.

Battle s'empara du combiné et, le visage aussi inexpressif que de coutume, écouta le médecin. Il lança un ordre à Leach :

— Va me chercher Neville Strange, Jim.

Quand Neville entra, Battle venait tout juste de raccrocher.

Blême, à bout, Neville fixa avec curiosité le superintendant du Yard, comme pour essayer de deviner ce que cachait son masque de bois brut.

— Mr Strange, dit Battle, connaissez-vous quelqu'un qui vous déteste vraiment ?

Les yeux écarquillés, Neville secoua la tête en signe de dénégation.

— Vous êtes sûr ? insista Battle. Je parle, cher monsieur, de quelqu'un qui fait plus que vous détester... de quelqu'un qui, pour parler franc, veut votre peau ?

Neville s'assit, très raide :

— Non. Non, absolument pas. Je ne vois pas du tout.

— Réfléchissez, Mr Strange. Il n'y a personne à qui vous ayez fait du mal, de quelque manière que ce soit ?

Neville rougit :

— Il n'y a qu'une seule personne dont on puisse dire que je lui ai fait du mal. Et elle n'est pas rancunière. C'est ma première femme, que j'ai quittée pour une autre. Mais je peux vous donner l'assurance qu'elle ne me hait pas. Elle... elle s'est comportée comme un ange.

Le superintendant se pencha en avant.

— Permettez-moi de vous le dire crûment, Mr Strange. Vous êtes un sacré veinard. Je n'irai pas jusqu'à prétendre que le faisceau de preuves retenues contre vous me plaisait — ce n'était vraiment pas le cas. Mais il s'agissait de preuves solides. Qui auraient tenu le coup. Et à moins de tomber sur un jury dont vous auriez pu faire la conquête, elles vous auraient condamné à être pendu.

— Vous en parlez, murmura Neville, comme si c'était du passé.

— C'est du passé. Vous avez été sauvé, Mr Strange, et par un fantastique coup de chance.

Neville le fixa d'un œil inquisiteur.

— Hier soir, après votre départ de sa chambre, dit Battle, lady Tressilian a sonné sa camériste.

Il n'avait pas lâché Neville Strange des yeux, pour voir comment il digérait la nouvelle.

— Après ? Alors, Barrett l'a vue...

— Oui. Vivante et en parfaite santé. Par-dessus le marché, avant d'entrer chez sa maîtresse, Barrett vous a également vu quitter la maison.

— Mais mon club de golf... mes empreintes...

— Lady Tressilian n'a pas été frappée avec le club. Dès le début, le Dr Lazenby s'était montré sceptique sur ce point. Elle a été tuée avec quelque chose d'autre. Le club n'a été laissé là que dans le seul but d'orienter les soupçons sur vous. Peut-être par quelqu'un qui avait entendu votre querelle avec lady Tressilian et qui a estimé que vous feriez un excellent bouc émissaire, ou peut-être parce que...

Battle laissa la phrase en suspens et posa une variante de sa question première :

— Qui donc, dans cette maison, vous hait à ce point, Mr Strange ?

9

— J'ai une question pour vous, docteur.

De retour de la clinique où ils avaient pu procéder à un bref interrogatoire de Jane Barrett, les deux policiers se retrouvaient dans le cabinet du médecin.

Faible et épuisée, Barrett n'en avait pas moins fait preuve de clarté dans ses déclarations.

Elle venait juste de se coucher après avoir bu sa décoction de séné quand la sonnette avait retenti. Elle avait regardé sa pendule : il était 10 h 25.

Elle avait enfilé sa robe de chambre et était descendue. Elle avait entendu du bruit dans le vestibule et s'était penchée sur la rambarde.

— C'était Mr Neville qui se préparait à sortir. Il prenait son imperméable au portemanteau.

— Quel complet portait-il ?

— Son gris à rayures. Il avait l'air soucieux et mécontent. Il a passé ses bras dans ses manches n'importe comment. Et puis il est sorti en claquant la porte derrière lui. Je suis allée chez lady Tressilian. Elle était déjà à moitié endormie, la malheureuse, et elle ne se souvenait pas pourquoi elle m'avait sonnée. Ça lui arrivait quelquefois, la pauvre. Mais je lui ai remonté ses oreillers, j'ai été lui chercher un verre d'eau fraîche et je l'ai installée confortablement.

— Elle n'avait pas l'air bouleversée, ou apeurée ?

— Non, seulement fatiguée, c'est tout. J'étais fatiguée, moi aussi. Je bâillais. Je suis remontée dans ma chambre et je me suis endormie tout de suite.

Telle était l'histoire de Barrett, et il paraissait impossible de douter de la sincérité du chagrin et de l'horreur que lui causait la mort de sa maîtresse.

Ils étaient retournés à la maison du médecin, et c'était alors que Battle avait annoncé qu'il avait une question à poser.

— Allez toujours, soupira le Dr Lazenby.

— A quelle heure pensez-vous que lady Tressilian soit morte ?

— Je vous l'ai dit. Entre 10 heures et minuit.

— Je sais que c'est ce que vous m'avez dit. Mais là n'est pas ma question. Je vous demande ce que vous croyez, vous, à titre personnel.

— Officieusement, c'est ça ?

— Oui.

— Très bien. Mon estimation se situerait dans les environs de 11 heures du soir.

— C'est ce que je voulais vous entendre dire.

— Heureux de vous avoir fait plaisir. Pourquoi ?

— L'idée que le meurtre ait eu lieu avant 10 heures

et demie ne m'a jamais plu, expliqua Battle. Prenez, par exemple, les barbituriques dans le séné de Barrett... Ils n'auraient pas encore produit leur effet à ce moment-là. En fait, ces somnifères nous démontrent que le meurtrier avait l'intention d'agir bien plus tard. Personnellement, je pencherais pour minuit.

— C'est possible. 11 heures, ce n'est qu'une approximation.

— Mais ça ne pourrait en aucun cas avoir eu lieu plus tard que minuit ?

— Non.

— Ça n'aurait pas pu se passer après 2 heures et demie du matin ?

— Grands dieux, non !

— Voilà qui paraît bien mettre Neville Strange hors de cause. Il ne nous reste qu'à vérifier son emploi du temps après qu'il a quitté la maison. S'il nous a dit la vérité, il est blanchi et nous n'avons plus qu'à nous concentrer sur nos autres suspects.

— Ceux qui héritent ? hasarda Leach.

— Peut-être bien. Mais je n'y crois pas trop. Quelqu'un qui a un grain, c'est ça que je cherche.

— Un grain ?

— Oui, quelqu'un qui a un fichu grain.

Après avoir quitté le médecin, ils se rendirent au bac — nom somme toute pompeux et qui ne désignait en fait qu'une barque que deux frères, Will et George Barnes, manœuvraient à la rame. Les frères Barnes connaissaient de vue tout Saltcreek et la plupart des gens qui venaient d'Easterhead Bay. George déclara immédiatement qu'il avait transporté Mr Strange, de la Pointe-aux-Mouettes, à 10 heures et demie la veille au soir. Non, il ne l'avait pas ramené. Le dernier passage dans le sens Easterhead Bay-Saltcreek avait eu lieu à 1 heure et demie du matin, et Mr Strange n'était pas à bord.

Battle lui demanda s'il connaissait Mr Latimer.

— Latimer ? Latimer ? Le beau gosse ? Celui qui

va de l'hôtel à la Pointe-aux-Mouettes ? Oui, je le connais. Mais je ne l'ai pas vu hier soir. Il s'est fait amener ici ce matin. Je viens de le reconduire.

Ils empruntèrent la barque à leur tour et s'en furent à l'*Easterhead Bay Hotel*.

Ils y trouvèrent Ted Latimer tout juste revenu de l'autre rive. Oui, il avait effectivement profité du transbordement précédent.

Mr Latimer était prêt à se mettre en quatre pour leur apporter toute l'aide souhaitable :

— Oui, ce brave Neville est venu hier soir. Il avait l'air passablement embêté. Il paraît qu'il avait eu une prise de bec avec la vieille. Je me suis laissé dire aussi que Kay et lui s'étaient volé dans les plumes. Mais ça, il s'est naturellement bien gardé de m'en parler. De toute façon, il m'a paru assez abattu. Pour la première fois de sa vie, il a eu l'air heureux de ma compagnie.

— Il ne vous a pas trouvé tout de suite, si j'ai bien compris ?

— Alors, là, je ne vois pas pourquoi, riposta Latimer, cinglant. J'étais au salon. Strange m'a dit qu'il y avait jeté un coup d'œil et qu'il ne m'avait pas repéré, mais il n'avait pas les yeux en face des trous. Ou alors, peut-être bien que j'étais sorti cinq minutes dans le jardin. Je sors toujours dès que je peux. Ça pue, dans cet hôtel. J'ai remarqué ça hier soir, au bar. La tuyauterie, j'imagine ! Strange l'a signalé, lui aussi ! On l'a senti tous les deux. Une infection. Il doit y avoir un rat crevé sous le plancher de la salle de billard.

— Vous avez donc joué au billard. Et puis après ?

— On a discuté le coup. On a encore bu un verre ou deux. Et puis Neville s'est exclamé : « Bon Dieu, j'ai loupé le dernier bac ! » Alors, je suis allé sortir ma voiture pour le raccompagner. On est arrivés là-bas vers 2 heures et demie.

— Et Mr Strange ne vous a pas quitté de la soirée ?

— Oh, non. Vous pouvez demander à n'importe qui. On vous le confirmera.

— Je vous remercie, Mr Latimer. Que voulez-vous, nous ne devons négliger aucun détail.

Lorsqu'ils eurent pris congé de ce jeune homme souriant et sûr de lui, James Leach interrogea :

— Pourquoi vérifier si étroitement les faits et gestes de Neville Strange ?

Battle se contenta de sourire. Et Leach comprit brusquement :

— Bon Dieu ! C'est l'autre qui vous intéresse. C'est ça, votre petite idée.

— Il est encore trop tôt pour avoir des idées. Mais j'ai besoin de savoir où se trouvait au juste Mr Ted Latimer hier au soir. Nous savons que depuis 11 heures et quart, mettons, jusque bien après minuit, il n'a pas quitté Neville Strange. Mais où était-il avant ça — quand Strange est arrivé et ne l'a pas trouvé ?

Poursuivant leur enquête avec obstination, ils interrogèrent barmen, serveurs et garçons d'ascenseur. On avait vu Latimer au salon entre 9 et 10 heures. Il était au bar à 10 heures et quart. Mais entre ça et 11 heures et demie, il semblait s'être fait singulièrement discret. Et puis on tomba sur une femme de chambre qui déclara que Mr Latimer « s'était enfermé dans un des petits salons particuliers avec Mrs Beddoes... cette grosse dondon qui a l'accent du Nord ».

Pressée de préciser l'heure, elle répondit qu'elle pensait qu'il devait être 11 heures.

— Voilà qui flanque tout par terre, se lamenta Battle. Il était bel et bien là. Il voulait seulement ne pas attirer l'attention sur sa grosse — et probablement richissime — rombière. Ce qui nous renvoie aux autres : les domestiques, Kay Strange, Audrey

Strange, Mary Aldin et Thomas Royde. L'un d'entre eux a tué la vieille dame, mais lequel ? Si nous pouvions dénicher la véritable arme du crime...

Il s'interrompit et se tapa les cuisses :

— J'y suis, Jim, mon garçon ! Je sais maintenant ce qui m'a fait penser à Hercule Poirot. Nous allons d'abord manger un morceau. Ensuite, nous retournerons à la Pointe-aux-Mouettes et je te montrerai quelque chose.

10

Mary Aldin ne tenait pas en place. Elle entrait et sortait de la maison, cueillait de-ci, de-là un dahlia fané, retournait au salon et déplaçait à tout bout de champ les vases de fleurs.

De la bibliothèque parvenait un vague murmure de voix. Mr Trelawny y était enfermé avec Neville. Kay et Audrey étaient invisibles.

Mary sortit une fois de plus dans le jardin. Elle aperçut, juché sur le muret, Thomas Royde qui fumait paisiblement sa pipe. Elle descendit le rejoindre.

— Oh, Seigneur, gémit-elle en s'asseyant à côté de lui avec un profond soupir.

— Il y a quelque chose qui ne va pas ?

Elle éclata d'un rire un peu hystérique.

— Il n'y a vraiment que vous, Thomas, pour poser des questions pareilles. Il y a eu un meurtre dans la maison et tout ce que vous trouvez à me demander, c'est s'il y a quelque chose qui ne va pas !

Il eut un air de surprise peinée.

— Ce que je voulais savoir, c'est s'il y avait encore quelque chose qui n'allait pas.

— Oh, je sais bien que c'était à ça que vous pensiez. C'est un réconfort inouï que de trouver quelqu'un d'aussi souverainement placide que vous !

— Ça avance à quelque chose, d'après vous, de se faire un sang d'encre ?

— Non, non. J'approuve votre façon raisonnable d'envisager l'existence. Mais ce que je ne comprends pas, c'est comment vous faites pour y arriver.

— Dans le cas présent, c'est probablement parce que je suis une sorte d'étranger.

— C'est vrai, bien sûr. Vous pouvez quand même imaginer notre soulagement à tous de voir Neville lavé de tout soupçon.

— J'en suis moi-même ravi, bien entendu.

Mary frissonna.

— Il s'en est vraiment fallu de peu. Si Camilla ne s'était pas mis en tête de sonner Barrett après le départ de Neville...

Elle n'acheva pas sa phrase. Il la termina à sa place :

— Ce brave Neville était bon pour la potence.

Il s'était exprimé avec une sorte de délectation mauvaise. Le regard réprobateur de Mary lui fit secouer la tête avec un sourire :

— Je ne suis pas totalement dénué de cœur, mais maintenant que Neville a sauvé sa peau, je ne peux m'empêcher d'être satisfait qu'il en ait bavé. Il la ramène toujours tellement.

— Ce n'est pas vrai, Thomas.

— Peut-être bien que non, après tout. Ce n'est peut-être qu'une façade. En tout cas, ce matin, il avait l'air d'éprouver la trouille de sa vie !

— Ce que vous pouvez être cruel !

— Enfin, tout est bien qui finit bien. Vous savez, Mary, même dans cette affaire, Neville a continué d'être veinard comme ce n'est pas permis. Avec un faisceau d'indices aussi impressionnants réunis contre lui, un pauvre bougre ordinaire ne s'en serait jamais tiré.

Elle frissonna de nouveau.

— Ne dites pas cela. J'aime à penser que les innocents sont... qu'ils sont protégés.

— C'est vrai, mon chou ? demanda-t-il doucement.

Mary éclata soudain :

— Thomas, je suis inquiète. Je suis mortellement inquiète.

— Oui ?

— C'est à propos de Mr Treves.

Thomas avait laissé tomber sa pipe. Quand il se baissa pour la ramasser, sa voix avait changé :

— De Mr Treves ?

— Le soir où il est venu dîner... Cette histoire qu'il nous a racontée... sur un enfant meurtrier ! Thomas, je n'arrête pas de me demander... Est-ce que ça n'était rien qu'une anecdote en passant ? Ou bien est-ce qu'il avait un but en nous racontant ça ?

— La question que vous vous posez, dit-il avec lenteur, c'est si ce n'était pas destiné à quelqu'un qui se trouvait dans le salon ?

— Oui, souffla-t-elle.

— Je me la suis posée aussi. En fait, c'était précisément à ça que je réfléchissais quand vous êtes arrivée.

Elle ferma les yeux à demi.

— J'ai essayé de me souvenir... Il nous a raconté son histoire, si vous vous rappelez, de manière incroyablement voulue. Il s'est démené comme un beau diable pour la placer dans la conversation. Et il nous a dit qu'il reconnaîtrait la personne n'importe où. Il a insisté là-dessus. Comme s'il l'avait bel et bien reconnue.

— Hum... J'y ai déjà pensé.

— Mais pourquoi a-t-il fait ça ? Que cherchait-il ?

— Je suppose que c'était une sorte d'avertissement sans frais. Pour conseiller à cette personne de se tenir tranquille.

— Vous croyez que Mr Treves savait que Camilla allait être assassinée ?

— N-non. Ça serait de la fantasmagorie. Je pense que c'était un avertissement en l'air.

— Et puis ce que je me demande aussi, c'est... Vous ne croyez pas que nous devrions en parler à la police ?

Thomas Royde s'accorda le temps d'une réflexion sérieuse.

— A mon avis, non, dit-il enfin. Je ne vois pas en quoi ça nous avancerait. Ce n'est pas comme si Treves vivait encore et pouvait aller leur expliquer tout ça lui-même.

— Non, répliqua Mary. Il est mort !

Un bref frisson la secoua.

— C'est tellement bizarre, Thomas, la manière dont il est mort.

— Une crise cardiaque. Il avait le cœur fragile.

— Non, je faisais allusion à cette histoire bizarre d'ascenseur en dérangement. Ça ne me plaît pas.

— Ça ne me plaît pas beaucoup non plus, avoua Thomas.

11

Le superintendant Battle jeta dans la chambre un regard circulaire. Le lit avait été fait. Sinon, rien n'avait bougé. Tout, ici, était clair et net quand ils étaient venus y jeter un premier coup d'œil. Tout y était encore clair et net maintenant.

— Voilà l'objet, dit Battle en pointant le doigt vers le garde-feu d'acier à l'ancienne. Tu ne remarques rien de curieux ?

— On doit le nettoyer souvent, répondit James Leach. Il est propre comme un sou neuf. Moi, je ne vois rien de curieux, sauf... oui, en haut, la pomme de gauche est plus brillante que celle de droite.

— C'est ça qui m'a fait penser à Hercule Poirot. Tu connais son horreur maladive de tout ce qui n'est pas symétrique — ça le rend cinglé. J'ai dû penser inconsciemment : « Ça, c'est un truc qui énerverait ce bon vieux Poirot ! » et je me suis mis à parler de lui. Sortez votre trousse, Jones. Nous allons examiner ces deux pommes.

Jones ne tarda pas à faire son rapport :

— Il y a des empreintes sur la pomme de droite, Monsieur. Mais pas sur celle de gauche.

— Alors, c'est celle de gauche qui nous intéresse. Les empreintes de l'autre sont certainement celles de la femme de chambre qui l'a astiquée la dernière. Mais la pomme de gauche a été nettoyée deux fois.

— Il y avait un petit morceau de papier de verre usagé dans la corbeille à papiers, intervint Williams. Je n'avais pas pensé que ça pouvait avoir une signification quelconque.

— Parce qu'à ce moment-là, vous ne saviez pas ce que vous cherchiez. Doucement, maintenant. Je vous parie tout ce que vous voulez que cette pomme se dévisse... Oui, c'est bien ce que j'avais pensé.

Jones tenait la pomme en l'air.

— Elle pèse un bon poids, fit-il observer en la soupesant de la main.

Se penchant sur l'objet, Leach écarquilla les yeux.

— Il y a quelque chose de sombre... là, sur le pas de vis.

— Du sang, c'est plus que probable, trancha Battle. On a nettoyé la partie sphérique et on l'a bien astiquée. Mais cette petite tache sur le pas de vis est passée inaperçue. Je vous parie tout ce que vous voulez que c'est ça, l'arme qui a défoncé le crâne de la vieille. Mais on n'a pas encore tout trouvé. Jones, à vous de fouiller de nouveau la maison. Cette fois, vous saurez exactement ce sur quoi vous devez mettre la main.

En quelques phrases rapides, il donna à son subordonné des instructions détaillées. Puis, allant à la fenêtre, il sortit la tête.

— Il y a quelque chose de jaune coincé dans le lierre. Ça pourrait bien être une autre pièce de notre puzzle. Je suis même convaincu que c'en est une.

12

Battle, qui traversait le vestibule, fut intercepté par Mary Aldin.

— Puis-je vous dire deux mots, superintendant ?

— Bien sûr, miss Aldin. Entrons là, voulez-vous ?

Il ouvrit la porte de la salle à manger. Hurstall avait enlevé le couvert du déjeuner.

— Je veux vous demander quelque chose, superintendant. Avouez que vous ne croyez pas — que vous ne croyez plus — que ce crime atroce a été commis par l'un de nous ? C'est l'œuvre de quelqu'un de l'extérieur ! D'un malade mental !

— Sur ce point, vous n'êtes sans doute pas loin de la vérité, miss Aldin. Si je ne m'abuse, l'expression « malade mental » s'applique parfaitement à l'assassin. Mais ce n'est pas un étranger à la maison.

Elle écarquilla les yeux.

— Vous voulez dire que quelqu'un, dans cette maison, est... est fou ?

— Vous pensez à une malheureuse créature qui aurait l'écume aux lèvres et les yeux exorbités. Une psychose ne se manifeste pas de cette façon-là. Quelques-uns des fous criminels les plus dangereux de l'histoire avaient l'air aussi sains que vous et moi. Ils sont généralement la proie d'une obsession, d'une idée fixe qui s'empare de leur esprit et le déforme peu à peu. On voit venir des gens pathétiques qui vous expliquent de manière très cohérente qu'on ne cesse de les persécuter, de les espionner... et, pour un peu, on admettrait que c'est vrai.

— Je suis convaincue que personne, ici, ne se croit persécuté.

— Je ne vous donnais qu'un exemple. Il y a d'autres types de démence. Mais je suis persuadé que l'assassin, quel qu'il soit, était sous l'emprise d'une idée fixe — idée qu'il a ruminée jusqu'à ce que plus rien d'autre ne compte ou n'ait la moindre importance.

Mary frissonna.

— Il y a quelque chose, je crois, que vous devez savoir.

Claire, concise, elle résuma l'histoire qu'avait racontée Mr Treves le soir où il était venu dîner. Le superintendant montra un vif intérêt.

— Il a dit qu'il reconnaîtrait cette personne ? Homme ou femme, à propos ?

— J'ai cru comprendre que l'histoire était celle d'un jeune garçon... mais c'est vrai que Mr Treves ne l'a pas explicitement dit... et, en fait, ça me revient maintenant, il avait même souligné d'emblée qu'il se refusait à fournir la moindre précision d'âge ou de sexe.

— Ah bon ? Ça paraît assez significatif. Et il a dit que cet enfant, devenu adulte, avait une particularité physique qui lui permettrait de le reconnaître n'importe où ?

— Oui.

— Une cicatrice, peut-être. Quelqu'un ici a-t-il une cicatrice apparente ?

Battle se rendit bien compte que Mary Aldin hésitait — oh, un tout petit peu ! — avant de répondre :

— Je n'ai rien remarqué.

— Allons, miss Aldin, sourit-il, vous avez remarqué quelque chose. Est-ce que vous vous figurez vraiment que je ne serai pas capable d'en faire autant ?

Elle secoua la tête :

— Non... non, je n'ai rien remarqué du tout.

Il n'en mesura pas moins à quel point elle était bouleversée. L'allusion à une cicatrice avait fait naître en elle un tourbillon de pensées manifestement fort désagréables. Il aurait bien voulu savoir de quoi il retournait au juste, mais son expérience lui disait que la presser davantage à ce moment précis ne servirait à rien.

Il préféra en revenir au vieux Mr Treves.

Mary lui raconta la suite tragique de la soirée.

Battle l'interrogea assez longuement. Puis, sans paraître autrement étonné, il remarqua :

— On en apprend tous les jours. C'est bien la première fois que je tombe sur ce coup-là.

— Que voulez-vous dire ?

— Que je n'avais encore jamais entendu parler d'un meurtre commis par le simple truchement d'une pancarte accrochée à la porte d'un ascenseur.

Elle le fixa, hagarde, horrifiée :

— Vous ne pensez tout de même pas que...

— Qu'il s'agissait d'un assassinat ? C'en était pourtant bien un ! Un meurtre rapide et ingénieux. Qui aurait pu ne pas réussir, cela va de soi... mais qui a bel et bien réussi.

— Et tout ça uniquement parce que Mr Treves savait... ?

— Oui. Parce qu'il aurait été en mesure d'attirer notre attention sur un des hôtes de la maison. Quand nous avons débuté notre enquête, nous nagions en plein brouillard. Nous commençons à entrevoir une lueur et, de minute en minute, l'affaire devient plus claire. Je vous le dis, miss Aldin : ce crime a été préparé de longue main, jusque dans le plus infime détail. Ah, encore un point sur lequel j'insiste fortement : que personne ne sache ce que vous venez de me révéler. C'est important. N'en parlez à personne. A personne.

Mary acquiesça de la tête, l'air toujours un peu hagard.

Le superintendant quitta la salle à manger et s'en fut s'occuper de ce qu'il s'apprêtait à faire quand Mary l'avait abordé. C'était un homme méthodique. Il y avait un renseignement dont il avait besoin, et ce n'était pas une nouvelle piste, si prometteuse, si tentante soit-elle, qui allait le distraire du programme qu'il s'était fixé pour l'accomplissement de sa mission.

Il frappa à la porte de la bibliothèque.

— Entrez, répondit la voix de Neville Strange.

Battle fut présenté à Mr Trelawny, homme de haute stature, distingué, au regard sombre et perçant.

— Je suis confus de vous déranger, s'excusa le superintendant, mais il est un sujet sur lequel il me faudrait quelques éclaircissements. Vous héritez, Mr Strange, la moitié de la fortune de feu sir Matthew. Mais qui va bénéficier de l'autre moitié ?

L'étonnement se peignit sur les traits de Neville.

— Je vous l'ai dit. Ma femme.

— Oui. Mais...

Battle toussota, un peu gêné :

— Mais laquelle, Mr Strange ?

— Oh, je vois. Oui, je me suis mal exprimé. L'argent va à Audrey, qui était mon épouse au moment où le testament a été rédigé. C'est bien cela, Mr Trelawny ?

Le notaire approuva :

— Les dispositions testamentaires de feu notre client avaient été formulées d'une manière qui exclut toute ambiguïté, et aux termes desquelles la succession devait être divisée, en parts égales, entre le pupille de sir Matthew, Neville Henry Strange, ici présent, et son épouse, Audrey Elizabeth Strange, née Standish. Le divorce subséquent n'a rien changé, et ne change rien, à ces stipulations.

— C'est parfaitement clair, convint Battle. Puis-je tenir pour acquis que Mrs Audrey Strange est pleinement informée de ces dispositions ?

— Bien entendu, confirma Mr Trelawny.

— Et l'actuelle Mrs Strange ?

— Kay ? s'interrogea Neville, un peu étonné. Oh, je suppose que oui. Encore que je ne sois jamais vraiment entré dans les détails avec elle.

— Vous allez découvrir, l'avertit Battle, qu'il y a là malentendu. Elle est persuadée qu'à la mort de lady Tressilian, l'argent doit être divisé entre vous et votre épouse actuelle. C'est en tout cas ce que j'ai déduit, ce matin, de ses propos. Ce qui vous explique que j'aie tenu à vous interroger pour connaître exactement la situation du point de vue juridique.

— C'est extraordinaire, soupira Neville. Et ça a dû se produire sans même qu'on y prenne garde. Maintenant que j'y repense, elle a une fois ou deux parlé de « cet argent que nous hériterons à la mort de Camilla ». Mais j'avais cru qu'elle faisait seulement allusion à ma part.

— Ce qui est extraordinaire, renchérit Battle, c'est l'ampleur des malentendus qui peuvent naître entre deux personnes qui abordent souvent un sujet... chacune des deux se fondant sur des présupposés différents et ni l'une ni l'autre ne se rendant compte qu'il y a maldonne.

— Peut-être bien, admit Neville non sans une certaine indifférence. De toute façon, dans le cas précis, cela n'a guère d'importance. Ce n'est pas comme si nous étions sans le sou. Je suis très heureux pour Audrey. Elle tire le diable par la queue et, pour elle, cet héritage représente un renversement de situation.

— Mais enfin, monsieur, fit remarquer Battle sans

prendre de gants, je suis sûr qu'au moment du divorce, elle avait droit à une pension alimentaire.

Neville rougit.

— Il est un sentiment qu'on appelle... qu'on appelle fierté, superintendant, lâcha-t-il d'un air contraint. Audrey a toujours obstinément refusé de toucher le moindre sou de la pension que je voulais lui verser.

— Pension très généreuse, précisa Mr Trelawny. Mais Mrs Audrey Strange m'en a toujours retourné le montant.

— Très intéressant, jeta Battle.

Et il sortit de la bibliothèque avant qu'on ait pu lui demander d'expliciter son commentaire.

Dans le jardin, il retrouva son neveu.

— Autant qu'on puisse en juger, Jim, tous les gens qui sont mêlés à cette affaire ont un joli mobile d'ordre financier. Audrey Strange et Neville Strange reçoivent chacun un coquet magot de cinquante mille livres. Kay Strange s'imagine qu'elle a également droit à cinquante mille livres. Mary Aldin bénéficie d'une rente qui lui évitera d'avoir à travailler pour vivre. Thomas Royde, je le reconnais, ne gagne rien à la mort de lady Tressilian. Mais nous pouvons, par contre, inclure Hurstall dans notre liste de suspects. Et même Barrett, si nous acceptons l'hypothèse qu'elle a pris le risque de se tuer pour éviter les soupçons.

» Oui, comme je te dis, ce ne sont pas les mobiles financiers qui manquent. Et cependant, si je ne me trompe pas, l'argent n'a rien à voir dans cette affaire. Si jamais un meurtre a été perpétré par haine pure, c'est bien celui-ci. Et pourvu que personne ne s'avise de me mettre des bâtons dans les roues, je m'en vais coincer l'assassin !...

13

Installé sur la terrasse de l'*Easterhead Bay Hotel*, Angus MacWhirter contemplait la silhouette rébarbative de Stark Head qui se dressait sur l'autre rive de la Tern.

Il se livrait par ailleurs à un inventaire méticuleux de ses pensées et de ses sentiments.

Pourquoi il avait décidé de venir passer là ses ultimes jours de congé avant son départ, il n'en savait trop rien. Une raison quelconque avait pourtant bien dû l'y attirer. Le besoin de se mettre à l'épreuve, peut-être ?... de voir s'il conservait au cœur une trace de son désespoir d'autrefois.

Mona ? C'était vraiment devenu le dernier de ses soucis. Elle s'était remariée avec l'autre. Il l'avait croisée dans la rue sans ressentir la moindre émotion. Il se souvenait encore, bien sûr, de son chagrin et de sa hargne quand elle l'avait quitté, mais tout ça appartenait désormais au passé.

L'arrivée brutale d'un chien au pelage ruisselant qui vint se jeter dans ses jambes ainsi que les appels frénétiques d'une de ses nouvelles connaissances, miss Diana Brinton, jeune personne de treize printemps, l'arrachèrent à ses réflexions.

— Oh ! veux-tu te sauver, Don. Veux-tu bien te sauver ! C'est épouvantable, non ? Il s'est vautré sur je ne sais trop quel poisson crevé, à la plage. On renifle ce sale chien à des kilomètres. Il devait être drôlement pourri, ce poisson !

Le nez de MacWhirter confirmait ces suppositions.

— C'était dans une espèce de crevasse dans les rochers. J'ai emmené Don dans la mer et j'ai essayé de le nettoyer, mais j'ai l'impression que ça n'a pas servi à grand-chose.

MacWhirter ne put qu'approuver. Quant à Don, terrier à poil blanc d'un naturel sociable et affectueux, il paraissait offensé par la volonté de ses amis de le tenir à distance.

— Ce n'est pas de l'eau de mer qu'il lui faut, décréta MacWhirter. C'est de l'eau chaude et du savon.

— Je sais bien. Mais ce n'est pas vraiment commode dans un hôtel. Nous n'avons pas de salle de bains privée.

En fin de compte, les deux amis, tenant Don en laisse, pénétrèrent subrepticement dans l'hôtel par une porte dérobée et se glissèrent jusqu'à la salle de bains de MacWhirter. Un nettoyage de la truffe à la queue fut mené à bien, dont tout le monde ressortit trempé. L'opération terminée, Don afficha une certaine tristesse : de nouveau, cette affreuse odeur du savon — quand il venait tout juste de découvrir un parfum merveilleux que n'importe quel chien lui envierait. Enfin, c'était toujours pareil avec les humains... Ils n'avaient aucun odorat.

L'incident avait laissé MacWhirter dans une disposition d'esprit plus joyeuse. Il prit le bus pour Saltington, où il avait confié trois jours plus tôt au teinturier un costume à nettoyer.

La fille qui officiait à l'enseigne de « Tout en 24 heures » ne lui accorda qu'un regard distrait :

— MacWhirter, vous dites ? J'ai pas l'impression que ce soit déjà prêt.

— Ça devrait l'être.

On lui avait promis son costume pour la veille. Et même ainsi, ç'aurait déjà représenté un délai de quarante-huit heures, et non de vingt-quatre. C'est, assez probablement, ce qu'une femme n'aurait pas manqué de souligner.

MacWhirter se contenta de grommeler.

— On a pas encore eu le temps, expliqua la fille avec un sourire indifférent.

— Mais c'est grotesque !

La fille cessa de sourire.

— Grotesque ou pas, c'est pas prêt ! aboya-t-elle.

— Eh bien, je l'emporterai comme il est.

— On y a rien fait.

— Je le prends quand même.

— Remarquez, on pourrait vous le faire pour demain... mais ça serait vraiment par faveur spéciale.

— Je n'ai pas pour habitude de demander des faveurs spéciales. Rendez-moi ce costume, je vous prie.

La fille lui lança un regard furibond, passa dans l'arrière-boutique et en revint avec un paquet ficelé à la diable qu'elle poussa sur le comptoir.

MacWhirter le mit sous son bras et sortit.

Il avait l'impression, assez ridicule, qu'il venait de remporter une victoire. En réalité, tout ce qu'il lui restait à faire, c'était de trouver un autre teinturier !

De retour dans sa chambre, il jeta le paquet sur son lit et le regarda avec ennui. Peut-être bien qu'il pouvait demander au personnel de l'hôtel de donner un coup de fer à son costume. Il n'était pas en si mauvais état, après tout. Un nettoyage était-il réellement nécessaire ?

Il défit le paquet et, sur son visage, l'ennui fit place à la colère. L'incompétence de « Tout en 24 heures » passait les bornes. Ce n'était pas son costume. Même la couleur n'avait rien à voir. C'était un costume bleu marine qu'il leur avait confié, à ces abrutis de bons à rien.

Fou furieux, il regarda l'étiquette. Elle portait bien le nom de MacWhirter. Un autre MacWhirter ? Ou une stupide interversion des étiquettes ?

Sans lâcher des yeux le costume roulé en boule, il se mit à renifler.

Ça lui disait quelque chose, cette odeur — une odeur particulièrement pestilentielle et qui était en rapport avec un chien.

Mais oui, bien sûr ! Diana et son chien Don. Le costume puait à plein nez le poisson pourri !

Il se pencha pour examiner le vêtement. C'était de là que ça venait. Il y avait une énorme tache décolorée à l'épaule du veston. A l'épaule...

Ça, quand même, se dit MacWhirter, c'était vraiment tout ce qu'il y a de bizarre.

Quoi qu'il en soit, il se promettait d'aller, dès le lendemain, détailler sa façon de penser à la fille de « Tout en 24 heures ». Incompétent, passe encore. Mais pas d'une incompétence totale !

14

Sortant de son hôtel après le dîner, MacWhirter descendit à petits pas jusqu'à l'embarcadère. La nuit était claire, mais froide. On avait comme un avant-goût de l'hiver. L'été était bel et bien fini.

Il prit le bac pour gagner Saltcreek.

Depuis le début de son séjour, c'était la seconde fois qu'il se mettait en tête de retourner à Stark Head. L'endroit le fascinait. Il escalada la colline avec lenteur, passa devant le *Balmoral Court Hotel*, puis devant une grande demeure perchée sur la falaise. La Pointe-aux-Mouettes... Le nom était inscrit sur la porte de bois peint. Mais oui, c'était là qu'une vieille dame avait été assassinée. A l'hôtel, les gens ne parlaient que de ça, la femme de chambre avait tenu à lui narrer le crime par le menu et les journaux lui avaient accordé une importance exaspérante aux yeux de MacWhirter qui ne s'intéressait qu'aux problèmes internationaux et que les faits divers laissaient froid.

Poursuivant son chemin, il redescendit contourner une crique où se blottissaient quelques maisonnettes de pêcheurs que l'on avait modernisées. La route remontait ensuite pour se mourir dans le sentier qui menait à Stark Head.

Sur le promontoire proprement dit, tout était gris, hostile. MacWhirter s'avança jusqu'à l'extrême bord et regarda la mer qui battait le pied de la falaise. Il s'était tenu ainsi, un soir précédent. Il essaya de retrouver quelques-uns des sentiments qui l'agitaient alors : désespérance, fureur, lassitude... besoin d'en finir. Mais plus rien de tel ne l'habitait désormais. Tout était fini. A la place, ne lui restait qu'une colère froide. Bloqué par cet arbre, sauvé par les garde-côtes, morigéné à l'hôpital comme un sale gosse désobéissant, et puis toute cette série d'indignités et d'affronts. Pourquoi ne lui avait-on pas fichu la paix ? Il aurait préféré — mille fois préféré — en avoir fini avec tout. Il le pensait encore. La seule chose qu'il ait perdu dans l'affaire, c'était le courage de remettre ça.

Comme cela lui faisait mal, alors, de penser à Mona ! Maintenant, il pouvait l'évoquer paisiblement. Admettre qu'elle n'avait jamais été qu'une écervelée. Toujours prête à se laisser séduire par qui la flattait, ou par qui la confortait dans l'idée qu'elle se faisait d'elle-même. Très jolie. Oui, très jolie... mais pas une once de cervelle, et rien à voir avec la femme dont il avait rêvé.

Mais il lui restait tout de même son idéal de beauté... image imprécise d'une femme flottant au cœur de la nuit dans un envol de draperies vaporeuses... Comme la figure de proue d'un vaisseau... mais plus impalpable... bien plus impalpable...

Avec une soudaineté inimaginable, l'impossible se produisit.

De la nuit surgit une silhouette, comme jaillie du néant. Une silhouette pâle et diaphane qui courait... courait à perdre haleine... et se précipitait tout droit vers le bord de l'abîme. La silhouette d'une femme au comble de la détresse, poussée à sa perte par les Furies déchaînées ! Courant dans un terrifiant sursaut de désespoir... Il le connaissait bien, ce désespoir. Il savait ce qu'il signifiait.

Sortant de l'ombre, il se rua vers elle et la saisit à bras-le-corps à l'instant même où elle allait se jeter dans le vide.

— Non, pas de ça ! hurla-t-il d'une voix sauvage.

Il eut l'impression d'avoir capturé un oiseau. Elle se débattit, se débattit longuement, en silence, puis, comme un oiseau, s'abandonna tout à coup.

— Ne sautez pas, je vous en conjure ! la supplia-t-il. Rien n'en vaut la peine. Rien. Même si on est au comble du malheur et du désespoir...

Elle émit un vague son, comme le rire lointain d'un fantôme.

— Vous n'êtes pas malheureuse ? fit-il durement. Alors, qu'est-ce qui vous a pris ?

Elle ne répondit que par ces deux mots, à peine murmurés :

— J'ai peur.

— Peur ?

Il était si surpris qu'il relâcha son étreinte et recula d'un pas pour mieux la regarder.

Il comprit aussitôt qu'elle lui avait dit la vérité. C'était la peur qui avait animé sa course folle. La peur qui avait transformé son visage exquis en faciès stupide et blafard. La peur, encore, qui dilatait ses yeux écartés.

— Mais de quoi avez-vous peur ? interrogea-t-il enfin, incrédule.

— J'ai peur qu'on me pende, répondit-elle d'une voix si basse qu'il l'entendit à peine.

Oui, c'était bien ça qu'elle avait dit. Il en resta abasourdi. Son regard se porta sur le bord de la falaise :

— Alors, c'était pour ça ?

— Oui. Une mort rapide plutôt que...

Elle ferma les yeux et fut prise d'un frisson inextinguible.

MacWhirter s'efforça de rassembler dans son esprit les événements de façon logique :

— Lady Tressilian ? finit-il par demander. La vieille dame qui a été assassinée ?

Puis, d'un ton accusateur :

— J'y suis. Vous devez être Mrs Strange... la première Mrs Strange.

Toujours frissonnante, elle acquiesça de la tête.

MacWhirter essaya de se souvenir de ce qu'il savait de l'affaire. Mais les rumeurs se mélangeaient aux faits.

— Ils ont arrêté votre mari, reprit-il de sa voix lente et précise. C'est cela, n'est-ce pas ? Un faisceau de preuves rassemblées contre lui... Et puis les policiers se sont aperçus que les preuves en question avaient été truquées...

Il s'interrompit, le temps de la dévisager. Elle ne frissonnait plus. Elle restait figée à le regarder comme une enfant docile, dans une attitude si touchante que c'en devenait presque insoutenable.

— Je vois, fit-il, la gorge soudain serrée. Oui, je vois ce qui s'est passé... Il vous a quittée pour une autre, hein ?... Et vous, vous l'aimiez. C'est pour ça que...

Sa voix se brisa :

— Je vous comprends. Moi, c'est ma femme qui m'a quitté pour un autre homme...

Elle eut un grand geste des bras. Et se mit à bégayer :

— Ce n-nest... ce n-n'est p-pas ça. P-pas... p-pas ça du tout.

Il la coupa. Il avait repris un ton ferme, une voix de commandement :

— Rentrez chez vous. Vous n'avez plus besoin d'avoir peur. Vous m'entendez ? Moi, je vais veiller à ce que vous ne soyez pas pendue !

15

Mary Aldin s'était étendue sur le canapé du salon. Elle avait mal à la tête et des ondes de fatigue irradiaient dans son corps tout entier.

L'enquête officielle s'était ouverte la veille, mais, après le rite des formalités d'identification, la procédure avait été ajournée à huitaine.

Les obsèques de lady Tressilian devaient être célébrées le lendemain. Audrey et Kay étaient parties en voiture pour Saltington, afin de se procurer des vêtements de deuil. Ted Latimer les avait accompagnées. Quant à Neville et à Thomas Royde, ils avaient décidé d'entreprendre une promenade à pied, ce qui fait qu'à l'exception des domestiques, Mary était seule à la maison.

Ni le superintendant Battle ni l'inspecteur Leach ne s'étaient montrés de la journée et, cela aussi, c'était un soulagement. Il semblait à Mary que leur absence avait levé une ombre. Ils avaient été courtois, certes, et même plutôt agréables. Mais leurs questions incessantes, leur manière méthodique de peser et de vérifier le moindre détail, finissaient par vous taper sur les nerfs. A l'heure qu'il était, ce superintendant au visage de bois devait savoir par cœur tout ce qui s'était passé, tout ce qui s'était dit, tout ce qui s'était fait dans la maison au cours des dix derniers jours.

Avec leur départ, la paix était revenue. Mary se laissa aller. Elle voulait tout oublier... rigoureusement tout. Et puis rester étendue, et se reposer.

— Pardonnez-moi, miss Aldin...

Hurstall, un peu confus, se tenait sur le seuil.

— Oui, Hurstall ?

— Un monsieur souhaiterait vous voir, miss. Je l'ai fait entrer dans le bureau.

Mary fixa le maître d'hôtel avec surprise, et un peu de contrariété :

— Qui est-ce ?

— Il m'a dit s'appeler MacWhirter, miss.

— Je n'ai jamais entendu parler de lui.

— Non, miss.

— Ce doit être un journaliste. Vous n'auriez pas dû le laisser entrer, Hurstall.

Le majordome toussota :

— Je ne pense pas qu'il soit journaliste, miss. Je crois que c'est un ami de miss Audrey.

— Oh, alors, c'est différent.

S'assurant du bon ordre de sa coiffure, Mary traversa le vestibule et pénétra dans le petit bureau. Elle éprouva une certaine surprise quand le grand gaillard qui se tenait près de la fenêtre se retourna : il ne ressemblait pas le moins du monde à un ami d'Audrey.

Elle fit cependant preuve d'amabilité :

— Je suis désolée. Mrs Strange est sortie. Vous vouliez la voir ?

Il la fixa d'un air pensif :

— Vous devez être miss Aldin ?

— Oui.

— Je parie que vous saurez m'aider aussi bien qu'elle. Je voudrais trouver de la corde.

— De la corde ? répéta-t-elle, au comble de la stupéfaction.

— Oui, de la corde. Où pourrait-on fourrer un bon bout de corde, dans cette maison ?

Plus tard, Mary Aldin conclut qu'elle avait été à demi hypnotisée. Si cet homme étrange avait avancé une explication quelconque, peut-être aurait-elle pu se rebiffer. Mais Angus MacWhirter, incapable de trouver une justification plausible à sa requête, avait fort sagement choisi de s'en passer. Il s'était borné à énoncer ce qu'il voulait. Et Mary, dans une sorte d'état second, se retrouva en train de le guider dans sa recherche d'une corde.

— Quel genre de corde ? avait-elle interrogé.

— N'importe quelle corde fera mon affaire, avait-il répliqué.

— Peut-être dans la resserre à outils, hasarda-t-elle.

— Eh bien, allons-y

Elle lui montra le chemin. La resserre contenait de la ficelle et un petit morceau de cordage, mais MacWhirter ne s'en montra pas satisfait.

Il voulait une corde. Une corde de bonne dimension.

— Il y a encore le débarras, glissa-t-elle, hésitante.

— Oui. Ça pourrait bien être le bon endroit.

Ils regagnèrent la maison et montèrent au second. Mary ouvrit la porte du débarras. Planté sur le seuil, MacWhirter y jeta un coup d'œil, puis il poussa un étonnant soupir de satisfaction :

— Ça, alors !

Un gros rouleau de corde était posé sur une étagère, juste derrière la porte, en compagnie de vieux engins de pêche et de quelques coussins mangés aux mites. La prenant par le bras, il la poussa doucement en avant, jusqu'à l'amener au rouleau, qu'il toucha du doigt :

— Je voudrais que ceci s'imprime dans votre mémoire, miss Aldin. Vous remarquerez que tout, ici, est couvert de poussière. Mais il n'y a pas un grain de poussière sur cette corde. Et maintenant, touchez-la, vous aussi.

— Elle est un peu humide, fit-elle d'un ton surpris.

— Exactement.

Il sortit du débarras.

— Mais la corde ? s'inquiéta Mary. Je croyais que vous en aviez besoin ?

MacWhirter sourit :

— Je voulais seulement savoir si elle était là. C'est

tout. Si cela ne vous ennuie pas, miss Aldin, fermez cette porte à double tour... et... oui, prenez la clef. Je vous serais très obligé de la confier au superintendant Battle, ou à l'inspecteur Leach. Avec eux, elle sera sous bonne garde.

En redescendant l'escalier, Mary fit un effort pour se reprendre en main.

— Mais enfin, je n'y comprends rien ! protesta-t-elle lorsqu'ils se retrouvèrent au rez-de-chaussée.

— Il n'est pas nécessaire que vous compreniez, répliqua-t-il avec fermeté.

Il lui prit la main et la serra avec chaleur.

— Je vous sais infiniment gré de l'aide que vous m'avez apportée.

Sur quoi, il marcha droit vers la grand-porte. Et Mary en vint à se demander si elle n'avait pas rêvé.

Neville et Thomas ne tardèrent pas à rentrer de promenade, bientôt suivis par la voiture. En les voyant descendre du siège avant, Mary se prit à envier l'animation de Kay et de Ted, qui riaient en échangeant des plaisanteries. Mais après tout, pourquoi pas ? se dit-elle. Camilla Tressilian n'avait jamais rien représenté pour Kay. Et la tragédie n'avait sans doute fait que peser à une jeune femme plus habituée à une vie insouciante.

Ils avaient à peine achevé leur déjeuner quand les policiers arrivèrent. Et une nuance d'épouvante perçait dans la voix de Hurstall lorsqu'il vint annoncer que le superintendant Battle et l'inspecteur Leach les attendaient au salon.

Le visage du superintendant refléta la plus vive cordialité tandis qu'il les saluait.

— J'espère que je ne vous dérange pas, s'excusa-t-il. Mais il reste quelques petits points que j'aimerais préciser. Ce gant, par exemple. A qui appartient-il ?

Tendant un petit gant de suédine beurre frais, il se tourna vers Audrey :

— C'est à vous, Mrs Strange ?

Elle secoua la tête :

— Non... non, ça ne m'appartient pas.

— Et vous, miss Aldin ?

— Cela m'étonnerait. Je n'ai pas de gants de cette couleur.

— Je peux regarder ? demanda Kay en tendant la main. Non, ça ne me dit rien.

— Vous pourriez essayer de l'enfiler.

Kay fit une tentative, mais le gant était trop petit.

— Miss Aldin ?

Mary n'eut pas plus de succès.

— Trop petit pour vous aussi, conclut Battle.

Il en revint à Audrey :

— Je suis convaincu que vous allez découvrir qu'il vous va très bien, Mrs Strange. Vous avez la main plus fine que ces deux dames.

Audrey enfila sans peine le gant à sa main droite.

— Mais enfin, elle vous a déjà dit, Battle, que ce gant n'est pas à elle ! jeta Neville, nerveux.

— Bah ! fit Battle, elle s'est peut-être trompée. Ou bien elle aura oublié...

— C'est peut-être à moi, concéda Audrey. Tous les gants se ressemblent, non ?

— En tout cas, indiqua le superintendant, on l'a trouvé sous votre fenêtre, Mrs Strange, enfoui dans le lierre... avec le gauche.

Il y eut un silence. Audrey ouvrit la bouche comme si elle allait parler, mais elle se tut. Et, sous le regard fixe du policier, elle baissa les yeux.

Neville bondit :

— Ecoutez, superintendant...

— Peut-être vaudrait-il mieux que nous nous entretenions en privé, Mr Strange, suggéra Battle avec gravité.

— Certainement. Passons dans la bibliothèque.

Il ouvrit la marche et les deux policiers le suivirent.

Sitôt la porte refermée derrière eux, Neville se dressa sur ses ergots.

— Qu'est-ce que c'est que cette ridicule histoire de gants sous la fenêtre de ma femme ? attaqua-t-il d'un ton cinglant.

— Mr Strange, répondit Battle d'un ton égal, nous avons découvert, au cours de notre enquête, deux ou trois choses assez surprenantes dans cette maison.

Neville fronça les sourcils :

— Surprenantes ? Qu'entendez-vous par « surprenantes » ?

— Je vais vous montrer.

Sur un signe de tête de Battle, Leach sortit pour revenir avec un étrange ustensile.

— Comme vous le voyez, monsieur, dit Battle, cet instrument est composé pour moitié d'une pomme d'acier provenant d'un garde-feu victorien... Une sphère très lourde. Pour le reste, on a scié le tamis d'une raquette de tennis, et la boule a été vissée au manche.

Battle marqua un temps.

— J'estime, reprit-il, qu'il s'agit, sans l'ombre d'un doute, de l'arme dont on s'est servi pour tuer lady Tressilian.

— C'est atroce ! frissonna Neville. Mais où avez-vous donc trouvé ce... cet engin de cauchemar ?

— La boule avait été nettoyée et remise en place sur le garde-feu. Mais le meurtrier avait négligé le pas de vis. Nous y avons trouvé des traces de sang. Dans la même veine, le tamis et le manche avaient été raboutés au moyen d'un bandage adhésif et la raquette rangée pêle-mêle avec les autres dans le placard sous l'escalier. Elle y serait probablement passée inaperçue au milieu de tant d'autres si nous n'avions pas été précisément, cette fois, à la recherche d'un objet de ce genre.

— Très fort, superintendant.

— Oh, routine policière, sans plus.

— Pas d'empreintes, j'imagine ?

— Cette raquette, qui, à en juger par son poids, ne peut appartenir à mon avis qu'à Mrs Kay Strange, a été maniée par elle et par vous et porte vos empreintes à tous deux. Mais des signes irréfutables montrent également que quelqu'un, qui portait des gants, l'a eue en main après vous. Il n'y avait qu'une empreinte significative — laissée, là encore, par négligence, je crois, sur le bandage adhésif qui raboutait les deux morceaux. Je ne vous dirai pas pour le moment qui elle désigne. J'ai d'autres points à aborder préalablement.

Battle prenait son temps.

— Je voudrais que vous vous prépariez à subir un choc, Mr Strange, reprit-il. Mais une question pour commencer : êtes-vous absolument sûr que l'idée d'organiser une rencontre ici est bien venue de vous, et qu'elle ne vous a pas été suggérée par Mrs Audrey Strange ?

— Audrey n'a rien dit qui puisse faire penser... Audrey...

La porte s'ouvrit et Thomas Royde entra en trombe.

— Désolé de m'imposer. Mais j'estime qu'il faut que je participe à votre réunion.

Neville tourna vers lui un visage ravagé.

— Je vous en prie, mon vieux. C'est tout ce qu'il y a de confidentiel.

— Alors, ça, je m'en contrefiche. Je passais là dehors et j'ai entendu un prénom. Celui d'Audrey.

— Et qu'est-ce que le prénom d'Audrey a à voir avec vous ? éructa Neville, perdant visiblement patience.

— Si on va par là, qu'est-ce qu'il a à voir avec vous ? Je n'ai pas encore parlé à Audrey de façon précise. Mais je suis revenu de Malaisie avec l'intention de lui demander de m'épouser, et je pense qu'elle le sait. Et, qui plus est, j'ai l'intention bien arrêtée de l'épouser.

Le superintendant Battle toussota. Neville se tourna vers lui d'un bond :

— Navré, superintendant. Cette intrusion...

— Elle ne me gêne en rien, Mr Strange. J'ai cependant encore une question pour vous. Ce veston bleu marine que vous portiez au dîner, le soir du meurtre, il y avait des cheveux blonds dans l'échancrure du col et sur les épaules. Savez-vous comment ils ont pu venir là ?

— J'imagine qu'il s'agit des miens.

— Oh non, ce ne sont pas les vôtres, monsieur. Ce sont des cheveux de femme. Et puis on a retrouvé un cheveu roux sur votre manche.

— Ce doit être un de ceux de ma femme — de Kay. Vous semblez sous-entendre que les autres viennent d'Audrey. C'est très probable. Mon bouton de manchette, je m'en souviens, s'est pris un soir dans ses cheveux.

— Si c'était le cas, murmura l'inspecteur Leach, les cheveux blonds seraient restés sur les poignets.

— Mais où diable voulez-vous tous les deux en venir ? explosa Neville.

— A l'intérieur du col, poursuivit Battle, il y avait aussi des traces de poudre de riz. De la Primavera naturelle n° 1 — une poudre très agréablement parfumée et qui n'est pas donnée — et ne venez pas me dire, Mr Strange, que c'est vous qui l'utilisez parce que ça ne prendra pas. Mrs Strange, elle, se maquille avec de l'Orchidée Sun Kiss. Tandis que Mrs Audrey Strange a de la Primavera naturelle n° 1 dans son poudrier.

— Où voulez-vous en venir ? répéta Neville.

Battle se pencha en avant :

— Je veux en venir au fait que, à un moment quelconque, Mrs Audrey Strange a porté ce veston. C'est la seule explication plausible à la présence dans le col de votre veston des cheveux et de la poudre. Maintenant, vous avez vu le gant que j'ai sorti tout à l'heure ? C'était bien son gant à elle. Mais c'était son gant droit, voici le gauche.

Il le sortit de sa poche et le posa sur la table : il était fripé, durci et maculé de taches brun rouge.

— Qu'est-ce qu'il y a dessus ? demanda Neville d'une voix apeurée.

— Du sang, Mr Strange, décréta Battle. Et notez bien qu'il s'agit du gant gauche. Or, il se trouve que Mrs Audrey Strange est gauchère. Je l'ai noté la première fois que je l'ai vue, au petit déjeuner, avec sa tasse de café tenue de la main droite, et sa cigarette de la gauche. Et, sur sa table à écrire, dans sa chambre, le plumier avait été placé sur la gauche. Tout coïncide. La boule qui provient du garde-feu de sa cheminée, les gants cachés sous sa fenêtre, les cheveux et la poudre de riz dans le col. Lady Tressilian a été frappée à la tempe droite — mais compte tenu de la position du lit, il aurait été impossible à quiconque de se glisser dans la ruelle. Il s'ensuit qu'asséner à lady Tressilian un coup de massue de la main droite aurait été quasiment inimaginable — tandis que ce geste ne posait pas le moindre problème pour quelqu'un qui se serait servi de sa main gauche.

Neville eut un rire méprisant :

— Seriez-vous en train d'insinuer qu'Audrey... Audrey se serait livrée à toutes ces manœuvres compliquées pour assassiner une vieille dame qu'elle connaissait depuis des années, et ce à seule fin de mettre la main sur son argent ?

Battle secoua la tête :

— Je n'insinue rien de tel. Je le regrette, Mr Strange, mais vous devez vous résigner à voir la situation telle qu'elle est. Du début à la fin, ce crime a été dirigé contre vous. Depuis que vous l'avez quittée, Audrey Strange n'a cessé de ruminer son désir de vengeance. Au bout du compte, son équilibre mental a fini par en être atteint. Peut-être, sur le plan psychologique, n'avait-elle jamais été très solide. Peut-être a-t-elle d'abord songé à vous tuer — pour juger tout aussitôt que le châtiment n'était pas suffisant. Elle a profité d'un soir où vous vous étiez querellé avec lady Tressilian. Elle a pris votre veston dans votre chambre et l'a porté quand elle a frappé la vieille dame, de telle sorte qu'il soit taché de sang. Elle a déposé votre club de golf sur le sol après en avoir souillé la tête de sang et de cheveux, sachant bien qu'on y retrouverait vos empreintes. C'était elle qui avait installé en vous l'idée de venir ici pendant son séjour. L'élément qui vous a sauvé était bien le seul qu'elle ne pouvait pas prévoir : que lady Tressilian sonnerait Barrett, et que Barrett vous verrait sortir de la maison.

Neville enfouit son visage dans ses mains.

— Ce n'est pas vrai, gémit-il. Ce n'est pas vrai ! Audrey ne m'en a jamais voulu. Vous comprenez tout de travers. C'est l'être le plus droit, le plus noble qui soit... Jamais une pensée malfaisante n'a pu...

Battle soupira :

— Je ne souhaite pas ouvrir un débat avec vous, Mr Strange. Je voulais tout simplement vous préparer au pire. Je vais aller trouver Mrs Strange et, après les formules officielles, je la prierai de m'accompagner. Un mandat d'arrêt a été délivré à son encontre. Je crois que vous seriez bien avisé de lui trouver un avocat.

— C'est absurde. Rigoureusement absurde.

— L'amour se change plus facilement en haine que vous ne l'imaginez, Mr Strange.

— Je vous dis que vous avez tout compris de travers... Que c'est rigoureusement absurde.

Thomas Royde intervint. Son ton calme avait des vertus lénifiantes :

— Cessez de répéter que c'est absurde, Neville.

Ressaisissez-vous. Ne comprenez-vous donc pas qu'au point où nous en sommes, la seule chose que vous puissiez faire pour aider Audrey, c'est de renoncer à votre côté chevaleresque et de révéler enfin toute la vérité ?

— La vérité ? Vous pensez à...

— Je pense à la vérité en ce qui concerne Audrey et Adrian.

Royde se tourna vers les deux policiers :

— Voyez-vous, superintendant, on vous a mal expliqué les faits. Jamais Neville n'a abandonné Audrey. C'est elle qui l'a quitté. Elle est partie avec mon frère Adrian. Et puis Adrian a été tué dans un accident de voiture. Neville s'est conduit comme un gentilhomme à l'égard d'Audrey. Il s'est arrangé pour qu'elle obtienne le divorce, et que les torts soient prononcés contre lui.

— Je ne voulais pas que le nom d'Audrey soit traîné dans la boue, marmonna Neville. Je ne savais pas que quelqu'un était au courant.

— Adrian me l'avait écrit juste avant de mourir, expliqua brièvement Thomas. Ne voyez-vous pas, superintendant, que votre mobile tombe à l'eau ? Audrey n'avait aucun motif pour haïr Neville. Elle n'avait, au contraire, que toutes les raisons de lui être reconnaissante. Il a essayé de la convaincre d'accepter une pension alimentaire. Elle n'en a pas voulu. Naturellement, quand il a souhaité qu'elle vienne ici faire la connaissance de Kay, elle a estimé qu'elle ne pouvait pas refuser.

— Vous le voyez bien, insista Neville. Ça lui supprime son mobile. Thomas a raison.

Le visage de bois de Battle ne changea pas d'expression.

— Les mobiles sont une chose, dit-il. Et j'ai pu me tromper sur ce point. Mais les faits en sont une autre. Et tous les faits dont j'ai connaissance concourent à démontrer sa culpabilité.

— Il y a deux jours, les faits démontraient que c'était moi qui étais coupable ! souligna Neville.

Battle paru pris au dépourvu.

— Je reconnais que ça n'est pas faux, concéda-t-il. Mais vous rendez-vous compte, Mr Strange, de la portée de ce que vous me demandez de gober ? Vous voudriez que je croie qu'il existe quelqu'un qui vous hait à mort tous les deux — quelqu'un qui, pour parer à un échec éventuel de ses manigances contre vous, aurait tracé une seconde piste menant à Audrey Strange ? Voyons, Mr Strange, envisagez-vous sérieusement l'existence de quelqu'un qui vous haïrait tous les deux, vous et votre première épouse ?

A nouveau, Neville avait plongé son visage dans ses mains.

— Quand vous le dites comme ça, ça paraît extravagant !

— Parce que c'est extravagant. Moi, je dois m'en tenir aux faits. Si Mrs Strange peut nous proposer une explication cohérente...

— Et moi, je ne vous en ai pas donné, une explication ?

— Inutile d'insister, Mr Strange. J'ai mon devoir à accomplir.

Battle se leva brusquement. Leach et lui sortirent les premiers. Neville et Royde les suivirent de près.

Ils traversèrent le vestibule et pénétrèrent dans le salon. Là, ils s'arrêtèrent.

Audrey Strange se leva. Elle vint à leur rencontre. Elle fixait Battle droit dans les yeux et ses lèvres esquissaient une ébauche de sourire.

Elle dit, d'une voix très basse :

— C'est moi que vous venez chercher, n'est-ce pas ?

Battle adopta son ton le plus officiel :

— Mrs Strange, j'ai ici un mandat d'arrêt délivré contre vous. Vous êtes accusée d'assassinat sur la personne de Camilla Tressilian, le lundi 12 septembre dernier. Je dois vous avertir que tout ce que vous direz fera l'objet d'un procès-verbal qui pourra servir d'élément de preuve lors de votre procès.

Audrey poussa un profond soupir. Son petit visage aux traits d'une finesse extrême était aussi apaisé, aussi clair qu'un camée :

— C'est presque un soulagement. Je suis heureuse que... que c'en soit terminé.

Neville bondit.

— Audrey ! Ne dis rien... ne dis surtout pas un mot...

Elle lui sourit.

— Mais pourquoi pas, Neville ? Tout est vrai... et je suis si fatiguée.

Leach respira à fond. Ouf ! ça y était. C'était complètement loufoque, mais ça épargnerait bien des tracas ! Et soudain, il se demanda quelle mouche avait piqué son oncle. On aurait dit que ce bon vieux tonton venait d'entrevoir un fantôme. Il fixait cette pauvre timbréee comme s'il ne pouvait en croire ses yeux. Bah ! dans l'ensemble, cette affaire n'avait pas été inintéressante, conclut Leach avec satisfaction.

Tout à coup, comme en un contrepoint grotesque, Hurstall ouvrit la porte, et annonça :

— Mr MacWhirter.

MacWhirter entra d'un pas décidé. Et il marcha droit sur Battle :

— Vous êtes l'officier de police chargé du dossier Tressilian ?

— En effet.

— Alors, j'ai une déclaration importante à vous faire. Je regrette beaucoup de n'être pas venu plus tôt, mais ce n'est que tout récemment que j'ai saisi la gravité d'un fait dont j'ai été le témoin dans la soirée de lundi dernier.

Il jeta autour de lui un rapide coup d'œil :

— Serait-il possible que nous en parlions ailleurs ?

Battle se tourna vers Leach :

— Restez ici avec Mrs Strange, voulez-vous ?

— Bien, monsieur, répondit l'inspecteur comme l'exige le règlement.

Sur quoi, il se pencha pour murmurer quelques mots à l'oreille de son oncle.

— Venez par ici, indiqua le superintendant à MacWhirter.

Il le conduisit à la bibliothèque.

— Et maintenant, de quoi s'agit-il ? Mon jeune collègue m'a dit vous avoir déjà vu ici... l'hiver dernier.

— Parfaitement exact. Une tentative de suicide. Cela fait partie de mon histoire.

— Je vous écoute, Mr MacWhirter.

— En janvier dernier, j'ai essayé de me tuer en me jetant du haut de Stark Head. J'y suis retourné me promener lundi soir. Et j'y suis resté un petit bout de temps. J'ai commencé par regarder la mer, du côté d'Easterhead Bay, et puis j'ai levé les yeux sur ma gauche. C'est-à-dire que j'ai regardé en direction de cette maison. J'en distinguais les moindres détails dans le clair de lune.

— Oui ?

— Jusqu'à aujourd'hui, je ne m'étais pas avisé que c'était précisément le soir où le crime a été commis.

Il se pencha en avant :

— Je vais vous dire ce que j'ai vu.

16

Il ne s'était guère écoulé plus de cinq minutes avant que Battle ne retourne au salon. Mais, pour ceux qui l'y attendaient, le temps avait semblé incomparablement plus long.

Kay avait soudain perdu tout contrôle sur elle-même.

— Je savais que c'était vous ! avait-elle hurlé à Audrey. J'ai toujours su que c'était vous ! Je savais bien que vous mijotiez quelque chose...

Mary Aldin s'était empressée :

— Kay, je vous en prie.

Neville était intervenu aigrement :

— La ferme, Kay, bon Dieu !

Ted Latimer était venu consoler la jeune femme, qui s'était mise à pleurer.

— Reprends-toi, lui avait-il murmuré avec douceur.

Et il s'en était pris à Neville :

— Vous n'avez pas l'air de vous rendre compte que Kay vient d'en voir de toutes les couleurs. Pourquoi ne vous occupez-vous pas un peu d'elle, Strange ?

— Ça va aller, avait dit Kay.

— Faudrait pas me pousser beaucoup pour que je t'arrache à toute cette bande ! avait repris Ted.

L'inspecteur Leach s'était raclé la gorge. Il n'avait eu que trop souvent l'occasion de constater qu'en pareils moments, on profère bien des sottises. Et que le plus ennuyeux, c'est qu'elles refont d'ordinaire surface à l'instant précis où on donnerait n'importe quoi pour ne pas les avoir prononcées.

Enfin, Battle revint, le visage plus inexpressif que jamais :

— Voulez-vous rassembler quelques affaires, Mrs Strange ? La règle exige, hélas, que l'inspecteur Leach vous accompagne en haut.

— Je monte aussi, dit Mary Aldin.

Dès que les deux femmes se furent retirées avec l'inspecteur, Neville s'inquiéta :

— Qu'est-ce que voulait ce type ?

— Mr MacWhirter m'a raconté une histoire bien étrange, répondit lentement Battle.

— Est-ce que ça peut aider Audrey ? Vous êtes toujours décidé à l'arrêter ?

— Je vous l'ai dit, Mr Strange. Je dois accomplir mon devoir.

Neville se détourna, l'air déçu :

— Je crois que je ferais bien de téléphoner à Trelawny.

— Il n'y a pas d'urgence à cela, Mr Strange. Je voudrais tout d'abord procéder à une expérience qui découle de la déposition de Mr MacWhirter. Mais je tiens à ce qu'auparavant Mrs Strange ait quitté les lieux.

Flanquée de Leach, Audrey descendait précisément l'escalier. Elle conservait son air lointain, détaché.

Neville s'approcha d'elle, mains tendues :

— Audrey...

Elle le balaya d'un regard vide :

— Ne t'inquiète pas, Neville. Ça m'est égal. Tout m'est égal.

Thomas Royde se tenait devant la grand-porte, comme s'il voulait barrer le passage.

— Thomas-le-Fidèle, murmura-t-elle.

— Si je peux faire quoi que ce soit, grommela-t-il.

— Personne ne peut rien faire, répliqua Audrey.

Elle sortit, la tête haute. Une voiture de police attendait dehors, le sergent Jones au volant.

Audrey et Leach y montèrent.

— Belle sortie ! murmura Ted Latimer, admiratif.

Neville se tourna vers lui, ivre de colère. Non sans dextérité, le superintendant Battle interposa sa corpulence entre les deux hommes et éleva une voix apaisante :

— Comme je viens de vous le dire, j'ai une expérience à faire. Mr MacWhirter nous attend à l'embarcadère. Nous avons rendez-vous avec lui dans dix minutes. Nous monterons à bord d'une chaloupe à moteur. Aussi, les dames feraient bien de se vêtir chaudement. Dans dix minutes, je vous prie.

On aurait dit un metteur en scène dirigeant les acteurs de sa troupe.

Il feignit d'ignorer leurs mines stupéfaites.

L'HEURE ZÉRO

1

Il faisait un petit froid vif, sur l'eau, et Kay s'emmitoufla un peu plus dans sa veste de fourrure.

Descendant l'embouchure de la Tern, la chaloupe passa au large de la Pointe-aux-Mouettes et s'engagea dans l'anse qui la séparait de la masse rébarbative de Stark Head.

A deux ou trois reprises, quelqu'un avait tenté de poser une question, mais chaque fois, Battle avait levé sa main en battoir pour signifier que le moment n'était pas encore venu. Aussi le silence n'était-il rompu que par le choc des vagues fendues par l'étrave. Kay et Ted, serrés l'un contre l'autre, regardaient dans l'eau. Neville s'était affalé sur un banc, jambes étendues devant lui. Mary Aldin et Thomas Royde s'étaient assis à l'avant. Tous lançaient à tour de rôle des coups d'œil intrigués à la haute silhouette solitaire de MacWhirter, seul à la poupe. Dos tourné, tête rentrée dans les épaules, il ne leur avait pas accordé un regard depuis le départ.

Ce ne fut qu'une fois l'embarcation dans la zone d'ombre de Stark Head que Battle fit baisser le régime du moteur et prit la parole. Il s'exprima dans les termes les plus simples, et sur un ton qui reflétait, avant tout, l'intensité de sa réflexion :

— De toutes les affaires dont j'ai jamais eu connaissance, celle-ci est l'une des plus singulières, et je voudrais en préambule vous toucher deux mots du meurtre en général. Ce que je vais vous dire ne brille pas par son originalité — je viens d'entendre le petit Daniels junior, l'avocat à la mode, tenir des propos similaires. Et je ne serais pas surpris qu'il ait lui-même emprunté sa théorie à quelque éminent confrère — cela fait partie de son talent !

» Voici ce dont il s'agit. Quand vous lisez le compte rendu d'un meurtre — ou une œuvre de fiction basée sur une histoire de meurtre —, c'est par la relation dudit meurtre que débute d'ordinaire le récit. C'est là une erreur fondamentale. La mécanique criminelle est en marche depuis bien longtemps. Un meurtre est le point culminant d'une série d'éléments circonstanciels qui, tous, convergent vers un moment donné, en un lieu donné. Des gens venus de tous les horizons, et souvent pour des motifs fortuits, s'y trouvent impliqués. Mr Royde, qui vit en Malaisie, est ici en vacances. Mr MacWhirter est ici parce qu'il a voulu revoir le lieu où il avait naguère tenté de se suicider. Le meurtre lui-même n'est que le couronnement de l'histoire. C'est l'heure zéro.

Battle marqua un temps.

— L'heure zéro, c'est maintenant, décréta-t-il enfin.

Cinq visages se tournèrent vers lui. Cinq visages ahuris. Cinq seulement, car Angus MacWhirter n'avait pas bougé.

Mary Aldin fut la première à s'exprimer :

— Vous voulez dire que la mort de lady Tressilian est le point culminant d'une longue suite d'éléments circonstanciels ?

— Non, miss Aldin. Pas la mort de lady Tressilian. La mort de lady Tressilian n'était qu'une péripétie secondaire, qui visait seulement à permettre au meurtrier d'atteindre son objectif principal. Le meurtre dont il est question ici, c'est le meurtre d'Audrey Strange.

Il prêta l'oreille aux respirations haletantes de son auditoire. Il se demandait si quelqu'un s'apprêtait soudain à céder à la peur...

— Cet acte criminel a été planifié de longue main — probablement au début de l'hiver dernier. Tout avait été prévu avec la plus extrême minutie. L'assassin ne poursuivait qu'un but, et un seul : qu'Audrey Strange soit pendue par le cou jusqu'à ce que mort s'ensuive...

» Mis au point avec un machiavélisme somme toute assez puéril, ce plan était l'œuvre de quelqu'un qui se juge d'une intelligence extrême. Les assassins pèchent souvent par excès de vanité. La manœuvre consistait à accumuler des preuves censées accabler Neville Strange — mais si grossières que nous ne les retiendrions pas longtemps. Ayant déjà eu sous le nez notre lot d'indices truqués, il semblait aller de soi que nous ne soupçonnerions jamais une réédition du même stratagème. Et pourtant, si vous y regardez à deux fois, toutes les preuves qui accusent Audrey Strange pourraient avoir été truquées, elles aussi. L'arme du crime provenant du garde-feu de sa cheminée... Le gant gauche souillé de sang, caché dans le lierre sous sa fenêtre. Un nuage de sa poudre de riz dans le col d'un veston, agrémenté de quelques-uns de ses cheveux. Une de ses empreintes digitales, figurant tout naturellement sur le rouleau de pansement adhésif subtilisé dans sa chambre. Et jusqu'au coup mortel, porté de la main gauche.

» Et, pour parachever l'ensemble, il y avait le comportement de Mrs Strange elle-même. Je suis persuadé que pas un seul d'entre vous — à l'exception de celui qui sait — ne peut croire à son innocence après l'attitude qu'elle a eue quand nous l'avons arrêtée. Elle a pratiquement reconnu sa culpabilité, n'est-ce pas ? Sans une fâcheuse expérience personnelle vécue il y a peu, j'aurais pu, moi aussi, ne pas la croire innocente. Mais quand je l'ai vue et entendue tout à l'heure, j'ai reçu comme un coup de poing dans l'estomac. Car, voyez-vous, j'ai connu une gamine qui s'est comportée rigoureusement de la même façon, et qui a admis sa culpabilité alors qu'elle n'était pas coupable... Et Audrey Strange me regardait avec les yeux de cette gamine...

» Il fallait néanmoins que j'accomplisse mon devoir. Je n'avais pas le choix. Nous autres policiers, nous ne pouvons obéir à nos intuitions, ni même à nos convictions : il ne nous est permis d'agir qu'à partir des preuves dont nous disposons. Mais je peux bien vous avouer qu'en cet instant précis, j'ai prié pour que survienne un miracle... parce que je ne voyais qu'un miracle pour sauver cette malheureuse.

» Eh bien, mon miracle, je l'ai eu. Et sans traîner !

» Mr MacWhirter, ici présent, est venu me raconter son histoire.

Battle lui fit signe :

— Voudriez-vous, Mr MacWhirter, répéter ici ce que vous m'avez dit à la Pointe-aux-Mouettes ?

MacWhirter se tourna vers les autres. Il s'exprima en phrases brèves, qui emportaient la conviction par leur concision même.

Il raconta son suicide manqué du mois de janvier, et expliqua comment il avait éprouvé le désir d'en revoir les lieux :

— Je suis monté là-haut lundi soir. J'y suis resté un bon bout de temps, perdu dans mes pensées. Ça devait se situer, en gros, aux environs de 11 heures. Je regardais cette maison, là-bas, perchée sur la falaise... J'ai appris depuis qu'il s'agissait de la Pointe-aux-Mouettes.

Il s'interrompit un instant.

— Il y avait une corde, reprit-il. Une corde qui pendait de l'une des fenêtres et qui descendait jusque dans la mer. Et j'ai vu un homme grimper à cette corde...

Il ne leur fallut que peu de temps pour comprendre.

— Alors, c'était bien un étranger, après tout ? s'écria Mary. Ça n'avait rien à voir avec aucun d'entre nous. Ce n'était qu'un vulgaire cambrioleur !

— Pas si vite, intervint Battle. Il s'agissait bien de quelqu'un qui venait de l'autre rive, c'est vrai, puisqu'il avait traversé à la nage. Mais il avait bien fallu que quelqu'un, dans la maison, dispose cette corde à son intention. Donc, l'implication de quelqu'un de la maison est évidente.

» Nous savons, en outre, poursuivit-il avec une lenteur étudiée, que quelqu'un se trouvait précisément sur l'autre rive, ce soir-là... Quelqu'un que personne n'a vu entre 10 heures et demie et 11 heures et quart, et qui aurait pu faire l'aller et retour à la nage. Quelqu'un qui aurait pu trouver une complicité sur cette rive-ci...

» Hein, Mr Latimer ?

Ted fit un pas en avant.

— Mais je ne sais pas nager ! cria-t-il d'une voix aiguë. Tout le monde sait que je ne sais pas nager ! Kay, dis-leur que je ne sais pas nager !

— Bien sûr, que Ted ne sait pas nager, confirma Kay.

— Ah bon ? sourit Battle.

Il se dirigea vers l'avant de l'embarcation tandis que Ted venait à sa rencontre. Il y eut une légère confusion, un ou deux mouvements maladroits, puis un plouf sonore.

— Doux Jésus ! s'inquiéta aussitôt le superintendant Battle. Mr Latimer est passé par-dessus bord.

Il retint d'une main ferme Neville qui s'apprêtait à plonger :

— Non, non, Mr Strange. Inutile de vous mouiller,

vous aussi. Deux de mes hommes sont prêts à agir... Ce sont eux qui pêchent dans ce youyou.

Il se pencha sur le bastingage.

— Effectivement, fit-il d'un air pénétré. Il ne sait pas nager. C'est parfait. Ah, ils l'ont repêché. Je lui présenterai mes excuses tout à l'heure, mais il n'y a guère qu'un moyen de s'assurer que quelqu'un ne sait pas nager : c'est de le flanquer à l'eau et de voir ce qui se passe. Voyez-vous, Mr Strange, j'aime faire les choses à fond. Il fallait que j'élimine tout d'abord Mr Latimer de ma liste des suspects. Mr Royde, lui, a un bras estropié, il serait bien en peine de grimper à la corde lisse.

La voix de Battle tenait maintenant du ronronnement :

— Ce qui nous ramène à vous, n'est-ce pas, Mr Strange ? Sportif accompli, alpiniste éprouvé, bon nageur, et j'en passe... Vous avez bien traversé par le bac de 10 heures et demie mais, bien que vous nous ayez affirmé avoir aussitôt cherché en vain Mr Latimer dans les salons de l'*Easterhead Bay Hotel*, personne ne peut jurer vous y avoir vu avant 11 heures et quart.

Neville dégagea son bras. Rejetant la tête en arrière, il éclata de rire :

— Vous insinuez que, moi, j'aurais traversé l'embouchure à la nage et que j'aurais grimpé au moyen d'une corde...

— ... que vous aviez laissée accrochée à votre fenêtre avant de partir, compléta Battle.

— Et j'aurais tué lady Tressilian, et je serais reparti sur l'autre rive, toujours à la nage ? Pourquoi aurais-je fait des choses aussi extravagantes ? Et qui est-ce qui a laissé tous ces indices dirigés contre moi, hein ? Moi, peut-être ? Pour m'accuser moi-même ?

— Exactement, répliqua Battle. Et ce n'était pas une si mauvaise idée.

— Pourquoi diable aurais-je voulu tuer Camilla Tressilian ?

— Vous n'en aviez pas la moindre envie. Mais vous vouliez qu'on pende la femme qui avait osé vous quitter pour un autre. Mentalement, vous êtes un peu dérangé, Mr Strange. Et ce, depuis votre enfance — j'ai repris le dossier de cette vieille histoire d'arc et de flèches, à propos. Quiconque vous a offensé doit être puni... et la mort ne vous paraît pas un châtiment excessif. Mais la mort elle-même, pensiez-vous, ne suffisait pas pour Audrey... votre Audrey, que vous aimiez... oh oui ! que vous aimiez de toute votre âme avant que votre amour ne se change en haine. Il vous a fallu imaginer pour elle une mort de choix, une mort lente et raffinée, qui sorte vraiment de l'ordinaire... Et une fois votre décision prise, la perspective d'avoir à tuer la femme qui vous avait pratiquement servi de mère ne vous a fait ni chaud ni froid.

— Ce n'est pas vrai ! Ce n'est pas vrai ! se mit à psalmodier Neville d'une voix infiniment douce. Et je ne suis pas fou. Je ne suis pas fou du tout.

— Ça vous a flanqué une baffe, quand elle vous a quitté pour aller filer le parfait amour avec un autre, pas vrai ? cracha Battle avec mépris. Il en a pris un sacré coup, votre orgueil ! Vous rendre compte qu'elle avait osé vous laisser choir, vous. Vous avez sauvé la face en faisant croire à tout le monde que c'était vous qui l'aviez quittée et, pour appuyer vos dires, vous vous êtes empressé de vous remarier avec une fille qui était amoureuse de vous. Mais, au fond de vous-même, vous réfléchissiez déjà au sort que vous feriez subir à Audrey. Et vous n'avez rien trouvé de mieux que ça : la faire pendre. Excellente idée... Dommage que vous n'ayez pas été assez brillant pour parvenir à la mener à bien !

Sous son veston de tweed, les épaules de Neville semblaient agitées d'un mouvement étrange, incontrôlable.

Battle ne prit pas le temps de souffler :

— Puérile, votre histoire du club de golf ! Enfantins, ces indices, gros comme des maisons, qui conduisaient à vous ! Audrey ne pouvait pas ne pas savoir où vous vouliez en venir ! Mine de rien, elle devait bien rigoler ! Et dire que vous pensiez que je ne vous soupçonnais pas ! Vous autres assassins, vous n'êtes que des minables ! Imbus de vous-mêmes ! Toujours à vous croire les plus malins, alors que vous n'êtes que des pauvres types avec un cerveau de mioche au biberon...

Ce fut un étrange gémissement que poussa Neville :

— Je vous dis que c'était un bon plan... Un bon plan, na ! Vous n'auriez jamais rien découvert. Jamais ! S'il n'y avait pas eu cet abruti de de-quoi-je-me-mêle d'Ecossais pompeux à la gomme, vous n'auriez rien découvert du tout. J'avais pensé à tous les détails... tous les détails ! Ce qui n'a pas marché, moi, je n'y pouvais rien. Comment est-ce que j'aurais pu savoir que Royde était au courant, pour Audrey et Adrian ? Audrey et Adrian... Qu'Audrey aille au diable... qu'elle se balance au bout de sa corde... Il faut que vous la fassiez pendre... Je veux qu'elle meure au comble de la terreur... qu'elle meure... qu'elle meure... Je la hais. Je vous dis que je veux qu'elle meure...

La litanie suraiguë avait fini par s'éteindre. Neville s'effondra et se mit à pleurer à petit bruit.

— Oh, Seigneur ! souffla Mary Aldin, blême.

— Je suis désolé, dit Battle à voix basse, mais il fallait que je le pousse à bout... Je n'avais pas beaucoup de vraies preuves, vous savez.

Neville geignait toujours. Il avait la voix d'un tout petit enfant :

— Je veux qu'on la pende. Je veux qu'on la pende...

Mary Aldin frissonna et se tourna vers Thomas Royde.

Il lui prit la main.

2

— J'ai toujours eu peur, dit Audrey.

Ils étaient sur la terrasse. Audrey s'était assise tout près du superintendant Battle. Battle avait repris le cours de ses vacances et était revenu à la Pointe-aux-Mouettes en ami.

— J'ai toujours eu peur, répéta Audrey. Tout le temps.

Battle hocha la tête :

— Dès la première fois que je vous ai vue, j'ai compris que vous étiez morte de peur. Vous aviez l'air guindé des gens qui dissimulent des sentiments très forts. Ç'aurait pu être de l'amour, ou encore de la haine, mais en fait, c'était de la peur, n'est-ce pas ?

— J'ai commencé à avoir peur de Neville peu de temps après notre mariage. Mais ce qu'il y avait d'atroce, voyez-vous, c'est que je ne comprenais pas pourquoi. Et je me suis mise à penser que c'était moi qui étais folle.

— Oh non, ce n'était pas vous.

— Neville m'avait paru tellement équilibré, tellement bien dans sa peau, quand je l'ai épousé. Il se montrait toujours exquis et de bonne humeur.

— Intéressant, observa Battle. Il avait opté très tôt pour le personnage du beau joueur. C'est la raison pour laquelle il se maîtrisait si bien en tournois. Pour lui, il était plus important d'assumer à la perfection son rôle que de gagner un match. Mais cela lui imposait une tension permanente, comme c'est toujours le cas lorsqu'on joue un rôle de composition. Et, par-dessous ce vernis, sa névrose a empiré.

— Par-dessous, répéta Audrey avec un frisson. Toujours par-dessous. Rien sur quoi mettre le doigt. Juste, parfois, un mot, ou un regard — ce qui fait que j'étais persuadée de donner dans le délire d'interprétation. C'est un sentiment étrange. Mais comme je vous le disais, je pensais que c'était moi qui n'étais pas normale. Et je me suis mise à avoir de plus en plus peur... de cette peur irraisonnée et qui vous rend cinglé.

» Je me disais que je devenais folle... mais je n'y pouvais rien. J'aurais donné n'importe quoi pour avoir la force de m'échapper ! Et puis Adrian est venu. Il m'a dit qu'il m'aimait. J'ai pensé que ce serait merveilleux de partir avec lui. Et nous sommes tous deux convenus de...

Elle se mordit les lèvres :

— Vous savez ce qui s'est passé ? Je suis partie pour retrouver Adrian... Mais il n'est jamais venu... Il s'était tué en voiture... J'ai toujours eu l'impression que Neville y était pour quelque chose.

— Ç'a peut-être été le cas, marmonna Battle.

Elle bondit :

— Oh, vous croyez ?

— Maintenant, personne ne le saura plus jamais. Un accident de voiture, ça peut s'organiser, bien sûr. Mais ne remâchez pas trop cette histoire, Mrs Strange. Il n'est pas impossible non plus que ce soit arrivé par hasard.

— J'étais... j'étais anéantie. Je suis allée chercher refuge au Rectory, la maison d'Adrian. Nous allions écrire à sa mère pour lui faire part de nos intentions, mais puisqu'elle ignorait nos projets, j'ai préféré ne lui parler de rien, pour ne pas lui causer davantage de chagrin. Et Neville est arrivé presque tout de suite. Il a été très gentil... Il s'est montré... adorable... mais tout le temps que nous avons parlé, j'étais morte de peur ! Il m'a dit que personne n'avait besoin de savoir à propos d'Adrian, que je pourrais demander le divorce à ses torts, qu'il me fournirait les preuves nécessaires, et qu'il se remarierait ensuite. J'étais pleine de gratitude. Je savais qu'il avait trouvé Kay très séduisante, et j'espérais que tout finirait bien et que je guérirais de mes obsessions. Je pensais toujours que si quelqu'un ne tournait pas rond, c'était moi.

» Mais je ne suis pas parvenue à en guérir... pas tout à fait. Je n'ai jamais eu complètement l'impression d'avoir réussi à m'échapper. Et puis, un jour, j'ai rencontré Neville à Hyde Park. Il m'a expliqué qu'il tenait à ce que Kay et moi devenions amies. Il a suggéré que nous nous retrouvions tous ici en septembre. Après tout ce qu'il avait fait pour moi, comment aurais-je pu refuser ?

— « Viendras-tu dans mon boudoir ? dit l'araignée à la mouche », cita le superintendant Battle.

Audrey frissonna.

— Oui, c'est tout à fait ça...

— Sur ce point, il a très bien manœuvré, souligna Battle. Il a clamé si haut que c'était son idée que tout le monde a été convaincu du contraire.

— Et puis je suis venue ici, reprit Audrey, et j'ai aussitôt sombré dans une sorte de cauchemar. Je savais que quelque chose d'horrible allait arriver... Je savais que Neville avait l'intention bien arrêtée que ça arrive... Et je savais que ça devait m'arriver à moi. Mais je ne savais pas ce que ce serait. Je crois vraiment, voyez-vous, que j'ai bien failli perdre la tête ! La terreur me paralysait... comme dans ces rêves où vous voyez le danger fondre sur vous et où vous ne pouvez plus bouger...

— J'avais toujours pensé, dit le superintendant Battle, que j'aimerais voir un jour un serpent fasciner un oiseau jusqu'à l'empêcher de s'envoler... mais je ne suis plus très sûr maintenant d'en avoir encore envie.

Audrey, cependant, avait repris :

— Quand lady Tressilian a été tuée, j'ai compris que cela signifiait quelque chose. Mais je n'ai pas compris quoi. J'étais hébétée. Je n'ai même pas soupçonné Neville. Je savais que l'argent ne l'intéressait pas... Il était absurde d'imaginer qu'il ait pu la tuer pour hériter cinquante mille livres.

» J'ai tourné et retourné dans ma tête l'histoire que Mr Treves nous avait racontée le soir où il est venu. Mais je ne parvenais pas non plus à établir un lien avec Neville. Mr Treves avait parlé d'une particularité physique qui lui permettrait de reconnaître cet enfant. Moi, j'ai une cicatrice à l'oreille, mais je ne voyais aux autres aucun signe particulier.

— Miss Aldin a une mèche blanche, rappela Battle. Et Thomas Royde, un bras estropié, qui aurait pu ne pas être la séquelle d'un tremblement de terre. La forme du crâne de Mr Latimer est très particulière. Et Neville Strange...

— Je vous garantis bien que Neville n'a aucun signe particulier !

— Oh si... il en a un. Le petit doigt de sa main gauche est sensiblement plus court que celui de sa main droite. C'est très rare, Mrs Strange... vraiment très rare.

— Ainsi, c'était ça ?

— C'était ça.

— Et c'est Neville qui a accroché cette pancarte sur l'ascenseur ?

— Oui. Il a fait un saut au *Balmoral* pendant que Royde et Latimer prenaient un verre avec le pauvre vieux. Simple, mais il fallait y penser. Et je doute fort que nous puissions jamais prouver que ça aussi, c'était un meurtre.

Audrey frissonna de nouveau.

— Allons, allons, dit Battle. Tout cela, c'est fini, mon petit. Mais parlez-moi encore.

— Vous êtes doué, dans votre genre ! Ça fait des années que je n'ai pas autant parlé !

— Eh non ! Et vous avez eu bien tort. Quand avez-vous commencé à comprendre où nous menait le petit jeu de messire Neville ?

— Je ne sais pas au juste. Ça m'est venu d'un seul

coup. Il venait d'être lavé de toute accusation, ce qui rejetait les soupçons sur nous tous. Et soudain, je me suis aperçue qu'il me regardait avec... avec une espèce d'exultation féroce. C'est à ce moment-là que j'ai compris ! Et c'est à ce moment-là aussi que...

Elle s'interrompit net.

— C'est à ce moment-là que quoi ?

— Que je me suis dit, reprit lentement Audrey, que plus vite on en aurait fini, mieux cela vaudrait.

Le superintendant Battle secoua la tête d'un air de reproche.

— N'abandonnez jamais. Telle est ma devise.

— Oh, vous avez bien raison. Mais vous ne savez pas ce que c'est que d'avoir peur pendant aussi longtemps. Ça vous paralyse... Vous n'arrivez plus à réfléchir... plus à réagir... Vous attendez seulement que le cataclysme survienne. Et alors, quand cela se produit...

Elle sourit soudain. Un sourire très bref.

— Vous ne pouvez pas imaginer le soulagement ! Ne plus attendre en tremblant... parce que c'est enfin là. Vous me croirez folle à lier si je vous dis que quand vous êtes venu m'arrêter pour meurtre, ça ne m'a fait ni chaud ni froid. Neville avait parachevé son œuvre de mort, et c'était terminé. En sortant avec l'inspecteur Leach, je me suis enfin sentie en sécurité.

— C'est en partie pour ça que nous vous avons emmenée, expliqua Battle. Je voulais vous mettre hors de la portée de ce cinglé. Par-dessus le marché, si je voulais le faire craquer, il fallait que je puisse compter sur l'effet de choc. Il avait vu son plan couronné de succès, du moins le croyait-il... La secousse n'en serait que plus forte.

— S'il n'avait pas craqué, vous aviez quand même des preuves contre lui ? demanda Audrey à voix basse.

— Rien de trop. Il y avait l'histoire de MacWhirter, qui disait avoir vu au clair de lune un homme grimper à une corde. Et, pour la corroborer, la corde elle-même, roulée dans le débarras, encore humide — il pleuvait, ce soir-là, voyez-vous.

Il s'interrompit et fixa Audrey comme s'il s'attendait à une remarque de sa part.

Comme elle ne relevait pas, il reprit :

— Il y avait aussi le complet à rayures. Bien entendu, il s'est déshabillé dans le noir, côté Easterhead Bay, sur la pointe rocheuse où certains d'entre vous s'isolent pour se baigner, et il a fourré son complet dans une anfractuosité de rocher. Il se trouve qu'il y avait au fond un poisson en décomposition, abandonné là par la marée. Ça a fait une vilaine tache à l'épaule... et ça a pué. J'ai découvert qu'on avait jasé sur les systèmes de vidange de l'hôtel. C'était Neville lui-même qui avait lancé la rumeur. Il avait eu beau garder son imperméable par-dessus son costume, la puanteur vous prenait quand même à la gorge. Le lendemain, il a eu la frousse et, à la première occasion, il a porté le costume chez le teinturier. Mais comme un imbécile, il n'a pas donné son propre nom. Il a choisi, au hasard, un nom qu'il avait vu sur le registre de l'hôtel. C'est comme cela que votre ami MacWhirter a eu ce costume en main. Et comme il a un cerveau qui fonctionne bien, il a établi la relation avec l'homme qui grimpait à la corde. Un poisson crevé, on peut marcher dessus par inadvertance, mais y poser son épaule, ça paraît déjà moins vraisemblable, sauf si on s'est déshabillé pour prendre un bain de minuit — or, qui aurait l'idée de se baigner pour le plaisir par une nuit pluvieuse de septembre ? Il a su réunir toutes les pièces du puzzle. Un garçon très ingénieux, Mr MacWhirter.

— Pas seulement ingénieux, sourit Audrey.

— Hum ! Oui, peut-être bien. Vous voulez en savoir davantage sur son compte ? Je peux vous donner des bribes de son histoire.

Audrey l'écouta attentivement. Battle jugea que le sujet semblait vraiment la passionner.

— Je lui dois beaucoup, dit-elle enfin. Et à vous aussi.

— A moi, vous ne devez pas grand-chose, répliqua le superintendant Battle. Si je n'avais pas été complètement bouché, j'aurais tout de suite compris l'histoire de la sonnette.

— La sonnette ? Quelle sonnette ?

— La sonnette qui permettait à lady Tressilian d'appeler Barrett depuis sa chambre. Je m'étais dit tout de suite qu'il y avait là un truc qui ne collait pas. Et j'ai été à deux doigts de découvrir le pot aux roses quand je suis descendu du second étage et que j'ai vu une de ces perches qui servent à ouvrir les impostes.

» Ce coup de sonnette n'avait qu'un but et un seul : fournir un alibi à Neville Strange. Lady Tressilian ne se souvenait plus pourquoi elle avait sonné Barrett... Pas étonnant, parce qu'elle n'avait pas sonné du tout ! C'est Neville qui avait actionné avec la perche, dans le couloir, les fils de la sonnette qui couraient le long du plafond.

» Barrett descend. Par-dessus la rampe, elle aperçoit Neville Strange qui dévale les dernières marches, traverse le hall et sort. Et, dans la chambre de lady Tressilian, elle trouve sa maîtresse tout ce qu'il y a de vivante et en parfaite santé.

» Mais cette histoire de caméristе ne me plaisait pas. A quoi bon droguer Barrett en vue d'un meurtre qui serait commis avant minuit ? Dix contre un que le somnifère n'aurait pas encore eu le temps d'agir. En revanche, l'intérêt est double : primo, cela nous ancre dans l'esprit l'hypothèse du crime « interne », commis par un habitant de la maison ; secundo, en attendant que Barrett émerge de sa torpeur, cela laisse à Neville Strange un bon petit bout de temps pour jouer de manière convaincante son rôle de suspect numéro un...

» Barrett sort enfin du coma. Elle parle. Et Neville est si triomphalement blanchi que personne n'ira vérifier de trop près l'heure à laquelle il est arrivé à l'hôtel. Nous savions qu'il n'avait pas retraversé par le bac, et qu'aucune embarcation n'avait quitté la rive. Ne restait donc que la possibilité d'une traversée à la nage.

» Il est excellent nageur. Mais il ne dispose quand même que d'un laps de temps très court. Il grimpe à la corde qu'il a laissée pendre à sa fenêtre et saute à l'intérieur en inondant le plancher au passage ainsi que nous l'avons noté — mais sans comprendre de quoi il s'agissait, je regrette de l'avouer. Une fois là, enfiler son complet bleu marine et se faufiler dans la chambre de lady Tressilian — oublions les détails morbides — ne lui prend pas plus de deux ou trois minutes s'il a monté à l'avance la boule d'acier sur son manche de raquette. Il ne lui reste plus, dès lors, qu'à retourner dans sa chambre, à enlever son fameux complet, à se laisser glisser au bas de la corde et à retourner à Easterhead.

— Imaginez que Kay soit entrée ?

— Je parie qu'elle avait eu droit à une mini-dose de somnifères. Elle n'avait, paraît-il, pas arrêté de bâiller de tout le dîner. En outre, il avait pris soin de se quereller avec elle dans l'après-midi, afin qu'elle verrouille sa porte et débarrasse le plancher.

— J'essaie de me souvenir si j'avais remarqué qu'une des boules manquait au garde-feu. Je crois que non. Quand l'a-t-il remise en place ?

— Le lendemain matin, en profitant de l'affolement général. Une fois rentré en voiture avec Ted Latimer, il avait toute la nuit pour effacer ses traces, mettre ses faux indices en place, recoller la raquette et ainsi de suite. Au fait, il a frappé lady Tressilian de revers. C'est ce qui a fait croire que le crime avait été commis par un gaucher. Le point fort de Strange a toujours été son revers.

— Taisez-vous... taisez-vous...

Audrey leva une main suppliante :

— Je ne peux pas en supporter davantage.

Il lui sourit.

— Ça vous a tout de même fait du bien qu'on vide l'abcès. Puis-je me mêler de ce qui ne me regarde pas, Mrs Strange, et vous donner un conseil ?

— Oui, je vous en prie.

— Vous avez vécu huit années aux côtés d'un fou criminel — plus qu'assez pour détraquer les nerfs de n'importe qui. Il faut désormais chasser ça de votre esprit, Mrs Strange. Vous n'avez plus aucune raison d'avoir peur... Mettez-vous bien ça dans la tête.

Audrey lui adressa un vrai sourire. Ses traits avaient perdu leur aspect figé au profit d'une douceur nouvelle, d'une timidité empreinte de confiance, et ses yeux très écartés n'exprimaient plus que gratitude.

— Vous avez dit aux autres, articula-t-elle, hésitant un peu, que vous connaissiez une gamine... une gamine qui s'était comportée comme moi...

Battle hocha la tête avec lenteur.

— Il s'agissait de ma fille. Le miracle, voyez-vous, devait se produire. C'est pour que nous en tirions des enseignements que ces épreuves nous sont infligées !

3

Angus MacWhirter bouclait ses bagages.

Il déposa avec soin trois chemises dans sa valise, et puis son costume bleu marine qu'il n'avait pas oublié d'aller chercher chez le teinturier. Deux complets, confiés par deux MacWhirter différents, c'en avait été trop pour la fille du comptoir.

On frappa à la porte.

— Entrez ! lança-t-il.

C'était Audrey Strange.

— Je suis venue vous remercier... Vous faites vos bagages ?

— Oui. Je pars ce soir. J'embarque après-demain.

— Pour l'Amérique du Sud ?

— Pour le Chili.

— Je vais vous donner un coup de main.

Il protesta, mais elle passa outre à ses objections. Il l'observa tandis qu'elle rangeait ses affaires : vite, avec ordre et méthode.

— Et voilà, dit-elle quand elle eut terminé.

— Vous faites ça très bien, dit-il.

Il y eut un silence. Qu'Audrey finit par rompre :

— Vous m'avez sauvé la vie... Si vous n'aviez pas vu ce que vous avez vu...

Elle se tut un instant très bref, puis reprit :

— Est-ce que vous vous êtes rendu compte tout de suite, ce soir-là, sur la falaise, quand vous... quand vous m'avez empêchée de sauter... quand vous m'avez dit « Rentrez chez vous, je veillerai à ce que vous ne soyez pas pendue »... Est-ce que c'est à ce moment-là que vous vous êtes rendu compte que vous pouviez apporter des preuves capitales ?

— Pas précisément, reconnut Angus MacWhirter. Il a d'abord fallu que je me creuse la cervelle.

— Mais alors, comment avez-vous pu dire... ce que vous avez dit ?

MacWhirter n'aimait guère dévoiler l'absolu simplisme de son processus intellectuel :

— Je ne voyais pas plus loin que ce que j'avais en tête : tout mettre en œuvre pour que vous ne soyez pas pendue.

Le rouge vint aux joues d'Audrey.

— Mais à supposer que j'aie été coupable ?

— Ça n'y aurait rien changé.

— Vous pensiez que j'étais coupable, à ce moment-là ?

— Je n'ai pas trop réfléchi à la question. J'inclinais à penser que vous étiez innocente. Mais, de toute façon, ça n'avait pas d'importance pour ce que je voulais faire.

— Et c'est aussi à ce moment-là que vous vous êtes souvenu de l'homme qui grimpait à la corde ?

MacWhirter observa le silence pendant un petit moment. Puis il s'éclaircit la voix :

— Je crois que je peux vous le dire, maintenant. En fait, je n'ai jamais vu d'homme grimper à la corde — et pour cause : c'est le dimanche soir que j'étais retourné à Stark Head, et pas le lundi. Ce qui avait dû se passer, je l'ai déduit de l'état du costume gris à rayures qu'on m'a donné chez le teinturier à la place du mien — et mes suppositions ont été confirmées par la présence, dans le débarras, d'une corde encore humide.

Jusque-là rougissante, Audrey avait blêmi.

— Votre déposition n'était qu'un tissu de mensonges ? demanda-t-elle, incrédule.

— Avec la police, ce ne sont pas des hypothèses qui auraient emporté le morceau. Il fallait que je leur dise que j'avais vu ce qui s'était passé.

— Mais... mais vous auriez pu avoir à déposer sous serment à mon procès !

— Bien sûr.

— Vous auriez fait ça ?

— Evidemment.

— Mais enfin ! s'écria Audrey qui n'en croyait pas ses oreilles, Vous... vous êtes quand même l'homme qui a perdu sa situation et qui en est arrivé à se jeter du haut d'une falaise parce qu'il ne voulait pas transiger avec la vérité !

— Je professe le plus grand respect pour la vérité. Mais j'ai découvert qu'il y a plus important encore.

— Par exemple ?

— Vous, dit MacWhirter.

Audrey baissa les yeux. MacWhirter se racla la gorge d'un air gêné :

— Inutile de vous croire une obligation quelconque à mon égard, ni quoi que ce soit du même genre. A compter de demain, vous n'entendrez plus jamais parler de moi. La police a obtenu les aveux de Neville Strange, et elle n'a donc plus besoin que je témoigne. De toute manière, il est, paraît-il, si mal en point qu'il est bien possible qu'il ne soit jamais jugé.

— J'en suis heureuse.

— Vous avez été amoureuse de lui ?

— De l'homme que je croyais voir en lui.

MacWhirter hocha la tête.

— Sans doute est-ce notre lot commun. Enfin, tout est bien qui finit bien, reprit-il. Le superintendant Battle a pu agir grâce à mon témoignage, et pousser ce type aux aveux...

Elle l'interrompit :

— Il a agi grâce à votre témoignage, d'accord. Mais je ne crois pas que vous l'ayez trompé un seul instant. Il a volontairement fermé les yeux.

— Qu'est-ce qui vous fait dire ça ?

— En me parlant, il a souligné le fait que c'était un coup de chance que vous ayez pu voir ce que vous avez vu au clair de lune. Et puis, deux phrases plus tard, à propos de la corde humide, il a rappelé que ç'avait été une soirée pluvieuse.

Angus MacWhirter accusa le coup :

— C'est vrai. Le lundi soir, je n'aurais sans doute rien pu voir du tout.

— Mais c'est sans importance, conclut Audrey. Il savait que ce que vous prétendiez avoir vu, c'était ce qui s'était passé en réalité. Mais ça explique pourquoi il a poussé Neville à bout pour qu'il avoue. Depuis que Thomas avait parlé d'Adrian et moi, il le soupçonnait. Il avait compris à ce moment-là que s'il avait vu juste sur les vrais mobiles du crime, il s'était trompé de coupable. Ce qu'il lui fallait, dès lors, c'était de quoi faire craquer Neville. Il lui fallait, comme il l'a dit, un miracle... Et vous avez été la réponse aux prières du superintendant Battle.

— Drôle de déclaration pour un flic, fit MacWhirter avec un sourire en coin.

— Ainsi, vous voyez bien que vous êtes un miracle, dit Audrey. Mon miracle à moi toute seule.

— Ça m'ennuierait que vous vous sentiez une obligation quelconque à mon égard, répéta-t-il. Je vais sortir de votre vie, et...

— Il le faut vraiment ?

Il la dévisagea.

Audrey avait le sang qui lui refluait au visage. Ses oreilles et ses tempes s'empourprèrent.

— Vous ne voulez pas m'emmener avec vous ?

— Vous ne savez pas ce que vous dites !

— Si, et davantage que vous ne le pensez. Je suis en train de faire une démarche très difficile — mais dont le résultat m'importe plus que la vie ou la mort. A propos, je suis très conventionnelle. Et j'ai beau savoir que le temps nous est compté, j'aimerais bien que nous soyons mariés avant de partir !

— Evidemment ! s'exclama MacWhirter, scandalisé. Vous n'imaginiez quand même pas que j'aurais pu envisager autre chose.

— Bien sûr que non, sourit Audrey.

MacWhirter se défendit encore :

— Je ne suis pas votre type. J'étais persuadé que vous épouseriez ce père tranquille qui soupire après vous depuis si longtemps.

— Thomas ? Ce cher Thomas-le-Fidèle ? Il ne l'est que trop. Il est fidèle à l'image d'une gamine dont il était amoureux il y a des années. Mais la femme qu'il aime, en réalité, c'est Mary Aldin, même s'il ne le sait pas encore.

MacWhirter se rapprocha d'elle.

— Vous pensez vraiment ce que vous dites ?

— Oui... Je veux demeurer à vos côtés pour toujours... ne plus jamais vous quitter. Si vous partez, je ne retrouverai jamais quelqu'un comme vous, et je resterai seule jusqu'à la fin de mes jours.

Il soupira, sortit son portefeuille et en examina le contenu d'un œil inquiet :

— Une dispense exceptionnelle de bans, ça n'est pas donné, marmonna-t-il. Demain matin, il va falloir que je passe à la banque de bonne heure.

— Je peux vous avancer de l'argent, murmura Audrey.

— Il n'en est pas question. Si j'épouse quelqu'un, c'est moi qui paie la licence. Compris ?

— Ce n'est pas parce que vous vous appelez MacWhirter qu'il faut vous montrer Ecossais à ce point dès qu'il est question de trois sous, fit-elle doucement.

Il s'approcha plus près encore.

— La dernière fois que je vous ai serrée dans mes bras, vous étiez comme un petit oiseau... qui luttait pour s'échapper. Vous ne m'échapperez plus, maintenant...

Elle le regarda dans les yeux.

— Je n'aurai plus jamais envie de m'échapper.